La saison barbare

Du même auteur,
aux Éditions J'ai lu

La voyageuse, *J'ai lu* 5705
Petits meurtres entre femmes, *J'ai lu* 5986
Et le désert..., *J'ai lu* 6137
Le ventre des lucioles, *J'ai lu* 6361
Le denier de chair, *J'ai lu* 7046

Le septième cercle, *Librio* 312
La dormeuse en rouge et autres nouvelles, *Librio* 550

Andrea H. Japp

La saison barbare

Pour Monsieur Tom et ses semblables
Peuplez ma mémoire, mes saisons et mes maisons.

Les remerciements de l'auteur vont au lieutenant-colonel Alain Provence pour ses amicaux (et patients !) renseignements concernant la procédure judiciaire française, ainsi qu'à Nicole Provence.

Portland, Maine, mardi,
3 heures du matin

Ah mince... mais que quelqu'un remette du papier dans cette imprimante, qu'elle cesse de geindre comme une forcenée !

L'insistante sonnerie eut raison du demi-coma dans lequel Léonora tentait de replonger. Elle se réveilla tout à fait et agrippa le téléphone posé sur sa table de chevet. Une voix survoltée se déversa dans l'écouteur. Une voix aimée – une voix dont le manque semblait parfois sans fin, sans raison aussi – coupa net sa mauvaise humeur.

— Ma Léo ? Chérie ? Je ne te réveille pas, au moins ?

— Si mon ange, il est... (Elle jeta un regard réprobateur au réveil :) 3 heures du matin... c'est cela. Quand te décideras-tu à admettre que je suis à l'ouest et que nous sommes séparées par environ six mille kilomètres et cinq à six heures ?

— Oh... je suis désolée.

— Non, tu n'es pas désolée, je l'entends à ton nez qui pousse.

Un rire clair, un rire qui donnait envie de le suivre aussitôt, de se lever, de courir à l'aéroport, de sauter dans le premier avion, lui répondit. Puis la voix, que

Marie tentait sans trop de succès de maintenir dans un registre plus sérieux, plus posé :

— Il fallait ABSOLUMENT que je t'en parle tout de suite ! Qui va avoir besoin d'une belle, mais alors d'une très belle robe pour m'accompagner à la remise du prix Albert Londres... Tu sais, c'est un peu comme le Pulitzer.

— La vieille Léo ou la vieille Nora ?

Ce double surnom de tendresse, Marie le lui avait jadis donné lorsqu'elles paressaient au lit certains matins et que la toute jeune fille se vautrait dans la crinière de fauve de Léonora parfumée d'un shampoing à base de magnolia. Du magnolia très synthétique mais persistant.

Un autre rire puis :

— Non, pas la vieille Léo, la sublime Léonora. Tu te rends compte... imagine : je décroche le prix le plus convoité des journalistes, à pas tout à fait vingt-cinq ans, et en plus je me ramène avec, accrochée à mon bras, la femme la plus époustouflante de l'hémisphère Nord... Enfin, juste après Julia Roberts... mais presque à égalité.

La boutade, rabâchée mille fois, fit sourire l'intéressée qui gloussa :

— Et si tu accouchais, ma chérie, que j'ai une chance de me rendormir afin de ne pas être gonflée des yeux demain. Ce qui me disqualifierait, puisque cette jolie dame de Julia n'a jamais les paupières bouffies !

— Non, non... c'est encore un hyper-secret. Tout ce que je peux te dire, c'est qu'après un boulot de galérien, je crois que je vais bientôt pouvoir boucler.

— Tu ne peux rien me confier, mais tu ne peux quand même pas tenir tout à fait ta langue, c'est cela ?

— Oui mais toi c'est moi, non ?

— Attends chérie... tu me réveilles en pleine nuit pour m'annoncer que tu as un secret qui doit le demeurer en conséquence de quoi tu ne me révéleras rien ? Tu préfères que je t'étrangle tout de suite ou on attend un peu ?

— Oh... attendons... Tu regrouperas l'étranglement avec tes menaces de noyade, de découpage à la façon d'un saucisson et le reste ! Mais... j'ai un autre secret.

— Partageable celui-là ?

— Oui.

— Alors ?

Marie sembla hésiter. À son ton qui baissait vers la confidence, qui perdait de cette joie survoltée, presque agressive, Léonora comprit que ce secret-là était précieux et très doux.

— Je crois que je suis amoureuse, maman... Très amoureuse. Il est... comment dire... fabuleux, merveilleux, incroyable...

— Il a intérêt si mon bébé est amoureuse de lui ! Raconte-moi tout, vite, je salive et du coup, je n'ai plus sommeil.

Lorsqu'elle raccrocha, une bonne heure plus tard, Léonora souriait en dépit de son inquiétude. Les multiples déboires sentimentaux de sa fille – dont la dernière mouture, un certain Marc, auquel il convenait de concéder qu'il n'avait pas eu grande opportunité de changement face à l'impatience de sa fille qui attendait le prince charmant sans faille, maintenant, tout de suite – l'avaient mise sur ses gardes dans le passé. Ce pauvre Marc, liquidé après quelques courtes semaines d'une relation en pointillé, semblait s'accrocher, refusant la rupture qui lui fermait la vie de Marie.

D'où la jeune femme tenait-elle ce si élégant courage du cœur, celui qui se moque des désillusions, qui ne les distingue même pas ? Pas de sa mère, c'était évident. Car, finalement, qui avait vraiment aimé Léonora à l'exclusion de Marie et de Josefa ? Personne, pas même Don. Pas à ce point, pas aimé jusqu'au bout, au-delà de soi. Certes, elle aimait Judith, et elle avait éprouvé une immense tendresse pour Monsieur Alfred. Encore que dans ce dernier cas, le besoin qu'elle avait eu du vieil homme, la reconnaissance qu'elle lui devait, s'étaient tant emmêlés à l'amour qu'elle aurait été incapable de les discerner les uns des autres. De toute façon, ces amours-là n'avaient rien à voir avec les deux premiers, ceux dont l'essence s'étalonne sur une comptabilité nécessairement sacrificielle, résumée à un « je pourrais accepter de mourir pour toi ». Nous ne nous donnons vraiment que lorsque nous sommes prêts à perdre l'essentiel. Non, pas Léonora, ou si peu. Il faut une étrange intelligence, une belle témérité aussi, pour ne pas généraliser les ombres de crainte, les mémoires de désenchantements qui s'accrochent à nos envies d'aimer, qui les suivent pour finir par prendre le pas sur elles. Si Léonora avait depuis longtemps perdu cette finesse généreuse, pas Marie, sa fille.

Donc... Cet homme. Cet homme superlatif. L'homme de Marie. Il était... il était à lui seul un véritable catalogue recensant à peu près toutes les qualités humaines et masculines si l'on en croyait la jeune femme. Intelligent, drôle, « posé-mais-fort » en un seul mot, « doux-sans-mollesse », un nouvel et unique adjectif, beau, excellente situation dans la grande banque, Américain d'origine italienne et allemande, quarante et un ans...

Léonora avait aussitôt interrompu ce panégyrique :

— Marié, je suppose ?

Un éclat de rire, puis Marie avait rectifié :

— Ah, je l'attendais, celle-là... Non, divorcé. Divorce vérifiable pour une fois ! Ah maman... il est... il est tellement... trop, incroyable et puis c'est... enfin, sans entrer dans les détails horizontaux... euh... ça change des besogneux et des sans imagination, tu vois ce que je veux dire ?

— Oh, très bien, ma chérie. Et comment l'as-tu rencontré ?

— Lors d'une soirée... En fait, je m'y rendais surtout dans le cadre de mon enquête, le fameux et futur probable prix Albert Londres, et je me suis retrouvée coincée contre le bar. Ce n'était pourtant pas le moment, je digérais encore le dernier coup de ce caractériel de Daniel ! Enfin, bref... Il m'a tendu une coupe de champagne en souriant... ah, mais un sourire, c'est dingue... je n'ai jamais vu quelqu'un sourire de la sorte... Sur le coup, je me suis fait la réflexion qu'il pouvait en plus m'être utile... tu vois, il est banquier... Mais très vite, j'ai oublié le boulot, j'ai passé le reste de la soirée avec lui. Je... J'ai peur, maman.

Alertée par la voix soudain si minuscule, si nerveuse, Léonora avait demandé :

— Comment cela, mon ange ?

— Je me dis que c'est trop, trop beau, trop bien pour moi. C'est vrai, j'ai l'air d'une godiche à côté de lui. Je veux dire, il est si...

Léonora l'avait interrompue d'une voix autoritaire :

— Non, c'est maintenant que tu es une vraie godiche. Tu arrêtes ces idioties. Sur l'instant et c'est un ordre ! Tu es un amour, de surcroît tu es un amour intelligent et joli.

Un petit filet plaintif avait rétorqué :

— Oui, mais c'est normal que tu penses cela... tu es ma mère...

— Ce qui ne m'empêche pas d'avoir un compte de neurones très satisfaisant et les yeux en face des trous. Je veux bien croire que cet homme soit extraordinaire, mais tu l'es aussi. Ne l'oublie jamais. Lève la queue, redresse les oreilles, et regarde droit devant, ma fille !

Ce vieux cri de guerre avait eu l'effet escompté et Marie n'avait pu retenir un gloussement attendri. La devise de Léonora, pendant leurs années de débâcle, surtout durant ce désert où seules l'énergie et la volonté de sa mère avaient fait reculer les menaces, les humiliations.

Un vilain souvenir fugace – qui, au bout du compte, restait une des plus belles images de sa mère – avait traversé la mémoire de la jeune femme. Marie venait de passer ses neuf ans, leur dernier Noël de France. Un Noël fatigué et presque honteux de sa pingrerie, de sa carence de charme. D'espoir aussi. Ce soir-là, elles avaient partagé une omelette de quatre œufs diluée de lait, mais Léonora s'était débrouillée pour leur offrir quand même une demi-douzaine d'huîtres à chacune. Des maigres cadeaux aussi, dont un magnifique taille-crayon en forme d'avion et une belle paire de gants en mohair, vieux rose. Marie les conservait toujours. Sa mère avait, un peu plus tôt dans l'après-midi, déguisé un ficus anorexique en sapin à l'aide de quelques guirlandes découpées dans du papier crépon et de demi-coquilles de noix sur lesquelles elle avait dessiné au vernis à ongles des sourires en forme de croissants de lune. Marie avait failli lui avouer que ce maquillage malhabile de leur manque d'argent était encore plus décourageant que son évidence, mais elle s'était tue pour ne pas blesser Léonora.

Dans ce studio qu'elles occupaient rue Lecourbe, Marie avait pleuré toute la soirée précédant ce calamiteux réveillon, des larmes d'exaspération, de vulnérabilité.

Elle s'en voulait tant de ce mouvement d'humeur et de nerfs, comme si cette crise était une inexcusable insulte envers sa mère qui se cramponnait à son petit boulot de vendeuse de fringues. La patronne, Mme Girard, était une femme entre deux âges, plutôt gentille. Depuis quelques semaines, elle s'arrangeait maladroitement pour faire comprendre à Léonora, qui prétendait ne pas entendre avec une obstination de trouille, que sa nouvelle belle-fille aurait bien besoin d'un job, celui de Léonora, justement. Certes, Mme Girard ne la renverrait pas, elle connaissait sa situation. Mais Léonora se faisait l'impression d'une pirate, s'appropriant le travail d'une autre.

L'avalanche de mauvaises nouvelles, de factures impayées-impayables, l'accumulation des économies forcées, des privations et surtout l'idée que tout cela n'aurait jamais de fin l'avaient poussée à la crise de nerfs. Léonora avait caressé ses cheveux et déclaré : « Les humains sont une meute moins généreuse, plus féroce que les autres. Tous les congénères médiocres se jettent sur l'individu affaibli, chacun veut sa revanche, exercer son infime pouvoir, dépecer le faible afin d'oublier qu'il n'osera jamais s'attaquer à un animal dominant. Trop pétochard, trop lâche. Alors, lève la queue, redresse les oreilles, et regarde droit devant, ma fille ! Ne leur permets jamais de voir à quel point tu as peur. Fonce. »

Quelques semaines plus tard, Léonora fonçait. Elles avaient quitté la France pour les États-Unis.

Marie avait abandonné ce joli pli de souvenir et repris le fil de la conversation, retrouvé le délice de raconter un peu plus ce nouvel homme, comme si le bonheur de le dessiner pour sa mère le rendait encore plus vrai, encore plus sien. Chaque détail, chaque anecdote, aussi menus fussent-ils, rivaient le miracle de cet amour aux jours de Marie, sécrétaient les fils qui le liaient à sa vie.

— Tu sais, il est si élégant... de partout je veux dire. Il porte au cou une mince chaîne en or à laquelle est suspendue la petite croix de sa sœur. Il l'adorait. Elle est morte, une leucémie je crois, il était encore jeune. Il a eu un chagrin épouvantable. Il fait des pâtes sublimes... bon, bien sûr après, c'est un peu le carnage dans la cuisine... Il est complètement quadrilingue ou tetralingue, je ne sais pas ce qu'il faut dire : anglais, français, italien et allemand, bien sûr. Et puis, l'horreur : tu ne peux pas aller au restaurant ou au théâtre avec lui... tu n'imagines pas... toutes les nanas le matent avec la langue qui leur tombe sur les genoux comme le loup de Tex Avery !

Léonora avait écouté, attendrie, un peu triste aussi. Égoïstement, elle s'était toujours apaisée en songeant que, peut-être, un jour, Marie déciderait de revenir vivre aux États-Unis, de gommer cet océan qui les tenait à deux bouts de la planète. Surtout depuis la mort de Don, trois ans plus tôt. Car Léonora ne retournerait jamais dans ce petit pays de France que l'on disait si doux mais où elle avait eu si peur, si mal et dont les seuls souvenirs de tendresse qu'elle conservât étaient ceux qu'elle était parvenue à tronquer, à maquiller de l'antalgie du temps qui passe.

L'érosion volontaire de sa mémoire créait un sortilège anesthésiant dont elle savait qu'il ne résisterait pas à la confrontation avec les lieux, les visages et les mots de ses vrais souvenirs.

Léonora s'était secouée, feignant l'enthousiasme :

— Et comment se nomme ce miracle à pattes ?

— Francis Casadei... même son nom est génial, tu ne trouves pas ? Il est spécialiste des fusions industrielles. Mais tu sais, il a une culture... c'est dingue. Ce type connaît la musique, la peinture, la littérature et – ça devrait te plaire – il adore les bons vins.

— Ah... un homme selon mon goût, en effet. Remarque, un Italien ou d'origine qui n'aimerait pas le bon vin ou la bonne bouffe, ça friserait l'indécence !

*

* *

Elle demeura assise dans son lit de longues minutes après que Marie eut raccroché sur une myriade de petits baisers mimés dans l'appareil.

Le sourire qu'avaient fait naître les coqs à l'âne, les raccourcis décoiffants et la horde de superlatifs débités par sa fille vacilla. Étrange comme le manque de Marie ne s'atténuait pas. Presque quatre ans. Il ne s'agissait pas de souffrance, ni même d'un mal-être. C'était plutôt comme si Léonora trimbalait partout une sorte de vide, de carence pas même désagréable, juste présente. Il ne se passait pas une journée sans qu'elle ne songe, à un moment quelconque, « Il faut que je raconte cela à Marie » ou « Ça aurait fait rigoler Marie aux larmes » ou parfois, lorsqu'elle cherchait une nouvelle toilette, « Oh non, Marie n'aimera pas cette couleur/ce tissu/cette coupe. Elle va encore hurler que je commence à m'habiller mémère. »

Étrange comme la peine en coup de poing qui l'avait assommée après la mort accidentelle de Don s'était vite dissipée. Elle s'en voulait de ce veuvage somme toute bien amical et qui la laissait dans un grand confort pécuniaire. Pourtant, n'était-ce pas ce qu'elle avait toujours espéré ? L'argent permet de se défendre. Mieux, il dissuade le plus souvent les autres d'attaquer. C'est son seul intérêt. N'empêche... Don était le seul être de cet « intérêt »-là qui ne lui eut jamais pesé, et la réelle affection qu'il lui avait inspirée le lui avait rendu précieux. C'était aussi la raison principale pour laquelle la cordialité de la disparition de son mari lui faisait presque honte. Car Léonora avait vite reconquis ce vide, l'aménageant de façon si habitable. Il n'y avait pas eu d'autres hommes depuis, pas même d'hommes furtifs ou de nuits d'apaisement, elle n'en souhaitait pas. Elle avait vraiment aimé son mari... ou disons plutôt qu'elle l'avait aimé beaucoup. Don et sa gentillesse d'enfant choyé puis d'homme gâté. Don pour qui la vie avait toujours été conciliante et si charmeuse qu'il ne pouvait imaginer qu'il en fut autrement. Il ne l'avait pas compris mais c'était précisément ce manque d'imagination qui avait séduit peu à peu Léonora. Qu'un être fut à ce point étranger au « sombre », qu'il ignore si totalement le « pire » l'avait d'abord stupéfiée pour l'attirer ensuite comme un aimant, un antidote nécessaire. C'était sans doute cette ignorance qui avait dissuadé son mari de s'intéresser vraiment au passé de sa femme. Tant mieux, car elle lui aurait menti. Elle mentait avec tant d'efficacité, de sincérité... à cette époque-là.

22 septembre, dernier jour de l'été Portland, Maine, vendredi, 23 h 45

Léonora soupira. Longue journée. La salle avait bruissé des conversations d'une cinquantaine de personnes, le bruit l'avait saoulée, mais elle était satisfaite. Le « today's special » avait été un vrai succès : un bœuf aux carottes, pas trop complexe mais si exotique en ces lieux, suivi d'aumônières à base de crêpes Suzette renfermant une purée de mandarine aromatisée d'une pointe de menthe fraîche.

Elle jeta un regard à sa montre : presque minuit. Plus qu'une petite heure de tension et elle pourrait fermer le restaurant. Les derniers convives s'attardaient encore.

Judith était partie quelques minutes plus tôt, renâclant à son habitude parce qu'elle n'aimait pas abandonner Léonora « au front ». Léonora était, comme chaque soir, parvenue à la convaincre en arguant que Stanley s'occuperait de la fermeture avec sa coutumière bonne humeur. Un recrutement judicieux, ce Stanley Crumley. Pourtant, elle avait un peu hésité au début. Il n'avait pas l'air très costaud et elle comptait surtout lui confier les tâches de manutention, de rangement des cageots de nourriture, les mises en perce des barils de bière ou des tonnelets de vin, les déménagements, réaménagements de tables. Il s'avéra très vite que Stanley faisait partie de ces petits hommes nerveux qui dissimulent une force étonnante sous des muscles fins et durs comme des câbles. Autre avantage, non négligeable, il était intelligent et apprenait vite. Il lui donnait maintenant un sérieux coup de main pour cette fichue comptabilité dont la simple mention rebutait Judith jusqu'à l'allergie.

*

* *

Léonora savoura la paix du petit bureau qu'elle venait de rejoindre et dont la baie vitrée donnait sur l'Atlantique. Plus loin, au-delà de l'anse sableuse ponctuée de gros monolithes de granit d'un gris sombre et péremptoire, Bar Harbour dont on devinait les contours en plein jour.

Mont Désert. Petite Plaisance. Le dernier havre d'un des plus grands écrivains de langue française, Marguerite Yourcenar. Mais qui le savait ici ? Qui s'en souvenait encore en France ? Léonora s'y rendait parfois en promenade le mardi, jour de fermeture du restaurant. La maison sobre mais coquette et son jardin précis et gai. Sous la véranda, des fauteuils et un canapé de rotin blanc adoucis de coussins violines. Dans la longue chambre basse de l'écrivain, une bibliothèque de bois sombre accueillait les romanciers du XXe siècle. Au fond du jardin, deux petites plaques signalaient chacune une histoire d'amour : la tombe de Monsieur, le cocker et celle de Valentine, une autre tendresse quadrupède. L'épitaphe gravée dans la pierre émouvait tant Léonora : « Portant un gentil cœur dedans un petit corps. » Et puis, cet unique dictionnaire posé sur le bureau de la dame au regard d'un bleu d'insulaire la stupéfiait, la rendant humble. Quoi ? Les mots pour cette femme avaient-ils été si évidents qu'ils le semblaient ?

La maison douce était aux yeux de Léonora la plus précieuse de ce coin de terre : il y était né des phrases rares, ces phrases qui vous tiennent de si étrange façon, vous revenant comme des repères amis sans que l'on sache toujours si elles naissent de vos cellules ou de celles d'une autre. Car parfois, une ligne écrite par d'autres doigts sécrète une si troublante familiarité qu'on y lit son âme, qu'on finit presque par se demander si on ne vous l'a pas empruntée à la faveur d'une sorte d'osmose secrète. L'idée que quelqu'un d'inconnu et pourtant de si familier est venu puiser dans votre tête des petits bouts de mémoire.

Léonora souleva la lourde masse de ses cheveux frisés. Un jour, elle trouverait le courage de les faire couper court. Mais, d'une certaine façon, sa chevelure avait contribué à son actuel confort et à la paix de Marie. Une prudence superstitieuse la retenait encore.

Une autre histoire, pas très jolie, pas très douce non plus, il y avait longtemps. L'histoire d'une autre vie, d'une autre femme, d'autres endroits. Ne plus y penser. Elle méritait l'oubli ou, du moins, son apparence. Elle l'avait gagné de haute lutte et avait assez payé pour cela.

*

* *

Des sons inhabituels, incongrus, percèrent le brouhaha étouffé qui lui parvenait de la salle de restaurant pour la tirer de sa dangereuse promenade de souvenirs. Elle se levait lorsque la porte de son bureau fut repoussée. Deux hommes firent irruption pour se figer soudain. Le plus âgé demanda :

— Vous êtes Mrs Léonora Morrison-Louvier ?

— Oui, en effet. Mais qui êtes-vous ?

— Josh Simmons, bureau du shérif, madame... Euh... nous avons reçu un... comment dire... appel du consulat français plus tôt dans la soirée. C'est au sujet de... Marie Louvier... C'est votre fille, non ?

D'abord une sotte équation réfractaire : pourquoi cet homme parlait-il de Marie comme s'il avait envie de fuir, pourquoi le consulat de France, pourquoi le bureau du shérif ? Léonora s'entendit demander d'un ton plat :

— C'est exact et... ?

— Elle... Elle est... morte. Un suicide, Mrs Morrison. Ils n'arrivaient pas... à Paris, enfin ils ne parvenaient pas à trouver votre numéro de téléphone.

Rien. Un éclat de seconde de rien. Un éclat vaste comme un monde, illimité comme la folie. Un mot, un mot si simple, si connu mais qui soudain refuse sa signification, refuse de se laisser comprendre : morte.

Rien. Puis l'idée, enfin, qu'elle aussi était sans doute morte. Une mort indolore comme une amie. Imperceptible. Voilà : elle était morte mais si discrètement qu'elle ne s'en était pas aperçue. Au demeurant, tout cela était si sensé.

*

* *

Lorsqu'elle s'était rendu compte, vingt-six ans plus tôt, qu'elle était enceinte de Marie, le fléau de cette grossesse avait failli l'achever. Il est exact que Léonora était déjà pas mal moribonde à ce moment-là. Elle n'avait pas dix-huit ans. L'agonie supplémentaire de ces huit mois de ventre, de solitude peuplée de fantômes au mieux indifférents, de terreur surtout, devait pourtant la convaincre de résister à l'obsédante tentation d'une glissade oublieuse. Elle avait survécu sans trop comprendre pourquoi, sans vraiment le souhaiter. Lorsqu'après des heures de sueur, de souffrance, de dents serrées à se déchirer les lèvres et l'intérieur des joues, le bébé gluant d'une sorte de mucus déplaisant avait tourné son regard aveugle vers elle – bleu-blanc, comme une trouée sur le rouge congestionné de son épiderme – Léonora avait admis que le privilège de l'oubli total venait de lui être refusé. Définitivement. Elle était deux et l'autre, Marie, voulait de cette vie, sans doute parce qu'elle ne la connaissait pas.

*

*   *

Tout devenait logique : Marie était morte, Léonora aussi. Étrange, elle voyait toujours. Étrange ce type en face d'elle qui sentait bizarre, l'odeur des chats lorsqu'ils ont eu peur. L'autre, celui qui l'accompagnait, se tenait adossé à la porte comme pour la soutenir de son épaule. Il gardait le regard épinglé à la baie vitrée qui s'ouvrait sur l'océan. Étrange, elle respirait toujours.

Le premier, celui qui lui avait parlé et dont elle ne parvenait pas à retrouver le nom, avança vers elle.

Quelques dizaines de centimètres, pas davantage. Prudent, méfiant presque. Il leva le bras dans sa direction, à peine, doigts écartés. Léonora détourna le visage bien que plusieurs mètres les séparassent toujours.

— Madame... vous devriez vous asseoir, vous êtes livide. Vous voulez qu'on appelle quelqu'un du restaurant ?

De quoi lui parlait-il ? Elle éprouvait tant de difficultés à comprendre ce qu'il disait. Elle posa le bout des doigts sur son front, cherchant dans le gouffre de son cerveau le souvenir des secondes qui venaient de s'écouler.

Un truc, bizarre, effroyablement douloureux remonta de son ventre dans son thorax, lui coupant le souffle. Elle ouvrit la bouche, aspira l'air récalcitrant en produisant une sorte de râle. L'air se rebella, lui arrachant une quinte de toux qui la plia, poussant les larmes au coin de ses yeux. Elle sentit la salive lui couler le long du menton. Elle suffoqua, consciente que chacune de ses cellules se liquéfiait, glissait comme aspirée par une gravité inconnue.

Léonora tenta de se cramponner au rebord du bureau, mais ses ongles griffèrent le bois sombre et lâchèrent prise. Glacée, elle coula vers le sol en priant de ne plus jamais le quitter.

Paris, France, samedi à jeudi

C'est sans doute cela l'enfer. Être toujours vivant au milieu d'un univers gelé.

L'enfer n'est pas brûlant. C'est de la foutaise. Il est glacial, Léonora le savait maintenant. Et la glace s'infiltre partout. Elle creuse dans chaque cellule, dans chaque fibre, son petit sillon de dévastation. Elle sécrète de petits cristaux tranchants qui lacèrent, dépècent, défigurent. Elle s'installe, conquérante et impitoyable, dans le cerveau, sous la peau, dans les muscles, derrière les yeux, partout. C'est comme du sable cette glace-là. De minuscules grains indestructibles. Léonora percevait leur présence à chaque clignement d'yeux, à chaque inspiration, étonnée de ne pas sentir un flux de sang dévaler de sous ses paupières, de sa bouche. La preuve, elle ne parvenait pas à pleurer. Les larmes étaient gelées, elles aussi. Dommage. Peut-être les sanglots lui auraient-ils permis de diluer le froid mortifère qui la faisait grelotter jour et nuit.

Dévastée, rendue déserte.

*
* *

Le désert lorsqu'elle était ressortie de chez cette femme. Le visage sec, l'âme sèche, le ventre déjà occupé de cette vie qu'elle redoutait tant.

À l'époque, on les appelait encore des « faiseuses d'anges ». Un si joli nom pour une chose si blessante, si affreuse. On faisait des anges dans des arrière-boutiques, parfois aussi dans des salles de bains à peine propres. Parfois sur un lit de camp. Celle-là avait un vieux fauteuil inclinable tapissé de velours grenat. Peut-être le sang s'y distinguait-il moins. Léonora cramponnait dans sa main les billets qu'elle était parvenue à réunir. Pas assez. La femme l'avait éconduite, avec une grossièreté méchante.

— Fallait être un peu plus maligne que ça, ma fille. Il te laisse un polichinelle dans le tiroir, il casque. T'as pas été assez futée pour lui tirer de l'argent donc tu te démerdes. J'suis pas l'Armée du Salut.

En dépit de la loi Veil votée en 1975, elles existaient encore, en moins puissantes donc en moins barbares sans doute. Des manieuses d'aiguilles, apothicaires d'étranges et meurtrières décoctions, qui intervenaient lorsque le délai était passé ou lorsque la fille avait été promenée de désinformation en panique puis en honte.

Un médecin avait congédié brutalement Léonora, sifflant qu'il ne se rendrait pas complice d'un crime. Elle avait baissé les yeux, soudain coupable d'avoir été victime, fuyant le cabinet. Il était si certain de sa transparence, l'homme virulent qui n'avait jamais sangloté de trouille, de sa pureté aussi. Mais qui s'occupe de ces filles lâchées de tous une fois le bébé là ? Qui dit à ce si petit – qu'un ventre ne protège plus – qu'il est bienvenu, espéré puisqu'il est avant tout espoir. Qui dit à cette trop jeune femme, trop perdue, trop abandonnée, qu'il n'existe aucune raison d'avoir peur ? Qui le prouve, qui le fait, qui va jusqu'au bout ?

À l'époque, Léonora n'en avait aperçu aucun. En fait, toutes les portes avaient claqué les unes derrière les autres. Jusqu'à ce job de vendeuse de groles qu'elle venait de perdre, la femme du patron s'étant rendue compte avant elle – qui ne savait pas grand-chose – qu'elle était enceinte. Les patrons avaient quatre enfants, mignons comme tout, des enfants légaux, des enfants nés au bon moment, au bon endroit. Mais elle avait été virée parce qu'on craignait que son gros bide ne gêne la manutention des milliers de boîtes de chaussures, les galopades dans les escaliers qui menaient aux réserves. On craignait que cette excroissance qu'elle allait bientôt promener ne décourage la clientèle. C'est un peu plus lent une femme enceinte et surtout, on s'en veut quand même de la bousculer, de la malmener. Et puis, il allait falloir la payer alors qu'elle ne travaillerait plus.

Il était déjà presque trop tard lorsqu'elle avait consulté. Sa maigreur lui avait dissimulé le fluet amas de cellules qui poussait en elle. Certes, ainsi qu'un médecin, un autre, avait martelé :

— Mais enfin, mademoiselle, lorsqu'on n'a plus ses règles, on se pose des questions !

Ben non... Elle se préoccupait si peu de ces choses-là. Sa grande urgence consistait à manger tous les jours et à disparaître au soir sous un toit à peu près préservé. À disparaître tout court, à se faire oublier, même d'elle-même. Du reste, ces quelques jours de sang handicapant allaient et passaient avec l'irrégularité coutumière qu'ils adoptent chez les filles jeunes et mal nourries.

La première vendeuse du magasin lui avait donné une adresse, rue des Bourdonnais, inscrite sur un petit bout de papier à carreaux, comme si elle n'osait pas la révéler de vive voix. C'était la seule marque de compréhension, de pitié aussi, à laquelle Léonora aurait droit, et elle le savait déjà.

Léonora connaissait à peine Paris, elle s'était pas mal perdue, s'affolant, pressant le pas, craignant d'être en retard, redoutant que la femme ne la reçoive plus. Un vendeur de journaux tassé dans un minuscule kiosque, le menton et le bas du nez emmitouflés derrière une grosse écharpe tricotée main, aux bandes de couleurs heurtées, lui avait enfin expliqué l'itinéraire. Sans doute des fins de pelote de laine.

Josefa les conservait dans une grande boîte à biscuits. Lorsqu'il y en avait assez, et au mépris de toute considération esthétique, elle les assemblait pour en faire des doublures d'édredon ou des surchaussettes pour l'hiver. Des écharpes aussi. Léonora se souvenait d'un déroutant cache-nez qui télescopait une large bande d'un vert mélèze contre quelques rangs rose layette de point mousse. Sur le coup, elle l'avait trouvé fort laid, et puis, elle s'était rassurée : après tout, il vient bien de petites fleurs rose tendre dans les sous-bois les plus humides. Ce sont donc des couleurs qui s'épousent naturellement. Deux hivers de suite, elle avait respiré la buée de son haleine qui transpirait sur ses joues, au chaud dans les mailles de Josefa. Le mieux, c'était lorsqu'elle venait de sucer un de ces bonbons de gorge à l'eucalyptus et au suc de pin : le cache-nez lui renvoyait ensuite un souffle de friandise qui lui restituait durant quelques minutes le plaisir de la sucrerie.

*
* *

Mon Dieu... La Porte à Mémoire s'entrouvrait. Jusqu'où pousserait-elle la cruauté de cette soudaine perméabilité ?

*
* *

Le désert de ces quelques jours passés à Paris.

Léonora se laissa trimbaler d'un moment à l'autre, d'un endroit vers ailleurs, sans jamais parvenir à retrouver un quelconque sens du temps, de l'orientation. Un désert, un vrai, sans limite.

Juste en bas de l'hôtel que Judith-l'amie avait réservé par e-mail, il y avait un kiosque. Une de ces agréables répliques des bornes cylindriques vert foncé qui ponctuaient les trottoirs du Paris d'avant, celui qu'elle avait fui. Léonora s'y arrêta pour acheter des magazines, les prélevant sans prêter attention à leur titre ou leur contenu, juste pour le souvenir.

*
* *

Judith, bien sûr. Judith l'âme amie. La remorquant, la poussant, la cajolant, la grondant si peu, la nourrissant, lui faisant avaler des petites billes bleutées. La douchant parfois. Judith, les mâchoires crispées de chagrin mais qui se cramponnait parce qu'elle et Léonora avaient appris qu'elles ne pouvaient pas basculer toutes les deux en même temps. L'une devait rester debout pendant que l'autre s'effondrait, pour la retenir, la ramener.

L'amie tentait de comprendre ce que lui disaient les policiers, ce qu'expliquait ce long homme pâle des pompes funèbres.

Un désert d'abrutissement que rendaient à peine tolérable les petits comprimés bleus. Des neuroleptiques puissants, un concentré d'absence de soi-même qui tissait autour de son cerveau une sorte de coque bêtement imperméable : plus rien n'y pénétrait mais si peu de chose pouvait en sortir.

*
* *

L'Institut médico-légal, une femme exténuée en blouse blanche tirant une couchette en aluminium d'un caisson. Un petit amour cendré, recouvert d'un drap, ses courts cheveux foncés plaqués sur les tempes. Juste le visage. Léonora hocha la tête, c'était ce que l'on attendait d'elle : une approbation de l'inacceptable.

*
* *

Le chagrin de Judith qu'elle dissimulait sous une hyperactivité presque teigneuse. Il fallait bien que l'une d'entre elles décide, se prononce, exige, tempête. La grande femme aux yeux gris sombre la dorlota comme on protège un enfant déficient. Judith devenant la mère de la mère orpheline. Elle s'occupa de tout, des obsèques, de la crémation, de l'hôtel où

Léonora avait exigé de résider car elle ne mettrait pas les pieds chez sa fille. Il s'agissait là du seul reliquat de sa volonté mais elle était incapable de l'expliquer à Judith. Comment lui avouer, sans tout à fait la démolir, qu'une idée, une seule tournait dans sa tête, gagnant en ampleur jusqu'à occuper tout l'espace de son cerveau : avait-on vidé la baignoire ?

Lorsqu'ils, on, quelqu'un, n'importe qui... ah si, la femme de ménage avait découvert le joli corps mince sous la surface de l'eau colorée par le sang de ses veines, la bouteille de vodka vide sur le tapis de salle de bains, celle qui avait facilité le passage de la boîte de somnifères dans l'œsophage de Marie... avait-on vidé la baignoire ?

*

* *

À un moment, il fallut que Léonora retrouve ses phrases de France, qu'elle fournisse un prodigieux effort pour comprendre ce que lui demandait l'homme, plus si jeune, mais au visage adolescent, installé derrière le bureau. Au commissariat. Judith comprenait le français avec lenteur, et la majeure partie du vocabulaire qu'elle maîtrisait était en rapport avec la gastronomie.

L'inspecteur divisionnaire se nommait Raymond. Son nom de famille. Une petite quarantaine, d'une blondeur désabusée, les cheveux coupés si courts qu'ils masquaient à peine la roseur de son crâne. Il martyrisait un trombone, dépliant le mince fil métallique, tentant de le lisser entre ses doigts pour lui faire oublier jusqu'à ses angles avant de le tordre en un cercle approximatif. Remède à sa gêne diffuse face aux deux femmes assises en face de lui ou consécration répétitive d'un minuscule pouvoir sur la matière ? En d'autres circonstances, peut-être la réponse à cette interrogation aurait-elle intéressé Léonora. Aujourd'hui, depuis quelques jours, elle se foutait de toutes les questions et encore plus des réponses. Du reste, elle ne parvenait même plus à comprendre leurs énoncés.

L'inspecteur Raymond commença comme s'il poursuivait une conversation depuis longtemps entamée :

— Selon vous, Marie Louvier était-elle dépressive ?

Léonora se tendit, agrippée aux accoudoirs en skaï de son fauteuil pour cristalliser l'énergie nécessaire aux réponses qu'elle allait devoir fournir.

— Dépressive ?... Non, je ne crois pas.

— Aviez-vous de fréquents rapports avec votre fille ? Par téléphone ou mail, peut-être ?

Elle hocha la tête en signe d'acquiescement, trop loin pour parler.

Raymond soupira à nouveau, pas même agacé, juste un peu impatient :

— Écoutez, madame... Je suis vraiment désolé... le suicide d'un être jeune est toujours... euh... monstrueux, c'est cela. S'il ne fait aucun doute qu'il s'agit bien de la cause du décès dans le cas de Marie – à ce sujet, vous pouvez vous rendre dans son appartement, les scellés n'ont été apposés que trois jours, aucune raison de ne pas les lever – et si donc cet entretien est une formalité, c'est aussi la procédure. Elle est, j'en suis conscient, lourde à supporter, mais a d'excellentes raisons d'exister. La plus évidente étant qu'il convient de s'assurer que personne n'a pu pousser cette jeune femme à commettre ce geste désespéré. Ma dernière question tombe donc sous le sens : selon vous, quelqu'un harcelait-il votre fille... à son travail, dans sa vie privée, sentimentale... que sais-je ? Une rupture peut-être ?

Léonora leva le regard vers lui. Raymond, lui, baissa les yeux. Il est des regards que l'on regrette longtemps d'avoir croisés. Celui de cette femme, si bleu, si vaste, si pétrifié, en était un. Un de ces regards de contagion dont on sait que l'on gardera la cicatrice longtemps.

— Je ne le crois pas, non, répondit-elle avec lenteur. Marie m'a appelée quelques jours avant... enfin je veux dire...

— Je vois. Et...

Léonora sembla reprendre un peu de vie en retrouvant ce souvenir et poursuivit d'un ton plus rapide :

— Elle était bourrée d'enthousiasme, comme toujours, survoltée... Un projet d'article, des tas de trucs dans la tête. Elle était amoureuse...

— Oui, nous avons rendu visite à ce monsieur. Francis Casadei, c'est bien cela ? Il était atterré, dans l'incompréhension. Il nous a confié que sa liaison avec votre fille datait de quelques semaines à peine. Je n'ai pas eu le sentiment qu'ils se voyaient souvent. Il n'avait pas de nouvelles d'elle depuis plusieurs jours lorsque nous lui avons annoncé le décès de Marie Louvier... Comment était-elle ? je veux dire, quel genre de jeune femme ?

— Heureuse. Généreuse de tout. Solaire... je crois que c'est le meilleur terme pour la décrire. Marie était si vitale, elle s'enflammait avec tant de facilité. Je ne comprends pas... Elle avait toujours dans l'idée que quelque chose d'encore mieux l'attendait un peu plus tard. Elle était...

— Consommatrice de substances stupéfiantes.

La femme assise devant lui, le buste un peu penché en avant, se figea, et Raymond se serait collé une gifle. Pourtant, il cherchait depuis l'introduction des deux femmes dans son bureau un moyen d'asséner cette information. Par expérience, il savait qu'il n'en existait pas d'indolore. La mère inspira à petites gorgées, comme un dormeur qui s'éveille par paliers, et répéta d'un ton plat :

— Consommatrice de substances stupéfiantes ?

— Oui... notamment de MDMA. La fameuse ecstasy, en d'autres termes, une amphétamine. Les utilisations chroniques se soldent par une extrême euphorie, une sensation de bien-être et de puissance associées à une hyperactivité. Le problème ce sont les « descentes »... Elles peuvent prendre des tournures dépressives catastrophiques chez certains sujets.

Léonora Louvier évasa ses deux mains vers lui et une idée stupide et surtout déplacée traversa Raymond. L'effet de ses mains amoureuses, accueillant en coupe un visage. D'un ton rendu doux par l'incompréhension, elle rétorqua :

— Mais Marie ne se droguait pas, inspecteur.

Parce qu'il commençait à perdre pied, parce qu'il voulait que cette femme se tire de son bureau avant de le blesser un peu, il lâcha un désagréable :

— Les résultats toxicologiques sont formels. Selon le légiste, Marie Louvier est décédée entre minuit et deux heures du matin. De surcroît, nous avons retrouvé une provision substantielle de poudre de benzphétamine chez elle, une autre amphétamine. Une quantité qui prouvait une consommation fréquente et intense. Je suis désolé, madame Louvier... Vous savez, les drogués ne se concentrent pas seulement dans les banlieues. Pas mal de cadres très supérieurs de grandes entreprises « s'aident » avec ces substances. Ils se shootent à la performance.

— Je vous affirme que Marie ne se droguait pas...

— Les familles, surtout les mères, sont en général les dernières informées, répondit-il d'un ton sec.

*

* *

Non... non, tu ne peux pas comprendre. Je ne peux pas te l'expliquer. Ou peut-être que si, mais c'est beaucoup trop tard.

*

* *

— Encore une fois, je suis désolé madame Morrison-Louvier, mais...

Laissant sa phrase en suspens et avec une sorte de hargne qu'il regrettait, il ouvrit un mince dossier cartonné pour tendre une feuille blanche à Léonora en déclarant :

— J'ai ici une copie de sa dernière activité sur son ordinateur. C'est devenu le moyen de substitution de la fameuse lettre testament ou témoignage que laissent derrière eux les suicidés. De plus en plus utilisé. Au début, nous nous sommes fait piéger... on ne pensait pas aux ordinateurs. Le texte est assez laconique, mais conforte la théorie du suicide, tout comme l'absence d'effraction dans l'appartement.

Léonora hésita à tendre la main, à entrouvrir les doigts, se demandant si elle se pardonnerait jamais d'avoir parcouru ces lignes, les derniers mots de sa fille. Quelle idiotie d'évoquer sa désolation comme si l'une ou l'autre était coupable de quoi que ce soit. Il n'y avait pas de faute, juste une gigantesque escroquerie. Celle de la vie qui fait croire à des êtres jeunes qu'elle peut être simple et douce.

Elle dut s'y reprendre à plusieurs reprises pour que les quelques mots évidents prennent un sens :

« J'en ai ras le bol. Il faut que ça cesse définitivement. Je ne parviens plus à me sortir de cette histoire. J'accumule les conneries depuis si longtemps. Marre, marre, marre. Je ne connais rien à ce mec. C'est un dragueur, un tricheur. Je le sais de source certaine. Marie ».

Léonora ferma les yeux et amorça un geste pour rendre la feuille au policier qui murmura, en se détestant pour cette indigne banalité :

— Vous pouvez la conserver, c'est une copie d'écran.

— Pour quoi faire ?

Raymond croisa les doigts au-dessus de son dossier, chercha sans conviction une réponse, avant d'opter pour une phrase dont le convenu et la bienveillante généralité le soulageaient un peu :

— Je ne sais pas quoi vous dire, madame.

Elle lui sourit et si ce sourire parut vider l'air du bureau encombré, Raymond comprit qu'il ne s'adressait pas à lui, puisqu'elle ne voyait plus rien. Elle se leva :

— Rien... Rien serait le mieux.

*
* *

Judith et elle attendirent dans le long couloir si frais qui menait à la chapelle du funérarium. Judith s'installa sur un banc de bois, le dos rigide comme une proclamation de résistance. Léonora s'adossa à la paroi, les épaules se fondant dans la pierre du mur. Elle en percevait les aspérités contre la soie de son chemisier prune. Elle s'appuya de toutes ses forces, plaquant ses omoplates contre cette fraîcheur sans générosité, souhaitant presque que les déformations minérales pénètrent sous sa peau, l'épinglent pour lui permettre de tenir encore un peu debout.

Le murmure respectueux mais incessant d'une file humaine, en attente un peu plus loin, juste devant elles, lui parvint sans qu'elle se préoccupe de le déchiffrer.

Une très jeune femme brune sanglotait, le front poussé sous l'aisselle d'une femme. La mère et la fille.

Un homme grand, un peu rond, cassé sous la pression d'une gravité terrestre qu'il semblait ne plus supporter, les entourait de son bras. Les muscles de ses maxillaires crispés saillaient par saccades. Le père.

Une jeune fille en retrait, ses longues mèches rosées hirsutes de gel, avalait par à-coups la fine boucle qui lui perçait la lèvre inférieure pour la recracher aussitôt. Elle donnait à la dérobée des coups de pied dans le mur, comme s'il l'avait blessée, se crispant de souffrance à chaque nouvel impact teigneux de ses doigts de pieds nus aux ongles vernis de noir contre la pierre. Léonora remarqua seulement à cet instant qu'elle plaquait un casque de moto contre son ventre. Un gros casque intégral noir, léché au sommet par une longue flamme conquérante, orange et rouge. Le plexiglas de la visière rabaissée était incrusté d'une large étoile dont les veines fendaient le plastique rigide. Oui, car cette étoile-là avait eu des veines. D'ailleurs, elles avaient explosé pour couler à l'intérieur du heaume, et leur sang avait séché en coulées rouge brun.

D'autres jeunes, hagards, blêmes des larmes qu'ils retenaient ou au contraire ne parvenaient plus à tenir, organisaient la fuite de leurs regards selon des trajectoires dont le mérite était de ne pas croiser la souffrance de l'autre. Parfois ce plan si commun ratait et ils frôlaient une autre peine, baissant alors vivement les yeux vers leurs chaussures, les pieds des bancs ou les courtes marches qui montaient vers l'extérieur.

Un désordre odorant, presque écœurant, de fleurs, de gerbes attendait, vautré contre la porte sculptée de la chapelle. L'accompagnement éphémère de la mort d'un fils, d'un frère, d'un petit fiancé, d'un ami. Son casque de moto maculé de sang séché contre le ventre d'une toute jeune fille.

Léonora n'avait pas songé aux fleurs. Elle n'avait pensé à rien d'autre qu'à la baignoire.

La file avança dans un glissement de semelles et Léonora et Judith se retrouvèrent seules à l'exception de trois autres personnes tassées dans un coin, se soutenant de leur embarras. Les sanglots du requiem de Fauré glissèrent sous la voûte.

À un moment, le long homme pâle des pompes funèbres revint les chercher, escortant Léonora en la soulevant avec douceur par le bras, comme s'il redoutait qu'elle s'affale de tout son long dans le couloir. Judith et elle s'assirent sur le premier banc étroit de la chapelle. Un raclement de pieds de bois sur les dalles, dans son dos, témoigna de l'installation des trois autres personnes qu'elle ne connaissait pas.

L'excessive fraîcheur du lieu, l'odeur piquante de la cire fondue des cierges, et les mêmes notes d'un désespoir éblouissant du *Pie Jesu*, comme un baiser inattendu déposé sur son chagrin, lui montèrent à la tête et elle se sentit partir vers l'avant. Une fraction de seconde, une autre. La longue main ferme de Judith la retint. L'amie murmura quelque chose d'inaudible puis ses doigts minces aux ongles carrés caressèrent son avant-bras.

Combien de temps la cérémonie dura-t-elle, Léonora aurait été incapable de le dire. Elle était rentrée en dedans d'elle, si profond, que le mouvement de Judith se levant la surprit.

Les trois personnes s'avancèrent en hésitant du bout de la chapelle, se consultant du regard comme pour s'encourager ou déterminer une sorte d'ordre de passage. Une jeune femme d'abord, une Stéphanie quelque chose, voisine de palier de Marie. Elle balbutia quelques phrases entre ses sanglots et s'enfuit après avoir déposé un baiser trempé de larmes sur la joue de Léonora. Un homme ensuite, d'une soixantaine d'années, un certain Daniel Balin ou Valin, rédacteur en chef d'un des magazines pour lesquels Marie pigeait. Le buste légèrement incliné vers l'arrière, il semblait craindre qu'elle se rapproche de lui. Des condoléances formelles mais, sans doute, une vraie peine derrière le regard affolé de l'homme. Quoi, que craignait-il ? Une contagion par la douleur, une inoculation de désespoir ? Enfin, le dernier, un homme jeune, châtain clair, qui déclara très vite :

— Euh... je ne sais pas quoi vous dire, madame.

La tête du jeune homme bascula vers le sol dallé à la recherche de mots enfuis, peut-être aussi dans l'espoir d'endiguer la lente glissade de ses larmes. Il inspira avant de fixer la grande femme mince qui se tenait rigide devant lui, détaillant quelques instants la silhouette ferme, la folle chevelure ondulée d'un cuivre foncé auquel ce concentré d'enfer et l'abus de tranquillisants avaient ôté toute lumière, les yeux si bleus qui s'éternisaient en amande vers les tempes. Il lâcha comme à regret :

— Euh... j'hésitais parce que... euh... Marie ne vous ressemblait pas... je veux dire physiquement, enfin de loin et je... il fallait que je m'approche pour retrouver quelque chose... cette façon de plisser le front, son... merde, on s'en fout, n'est-ce pas ?

— Je sais. Vous êtes un ami ?

Curieux comme la notion du passé lui échappait.

— Oui... enfin, un ancien petit ami. Je m'appelle Marc Lemoine. Je ne sais pas si Marie...

— Oui, elle m'avait parlé de vous.

— Ah ? Enfin si... je ne sais pas, si vous avez besoin de quelque chose, quoi que ce soit... je... tenez (il avait repêché une carte de visite un peu écornée dans la poche de son léger blouson et la lui avait tendue), vous pouvez me joindre à n'importe quel moment. Je (une larme, une autre, avait dévalé le long de l'arête de son nez, lui pinçant les lèvres)... Putain, quel gâchis... Merde, bordel de merde !

Il tourna brutalement les talons et fonça vers la porte de la chapelle, la laissant claquer derrière lui.

*

* *

Dehors, un soleil imbécile saluait de son insolence l'agonie de septembre.

L'automne. La saison préférée de Marie.

Marie née au creux d'octobre. Marie qui avait choisi sa date anniversaire pour rentrer en France. Marie qui se fabriquait de fausses coïncidences chronologiques, allant jusqu'à retarder ou anticiper un voyage ou une rencontre importante afin qu'ils se produisent durant SA saison. L'automne, le talisman de Marie. Un porte-bonheur confidentiel qui garantissait son succès, ses bonheurs.

Marie morte pour la nouvelle naissance de son talisman.

L'automne comme consécration de la barbarie qui déchiquette le cœur et l'âme.

*

* *

Pourtant, Léonora l'avait embrassé tous les soirs ce crucifix, ce talisman indestructible croyait-elle, que Josefa lui avait offert comme on se vide, quelques heures avant de mourir. Pourtant ce soir-là, lorsqu'il – il, le porc, le veuf de Josefa – l'avait fixée en remontant la lèvre supérieure, elle avait serré la croix d'argent, jusqu'à sentir le mince corps supplicié, écartelé, pénétrer dans la chair de sa paume. Pourtant, elle avait tant prié en le tenant plaqué contre ses lèvres.

Après ? Après le viol, domestique et d'une banalité commune et répétitive, elle avait oublié les obligatoires « Je vous salue Marie » et « Notre père » que Josefa exigeait d'elle comme une récompense ou une preuve d'amour avant le coucher. Après, elle avait compris qu'il ne servait à rien de saluer ou de remercier Celui, Eux, qui ne vous accordent jamais rien.

Après, une notion confuse pour laquelle elle ne possédait pas assez de mots s'était formée dans sa tête : si le porc l'avait redoutée, il ne l'aurait jamais fait trimer en remplacement de son esclave décédée, sa femme, jetant des ordres et des insultes par-dessus le journal qu'il épluchait pour établir ses pronostics de PMU. Jamais il n'aurait osé la réveiller en pleine nuit pour l'envoyer vérifier que la pagaille bruyante et soudaine provenant du poulailler ne naissait pas de l'attaque d'un carnivore affolé par l'odeur de cette viande endormie. S'il l'avait crainte ou juste respectée, il ne l'aurait jamais poussée dans la chambre, balancée sur le lit de sa femme à peine enterrée d'un coup de poing dans le sternum. Il n'aurait jamais retroussé sa robe, baissé sa culotte en lui griffant la cuisse. Il ne serait jamais rentré en elle comme dans un trou, un autre. Il ne l'aurait jamais giflée à toute volée parce que ses sanglots et ses plaintes l'exaspéraient, retardant son orgasme de brute.

Mais le porc ne la redoutait pas, il ne la craignait pas. Il la méprisait comme Josefa. Elle n'était que des muscles qui travaillent sans rien exiger en échange, comme un orifice disponible, comme une nouvelle inexistence depuis sa femme. On ne maltraite pas une inexistence, on ne la viole pas non plus. On peut demeurer serein dans la complicité affable de son esprit prédateur.

Pourtant, Léonora avait encore prié un peu, par superstition sans doute, caressant de ses larmes le crucifix de Josefa dont son porc de mari avait récupéré la chaîne afin de la vendre. La croix, il avait hésité. Léonora l'avait suspendue à un joli petit ruban bleu pâle, en satin. Comme une mince guirlande qu'elle enroulait autour de ses doigts pour s'endormir.

*
* *

La Porte à Mémoire basculait. Léonora eut la calamiteuse certitude que plus rien ne pourrait freiner son entrebâillement.

*
* *

Judith et Léonora rentrèrent à Portland la nuit suivant la crémation. Dans le taxi qui les conduisait vers l'aéroport, Judith demanda en prenant son élan :

— Que vas-tu faire de l'appartement de Marie ? On aurait peut-être dû le mettre en vente tant que l'on était sur place ?

Léonora la regarda comme si les mots lui devenaient étrangers et murmura :

— Quoi ?

— Rien, ma chérie. Tu as raison, on s'en tape.

Léonora se rendit compte qu'elle avait sorti le modeste crucifix d'argent de la « poche à grigris » qui ne quittait jamais ses sacs à main. Le petit Christ luisait de la sueur de sa paume.

Marie se moquait en riant de la fameuse « poche à grigris » en velours vert sombre. Léonora y fourrait tant de menus riens, des indices de souvenirs, amulettes improbables de moments de joie ou de beau chagrin. Le muselet du magnum de champagne qu'elles avaient bu à trois pour le premier vrai contrat de « Marie la journaliste ». Une longue mèche roux clair de cette vieille cocker que Marie l'avait poussée à adopter et qui avait entouré tant d'années Léonora de sa tendresse butée et vindicative. Trois vieilles pièces impériales chinoises. La première carte de visite, pliée en quatre, du Nora's, le restaurant que Judith et elle avaient ouvert à Portland. Un bracelet indien à grelots, en laiton, cadeau de Marie. Un autre, offert par Judith, fait de minuscules billes d'ambre dont exsudait un parfum rare lorsqu'on les frottait. Sans oublier la fève. Marie avait ramené de France une énorme galette des Rois, écrasée comme une pathétique crêpe durant le voyage puisqu'elle avait dû la passer en contrebande, dissimulée dans sa valise, sous ses jeans. La loi américaine interdisait toute introduction de produits végétaux ou alimentaires non stérilisés sur son territoire. Léonora était décidée à avaler toute la galette s'il le fallait, pour récupérer cette ridicule et minuscule promesse de chance couvrant une année. Un petit lutin hilare en faïence, le crâne enfoncé dans un bonnet vert, comme il se doit. Elle avait dû ingurgiter deux grosses parts avant de sentir le crissement de la fève sous ses molaires. Rien d'autre. Rien ne témoignait de sa vie à elle, en France, si ce n'était une incisive de lait de sa fille.

Sans même y réfléchir, elle récupéra la bourse en velours au fond de son sac, baissa la vitre du taxi et jeta la « poche à grigris » sur l'autoroute. Ce n'est que lorsqu'elle remonta la vitre qu'elle se rendit compte qu'elle avait conservé le crucifix collé de sueur entre ses lignes de vie et d'amour.

Portland, Maine. Vendredi. 11 heures

Les cendres de Marie reposaient derrière une jolie petite plaque de porcelaine blanche, enluminée de minces guirlandes en émail bleu pâle, dans un vieux cimetière de Paris. Léonora n'avait pas voulu les emporter avec elle et encore moins les disperser. Ne pas rapporter la preuve tangible que le miracle de Marie avait fui, conserver en elle le poids compact de sa fille. Sa fille n'était pas poussière, ni même cendres, elle était encore sa vie. Or ce que renfermait cette urne simple attestait de la débâcle de Marie, de la défaite d'un des magnifiques moments de Léonora, un des seuls aussi. Cette urne témoignait de l'incessante victoire du néant. Et si Marie était un ange, c'était un ange de lumière, d'énergie, de fantaisie. Ni la terre, ni la mer, ni l'ombre d'un sous-bois ne la prendrait à sa mère.

Le voyage en avion avait été un de ces moments entre rien et rien. Un bout de temps suspendu, sans réelle valeur de durée. Une anesthésie inversée. Une anesthésie capable d'endormir tout du monde extérieur, capable d'annihiler le moindre mouvement, la moindre envie de rébellion, ne tolérant plus qu'un souffle. Une anesthésie dont le délétère pouvoir consistait à séparer chaque fibre nerveuse, à l'identifier, la soulignant pour la livrer tout entière à la douleur dévorante mais si attirante des souvenirs.

*

* *

Des petits bouts de Marie, dans le désordre de son cerveau.

Marie qu'elle avait surprise un matin se tordant de douleur, un verre à moitié vide à la main. Du vinaigre. Une de ces recettes débiles censées « rétrécir l'estomac » et engendrer un amaigrissement spectaculaire.

Marie en larmes devant le miroir de sa chambre d'adolescente, hurlant : « Et pourquoi que moi je n'ai pas les yeux bleus comme toi ? »

Marie qui avait accepté sans renâcler, ni surtout s'inquiéter, l'anonymat de son père biologique lorsque Léonora avait balayé ses questions d'un : « C'était un monsieur peu recommandable, mais je n'étais pas de taille à lutter. Tu es de moi, tu es mon sang et mes cellules. Tu es ma vie, c'est tout ce qui compte. »

Marie premier amour, premier chagrin pour un grand benêt blondinet qui faisait baver toutes les demoiselles de la classe parce qu'il ressemblait à un chanteur célèbre cette année-là. Une ressemblance assez vague mais qu'il entretenait, semblait-il, avec soin.

Marie se ruant dans la chambre de sa mère, suante encore de sa course à vélo, chargée d'un plateau de petit déjeuner décoré d'un bouquet de fleurs qu'elle avait pédalé dur pour aller chercher.

Marie se glissant certains matins dans ses draps, se collant à son flanc, réinventant pour quelques secondes de bonheur l'apaisement du petit corps d'enfant auquel sa mère s'était cramponnée pour ne pas devenir tout à fait folle durant ses dernières années de France... Les autres aussi.

Marie. Encore et toujours.

Marie mon ange, Marie mon amour. Infini. Il n'y aura pas de fin à toi et moi parce que je n'en souhaite aucune.

*

* *

La Porte à Mémoire s'ouvrait grande.

*

* *

Léonora rampa, se tassant davantage sous la table à apéritif du grand salon de la maison de Portland. Elle était bien là, ramassée en position fœtale. La migraine de trop d'alcool, trop de médicaments, qui lui faisait remonter la salive dans la gorge et exploser les veines des tempes, semblait même hésiter à la suivre sous le plateau de bois sombre. Une niche parfaite dont seul un détail la préoccupait encore. Cette longue fente qui courait sur toute la longueur du plateau, jeu de bois ancien, qu'elle avait jadis trouvée si émouvant. Émouvant ? Mon cul ! Insistante et indiscrète, la faille permettait au tapage de la lumière diurne de s'infiltrer jusqu'à Léonora, lui rappelant sans cesse qu'il continuait d'exister autre chose que le demi-mètre cube de pénombre, délimité par la table et la moquette, qu'elle occupait seule avec sa tête.

Un long bout de ruban adhésif pour colmater cette brèche du bois, cette fuite d'ombre. Pas vraiment fuite, plutôt invasion. Invasion de la lumière qui, obstinée, s'acharnait à parvenir jusqu'à elle, dans son trou. Trouver tout de suite un long bout de ruban adhésif. Léonora rampa sur le ventre pour s'extraire de sa tanière et essaya de se redresser sur les genoux. Une vague de nausée la rattrapa, qu'elle tenta de juguler en inspirant de toutes ses forces et en crispant les mâchoires.

Elle s'écroula en vomissant sur la moquette gris anthracite.

Portland, Maine, dimanche

Il fallait tout fermer. Il fallait éviter de bouger, proscrire les lumières, même à la nuit tombée. Il fallait vivre comme si on était mort, ramper à coups de centimètres prudents sur les tapis ou se coller aux murs pour se glisser le long de leurs crèmes et de leurs gris. Il fallait éviter d'inspirer trop brutalement de peur que la glace des veines ne cède ou que les battements du cœur se trompent sur cet afflux d'air et ne s'emballent, s'imaginant à nouveau requis pour la vie. Il fallait s'éteindre sans précipitation, mais sans surprise.

Judith avait compris qu'elle ne devait plus téléphoner ou même passer. Elle avait senti que sa présence devenait douloureuse, comme un rappel, une culpabilité. Léonora le lui avait expliqué hier matin en bafouillant de trop d'alcool. Non, c'était faux. Léonora avait menti à l'amie, prétendant qu'elle partait quelques jours, qu'elle avait besoin de solitude, de séparation, puis, peut-être, de réparation. Judith avait hésité, presque revancharde d'inquiétude :

— Tu ne comptes tout de même pas prendre la route dans cet état ? Je peux t'accompagner. Ça ne m'ennuie pas, au contraire. Promis, je te foutrai la paix, je ne t'adresserai même pas la parole si c'est ce que tu souhaites.

Quelque chose qui ressemblait à de la hargne, à une folle colère avait soudain noyé Léonora. Il avait fallu un prodigieux effort, le rappel de tant de souvenirs coupants partagés, supportés avec ou grâce à Judith, l'obstination aussi de leur véritable amour d'amies pour que Léonora retienne la fureur qui montait, les insultes qui lui venaient, l'envie de frapper qui lui faisait trembler les mains. Pourtant, elle avait senti qu'elle perdrait bientôt la bataille et qu'elle devait se débarrasser de l'amie avant. Par amour, justement. Elle avait encore rusé, biaisé, trompé. Se contredisant d'une phrase à l'autre, elle était parvenue à convaincre Judith de se rassurer, de partir, de la laisser, promettant qu'elle téléphonerait dès qu'elle serait installée dans ce « quelque part ailleurs » dont elle n'avait aucune idée, aucune envie. Elle avait habilement insisté sur le restaurant, qu'allait-il devenir sans elles deux ? L'argument avait porté puisque cette affaire qu'elles avaient montée ensemble avait pris des allures de sauvetage pour Judith.

Léonora avait ensuite attendu la tombée de la nuit pour fermer la maison, se fermer dedans la maison.

La dilution ou plutôt la dislocation des lieux dans la pénombre que lui imposait l'insomnie l'avait déroutée. Étrange, elle habitait cette demeure de deux étages depuis trois ans, depuis l'accident qui avait coûté la vie à Don, son mari. Étrange, elle l'avait meublée, décorée avec sérieux puis avec tendresse, jusqu'à se bercer de l'illusion que chaque pièce devenait une extension d'elle-même dans un espace dont elle aurait contrôlé chaque parcelle, chaque objet, chaque jeu d'ombres. Étrange, elle s'en était sentie propriétaire pour découvrir qu'elle n'en connaissait qu'un reflet. On se convainc si vite de la bénignité des lieux que l'on occupe. Qui aurait dit que cet escalier de bois pâle qui montait à l'étage des chambres se révélerait si retors qu'en gravir les premières marches épuisait tout son souffle ? Qui aurait diagnostiqué que les larges dalles de terre recuite de la cuisine, d'un beige teinté de rose, sécréteraient un tel froid humide et glissant qu'elle finissait par craindre de les fouler ? Qui aurait pu songer que l'odeur des fleurs fanées, de l'herbe coupée, des pommes tombées s'infiltrerait, écœurante et lourde, sous les épais panneaux de la porte d'entrée ? Qui aurait deviné que le gris soutenu des murs du hall d'entrée qu'elle avait passé des heures à mélanger, essayer, comparer lui deviendrait si inhabituel ?

Alors Léonora installa sa tanière... non, pas tanière. « Tanière » est un mot d'odeur de poils, de souffle de mammifères qui se serrent pour dormir l'un contre l'autre, se léchant le bout des pattes comme un aveu d'amour et de permanence... son nid plutôt – cet endroit limité que l'on sait ou espère éphémère – dans l'un des coins du grand salon, le coin le plus éloigné de la porte. Un coin prédestiné. Son territoire allait désormais de la cheminée au coin de la pièce – à peine trois mètres de mur gris léger – et ne devait pas excéder en largeur la limite fixée par le rebord de la table basse, maintenant hermétique d'une bande de large ruban adhésif orange. Environ cinq mètres carrés d'univers. Tellement trop, mais même en cherchant bien, elle ne parvenait pas à découvrir de limites plus adéquates, ni plus évidentes.

Il lui fallut pourtant grimper à l'étage. Elle s'extirpa avec une sorte d'appréhension de sa cage virtuelle, franchissant, méfiante, les limites qu'elle avait décidées. Pourtant, sa temporaire évasion de son coin ne déclencha aucune catastrophe, aucun tremblement de terre, ni éboulement, ni raz-de-marée. Elle gravit les trois premières marches de l'escalier, en s'aidant de la rambarde. Un point de côté l'immobilisa. Elle patienta, cherchant sa respiration et opta pour une ascension à quatre pattes. Une fois parvenue sur le palier, elle se redressa, en sueur, et se rua vers sa chambre. Elle arracha à la volée le dessus de lit, ouvrit si brutalement sa commode que deux des tiroirs basculèrent, se vidant de leur contenu de lingerie sur le tapis bleu marine. Elle sortit de l'un d'eux la cartouche de cigarettes qu'elle avait conservée comme un rappel à l'ordre – une mise en demeure d'abstinence – et fonça en sens inverse. Elle dévala les marches, à bout de souffle, clignant des paupières sous la morsure légère du sel de sueur qui lui dégoulinait du front dans les yeux. Elle se précipita vers son nid, manquant s'affaler en piétinant le couvre-lit qu'elle avait jeté sur son épaule et s'accroupit le dos contre le manteau de la cheminée en haletant. De longues minutes s'écoulèrent avant que le pouls qui lui soulevait la gorge ne se calme, avant que ses poumons tolèrent à nouveau son souffle. Elle avait réussi la première étape. Restait la plus compliquée, la plus redoutable aussi. Une percée jusqu'à la cuisine.

La lumière diurne filtrant par les volets fermés commençait à décliner, à moins qu'un gros nuage ne soit venu l'obscurcir. Léonora l'ignorait, d'autant que sa montre était restée sur la table de chevet de la chambre et qu'il était hors de question qu'elle s'inflige une nouvelle ascension de l'escalier retors afin de la récupérer. Si loin, si ardu, si périlleux.

*

* *

La cuisine... Un sanglot obtura sa gorge. Marie, Judith et elle. Elles avaient tant ri toutes les trois dans cette vaste pièce chaleureuse des paillasses en bois exotique roux cuivre, des briques ocre rouge qui tapissaient le mur contre lequel s'adossait l'énorme cuisinière à bois et de la multitude de photos anciennes sous cadre que Léonora avait accrochées en ligne des deux côtés de la grande fenêtre qui donnait sur l'arrière du jardin. Elle en avait acheté un lot lors d'une *garage-sale*. À l'époque, elle s'était vaguement demandé si cette plaisanterie décorative procédait d'une gentille dérision ou s'il fallait y voir une sorte de parade à son absence de racines identifiables. S'entourer de photos anciennes, pénétrer dans le passé flou d'inconnus jusqu'à les faire siens, liens avec soi. Avant, elle aimait les détailler, tracer, puis gommer jusqu'à une nouvelle invention, les histoires de ces gens qu'elle ne connaissait pas et dont la plupart étaient sans doute décédés depuis longtemps. Certains clichés l'émouvaient, d'autres l'amusaient, comme le portrait de cette famille empesée, toute de sombre vêtue à l'exception de la petite fille emmaillotée dans une robe mousseuse de teinte claire, assise bien raide sur les genoux de sa mère. Celle-ci, en chignon sobre et lourde moire convenablement égayée d'un camée, était installée dans un inévitable rocking-chair. Le père confit dans le sérieux de sa chaîne de gousset, de ses guêtres à petits boutons ronds fixait l'objectif avec la sévérité d'un gros commerçant honnête du début du XXe siècle. Sans doute avait-il insisté pour conserver son chapeau melon lors de la prise.

Marie, Judith et elle. Lorsque Marie rentrait de France pour quelques jours de vacances. C'est cela, elles avaient ri aux éclats des innovations culinaires de Judith qui souhaitait donner « une connotation plus... monde, tu vois ? » aux cartes du restaurant. Marie tenait le rôle, parfois risqué, de cobaye-goûteuse de service. Le clou avait sans doute été ce satay de pintade accompagnée d'une purée Isabelle et rehaussé d'un coulis d'airelles et de cacahuètes. Trois continents d'un coup, une vraie prouesse « world ». Marie, affectant le professionnalisme d'un critique gastronomique chevronné, avait conclu la première bouchée d'un : « Ah oui... Ah oui, là, je coche la case "intéressant" ! Immangeable, mais intéressant. »

D'autres créations avaient suivi, certaines tout aussi déroutantes : « foie haché et ses petites brochettes d'espadon sur leur lit d'épinards » ou même un « kouglof de nouilles safranées ». Leur goûteuse dégoûtée avait catégoriquement refusé d'expérimenter ce dernier, craignant pour sa santé, non sans une certaine légitimité.

Mon Dieu, comme elles avaient ri. Aux larmes.

Léonora gloussa en s'étouffant. Elle ne s'était pas rendu compte qu'elle pleurait.

La cuisine. Une autre expédition périlleuse mais inévitable. Il fallait s'y précipiter afin d'en extraire un minimum de survie. Ensuite et seulement ensuite, elle pourrait se tasser à nouveau dans son nid virtuel et y redescendre vers Marie. Voilà. Il suffisait de se convaincre que cette plongée dans les moments de sa fille était sa récompense si elle parvenait à dominer assez sa panique pour foncer jusqu'au réfrigérateur, y récupérer des provisions. L'eau aussi. Mais c'était moins grave. Elle pouvait toujours s'abreuver au petit bénitier des toilettes du hall d'entrée. Quant à l'alcool, tous les alcools, n'importe lesquels, ils étaient miraculeusement rangés dans ce beau meuble en bois sombre du salon. Presque à portée de main.

Léonora détailla les lignes sans concession ni mièvrerie de ce vaisselier d'inspiration thaïlandaise transformé en bar et se releva doucement. Accroupie sur les talons, elle inspira avec lenteur, saturant sa cage thoracique d'air en prévision de l'effort surhumain qu'elle s'imposait.

Trois. Compter jusqu'à trois et foncer. Non, d'abord réfléchir, planifier la séquence des gestes à faire pour minimiser le temps, ne rien oublier. Une catastrophe ça, un oubli. Une malédiction qui signifierait devoir y retourner. Se précipiter par la droite pour atteindre au plus vite le réfrigérateur. Ouvrir la double porte. Se souvenir que les fruits étaient rangés en bas, le lait dans l'épaisseur du battant. Normalement, il restait du pain maison sur une planche, au-dessus de l'appareil.

Elle répéta sa scène dans la tête, luttant contre l'essoufflement de trouille qui montait, luttant contre l'apathie douloureuse que diffusaient les neuroleptiques. Jusqu'à trois, on y va sur le « trois ».

Trois. Le buste de Léonora bascula vers l'avant et elle décolla de ses talons comme une sprinteuse. Quelques longues foulées, bras plaqués au corps. La cuisine, à droite le gros réfrigérateur. Elle fonça, sans regarder autour d'elle. Le haut de sa cuisse heurta de plein fouet le coin massif de la table en bois brut mais elle ne s'en aperçut d'abord pas, préoccupée par la vague de nausée qui faisait remonter dans sa gorge un liquide d'alcool, aigre de sucs gastriques. Elle plongea dans le réfrigérateur agrippant en gémissant tout ce qu'elle pouvait emporter. Enfin, elle fut libre et repartit en courant vers son nid.

Elle s'y tapit, s'enroulant dans le couvre-lit en dépit de la chaleur de l'après-midi. Lorsque les tremblements nerveux qui lui faisaient claquer des mâchoires se calmèrent enfin, elle établit l'inventaire des provisions arrachées à la cuisine. Du pain, un carton de lait, un pot entamé de confiture maison de reines-claudes, un filet de tomates olivettes, un céleri en branche.

Soudain, un cri strident lui arracha les tympans. Elle fouilla le salon du regard, en pleine confusion. Merde, merde, elle avait oublié de débrancher le téléphone ! Le cri reprit sa respiration et recommença, encore et encore. Elle se couvrit les oreilles de ses mains. Le déclic du répondeur, puis une voix, celle de Judith :

— Léonora, si tu consultes tes messages à distance, appelle-moi. Tu as promis ! Ton mobile est en permanence sur messagerie. Je me fais un sang d'encre. Merde, téléphone, bordel !

Une expiration exaspérée, paniquée suivit. Léonora enfonça son poing fermé sous la ligne de son soutien-gorge dans l'espoir de calmer les battements anarchiques de son cœur, suppliant dans sa tête : « Mais qu'elle raccroche, qu'elle raccroche enfin ! »

Le second déclic tant espéré. Le silence de plus rien. Un soupir.

Enfin.

Portland, Maine, mercredi

Il avait fallu tout terminer puisqu'elle ne pouvait pas retourner dans la cuisine pour y jeter les restes. Le lait commençait à tourner, exhalant une odeur aigre de vomi de bébé. La terre incrustée au pied du céleri lui avait longtemps agacé les dents.

Où avait-elle passé ces trois derniers jours ? Elle n'en avait conservé aucun souvenir si ce n'était d'avoir rampé à plusieurs reprises vers le meuble en bois sombre afin d'en tirer une nouvelle bouteille. Sans doute avait-elle été malade. Une large tache malodorante jaunissait en coulée le bord du couvre-lit d'inspiration quaker.

Elle avait souvent glissé vers « avant ». Avant Marie, avant ici, avant maintenant. Pourtant, grâce à toutes ces années de dressage, elle avait un jour presque réussi à se convaincre, se rassurer : elle était de taille à maintenir close la lourde porte qui bouclait ses pires souvenirs dehors, à l'extérieur d'elle ou peut-être dans un recoin à peu près indolore. Rien à foutre de leur localisation pourvu qu'ils cessent de faire mal. Ce leurre n'avait pas résisté à l'analyse. En réalité, c'était Marie. Seule Marie avait été capable de peser de tout son poids de bébé, de petit enfant, puis de jeune fille pour bouter les germes passés de la terreur hors les neurones de sa mère. Marie était la porte, la Porte à Mémoire. Elle était l'armure. Léonora se retrouvait si vulnérable, la chair exposée, la mémoire à vif.

Léonora caressa du bout de l'index la photo qu'elle avait tant embrassée qu'une pellicule de salive sèche en atténuait les contours. Marie. Marie bronzée en short, son bras encerclant la taille de sa mère. Marie hurlant d'un rire maintenant figé, sans cause repérable sur la photo. De quoi riait-elle ? Mince, comment avait-elle pu oublier ce qui avait, juste à ce moment-là, provoqué la folle hilarité de sa fille, ce qui avait renversé sa tête, découvert ses dents en arrondissant ses lèvres ? D'un autre côté, Marie riait de tout et de rien, des mouettes qui miaulaient en frôlant les têtes des promeneurs, de ses cheveux fins et bouclés que le vent dressait sur son crâne, du sable qui crissait dans sa bouche.

*

* *

Ce soir-là, Léonora avait serré les mâchoires jusqu'à sentir la couche d'émail qui recouvrait ses molaires s'effriter. Elle était arrivée un peu plus tôt à la clinique, un petit établissement situé non loin de la place d'Italie, sa chemise de nuit et son nécessaire de toilette rangé dans un sac en toile cirée écossaise. L'animation qui débordait jusque dans le couloir l'avait pétrifiée. On aurait cru que toutes les femmes enceintes du coin s'étaient donné le mot pour accoucher en même temps. Un truc à voir avec la prochaine pleine lune lui avait expliqué d'un ton docte l'une de ses voisines.

Elle était seule et c'était aussi bien ainsi. À l'époque, sa force se concentrait dans la solitude de sa tête. Elle se repliait sur elle-même, se tassait en boule dans son cerveau, minuscule univers de résistance, sans aspérité, sans prise réservée à l'extérieur. C'était après Josefa. La seule parade qu'elle eut trouvée pour fuir son porc de veuf tout en restant là où il exigeait qu'elle fût. À la cuisine, au poulailler, devant la table à repasser ou allongée, les cuisses écartées.

Les filles comme elles, trop jeunes, démunies d'argent, de mots ou d'aplomb, sans grosse voix de mari, sans débit péremptoire de mère comme soutien ne pouvaient pas prétendre à grand-chose, aussi n'avait-elle rien exigé. Soulagée déjà qu'une infirmière débordée lui lance en courant que « tout ira bien, mon petit. Installez-vous sur la civière. Commencez à vous déshabiller, ça nous avancera ». Il y avait une telle assurance dans cette phrase que Léonora avait vraiment cru qu'elle s'adressait à elle en particulier, à son ventre qui lâchait. Elle avait d'abord jeté un regard inquiet autour d'elle. Mais les gens passaient dans le couloir sans même la déceler. Elle avait enfilé sa chemise de nuit en se tournant vers le mur pour dissimuler ses seins.

Rien n'avait été, bien sûr. Bassin trop étroit, bébé trop lourd. Huit heures. L'accouchement avait duré huit heures. Au début, ce déchirement juste sous son nombril, qui la disloquait, l'avait surprise, paniquée. Ensuite, elle avait eu mal, si mal, rien d'autre. Les hurlements d'une femme entre deux âges, sans doute épuisée, mais que Léonora avait détestée durant des années. La sage-femme qui barrissait : « Mais enfin, poussez ! » comme si elle allait la gifler. Le médecin qui passait parfois la tête par l'entrebâillement de la porte, haussant juste les sourcils en signe d'interrogation et la femme qui répondait : « On s'en sort pas, ça risque de déraper. » Toutes les fibres de son corps qui se hérissaient sous la souffrance, l'impression de membranes qui se déchiraient les unes derrière les autres pour tenter de délivrer le bébé. Un truc qui coulait le long de sa cuisse, la sueur qui trempait le drap sous elle, puis la sage-femme décidant tout haut :

— Bon, là, il faut qu'il sorte.

Léonora avait bien tenté de protester lorsque la femme corpulente s'était assise à califourchon sous ses seins. Mais elle était si loin dans cette sorte de coma douloureux, épuisée aussi. Elle avait vaguement essayé de repousser le volumineux derrière de la femme qui l'étouffait, mais l'autre avait glapi :

— Si tu crois que ça m'amuse, ma cocotte ! Bon allez, on le sort... il faut qu'il vienne et vite. Pousse, bordel, pousse !

Léonora avait songé, à ce moment-là, que rien de ce qu'elle vivrait ensuite ne pourrait être pire que ces heures interminables. Cette idée l'avait étrangement soulagée, comme si elle impliquait, en toute logique, qu'elle venait d'abandonner sa provision de « pire » derrière elle. Elle avait tort. Pour pas mal de raisons dont l'une évidente : dès que Marie avait avalé sa première goulée d'air personnelle, sans l'aide du sang de sa mère, toute cette souffrance, tout ce coma s'étaient soudain dilués. Le premier hurlement de Marie l'avait fait sangloter de satisfaction, de triomphe aussi. Son premier, son unique triomphe.

La sage-femme avait dessellé d'elle en soupirant :

— Ben c'est pas dommage. Une fille. Comment s'appelle la mignonne ?

Léonora avait bafouillé :

— Marie... Marie Louvier.

— Y a pas de père ? avait rétorqué l'autre, mi-désolée, mi-agacée.

— Non.

Un joli nom, Louvier. Un nom qu'elle devait à la rue dans laquelle on l'avait laissée un soir. La rue de l'orphelinat, rue de la Louvière. Quant au Léonora, c'était parce qu'il y avait déjà une petite Léone et une maigrelette Eléonore à son arrivée dans l'institution, preuve de la tendresse d'une des sœurs pour son Léon de père, décédé quelques années auparavant d'un manque d'envie de poursuivre sa vie. La religieuse leur avait un jour conté qu'il avait laissé un de ses avant-bras d'adolescent durant la Grande Guerre pour perdre toutes ses illusions sur la gloire de l'Homme lors de la seconde, la deuxième mutilation l'ayant plus définitivement ravagé que la première.

Léonora était ressortie le lendemain soir de la clinique. Alors qu'elle attendait l'autobus – la petite chose trop fragile et vagissante plaquée, encore, contre son ventre – lui était tombée dessus une étrange certitude. Ces quelques heures avaient été le catalyseur d'une transmutation. Une sorte d'Œuvre alchimique s'était opérée en elle, à son insu, mettant à sac cette économie d'elle-même, cette pingrerie de courage qui l'avait poussée à se tasser, à fuir ou à se rouler en boule de résistance lorsque la fuite lui semblait impossible. C'était cela, elle le sentait. L'insupportable versatilité de ses cellules humaines avait été remplacée par l'obstination tenace des minéraux. C'était cela, elle était devenue une sorte de rocher buté, un de ceux que l'on doit contourner parce qu'on ne peut ni les déplacer, ni les pulvériser.

*
* *

En arrière-plan, sur la photo, le grand monolithe d'un sombre granit arrogant se dressait au milieu de l'anse de Portland.

Curieux comme elle n'avait jamais remarqué à quel point sa fille était plus menue, plus fragile qu'elle. Plus petite aussi. Une bonne dizaine de centimètres. Sans doute parce qu'elle était si vive, comme le sont souvent les femmes de petite taille. Marie ne savait pas bouger simplement : elle occupait tout l'espace à la fois avec une frénésie joyeuse. L'ombre de ses gestes, l'écho de son passage imprégnait chaque recoin, se répercutait de mur en mur, générant ces sortes de traînées de lumière que certains photographes apprivoisent sur leurs clichés. « Mais arrête, tu me donnes le tournis », protestait parfois sa mère.

Elle. La mère de Marie. Que restait-il d'elle, Léonora, en dehors de cette appropriation qui en faisait le bien inaliénable de sa fille ? Pas grand-chose. Ça tombait pile : elle ne souhaitait aucune autre généalogie que celle qui la faisait exister à partir de Marie.

Léonora approcha la photo de son front et l'y pressa comme un remède.

Léonora avait emporté si peu de chose de France. À la vérité, ses possessions se limitaient à quelques ustensiles de cuisine, un peu de vaisselle, une valise de vêtements, cinq ou six livres. Rien de souhaitable, et encore moins de précieux à l'exclusion d'une paire de lunettes de dame à verres progressifs et de ce petit cadre en bois blanc qui protégeait une photo ancienne.

Une petite fille souriante, boutonnée jusqu'au cou dans un joli manteau blanc à col de fourrure claire, un bonnet cachant ses cheveux, ne découvrant que sa frange épaisse. La photo avait été colorisée, lui dessinant d'improbables pommettes bien rondes et roses et une petite bouche vermillon. L'enfant se tenait très droite, sans doute intimidée, sa menotte gantée nettement posée sur une table fleurie d'un gros bouquet de roses.

Une photo typique des années trente. Josefa. Le cliché avait-il été pris juste avant que ses parents ne fuient la Pologne ou après l'exil, lorsqu'ils avaient senti que rien de meilleur ne les attendait dans ce nouveau pays et surtout pas Dieu contrairement à ce qu'affirmait la légende consolatrice qui se ressassait dans les pays de l'Est ? « Dieu est en France. » Léonora n'avait jamais songé à le lui demander et elle s'en voulait terriblement aujourd'hui. C'était si coupable qu'elle se serait giflée de son manque de curiosité d'alors.

Existons-nous en dehors de ce qui nous entoure ? Existons-nous sans nos lieux, nos êtres, leurs gestes et leurs mots, les nôtres ? Existons-nous sans l'amour qu'ils nous donnent ou qu'ils nous imposent ? Existons-nous sans celui qui nous vient, même lorsqu'il est inopportun ?

Peut-être était-ce, en effet, la Pologne. Il devait faire très froid. L'enfant-Josefa portait un pantalon noir par-dessous une robe à carreaux, comme les petites filles d'antan.

*

* *

Léonora repêcha dans la poche de son pantalon en laine noire la boîte de neuroleptiques. Merde, plus que deux. Ah merde... Cela signifiait qu'elle devrait bientôt remonter jusque dans sa chambre.

Elle libéra les deux comprimés bleu tendre de leur petite alvéole en aluminium et dévissa la bouteille de bourbon. Tiens, elle avait attaqué le bourbon, ce coup-ci. La menteuse alchimie qui se produisait entre l'alcool et les calmants produirait bientôt son effet. Elle l'attendit, se bagarrant contre la panique du manque qui la frôlait. Pas du manque de substance, elle n'en prenait pas depuis assez longtemps pour la subir déjà – plutôt du manque de cachette dans laquelle enfermer à nouveau son cerveau. Une petite cachette dont les parois intérieures étaient recouvertes d'une ouate étouffante. Son cerveau pouvait s'y cogner sans s'y déchirer tout à fait. Il pouvait s'y blesser de souvenirs, y saigner de tant de peine sans démolir le reste de ses cellules. C'était peut-être cela au fond la fonction principale de ces petites pilules bleues : contraindre sournoisement le cerveau à survivre alors qu'il ne le souhaitait plus, lui ôter pour un temps son infini pouvoir de destruction sur le reste du corps.

*

* *

À nouveau la plainte stridente. Elle rattrapa de justesse la bouteille qu'elle avait failli lâcher. Non, pas encore Judith !

Une voix qu'elle ne connaissait pas. Une voix féminine, jeune, française, dont l'étouffement s'expliqua aussitôt par un reniflement. Une voix de beaucoup de larmes.

— Madame Louvier... euh... Morrison... je ne sais pas si vous vous souvenez de moi... je... Stéphanie Marolle... j'étais à l'enterrement de Marie. J'ai votre numéro de téléphone personnel parce qu'elle me l'avait confié au cas où... (des sanglots hachèrent la voix qui mourut pour quelques instants). J'étais sa voisine de palier et nous étions assez amies... je voulais vous dire... je ne sais pas s'il faut que je vous le dise... oh putain... je sais pas quoi faire. Ça tourne dans ma tête depuis le cimetière... Euh... il y avait quelqu'un chez elle ce soir-là... le soir où elle s'est suicidée... nos appartements sont mitoyens. Je... Je ne crois pas que Marie se soit suicidée. J'étais rentrée tard. J'ai gardé le chat... Tom.

Un gouffre. Un gouffre comme seul endroit préférable, vivable. Léonora était au bord, sondant sa profondeur.

La voix poursuivit :

— Je ne sais pas, moi... (un sanglot paniqué glissa jusqu'à Léonora :) Madame Louvier, répondez, je vous en prie.

Elle se rua vers le téléphone. Une sonnerie continue. La jeune femme dont elle était incapable de se remémorer les traits avait raccroché. Elle enfonça la touche de rappel automatique. « Numéro caché » s'afficha sur le minuscule écran à cristaux de l'appareil. Un anonymat pire qu'une blessure.

Elle lâcha le combiné en hurlant, tournant sur elle-même, cherchant des yeux... n'importe quoi, détruire, casser, blesser. Son poing fermé fila en direction de son visage, là, juste en face d'elle. Pas grave, elle ne s'était pas reconnue. Le choc du miroir qui explosait sous ses phalanges lui électrisa le bras, tétanisant son coude puis son épaule, incapable d'endiguer sa fureur. Léonora entendit à peine l'éclat du verre qui percutait le sol, se désintégrait en épaisses esquilles. Elle regarda, incertaine, le sang dévaler de ses doigts, d'abord blancs de la pression du choc, puis rouges, un rouge glorieux comme une revanche. De grosses taches en étoile, hésitantes, émouvantes de paresse embrassèrent le sol. Lentes.

Elle se laissa aller à genoux sur la moquette, regrettant un peu le retard de la douleur qui aurait déjà dû lui vriller la main, le bras.

Plus de sanglots, plus de hurlements, plus de coups de poing dans tous les objets dont le crime était de se trouver à sa portée.

Partie la terreur des lieux, la terreur de cet espace que Marie avait abandonné.

Envolée la consolation menteuse et meurtrière de son nid serré autour d'elle.

« Marie ne s'était pas suicidée » avait affirmé cette jeune femme. Ne rien conclure de cela, surtout, ne rien en déduire d'autre que ces mots pour l'instant, faute de quoi elle deviendrait tout à fait folle, c'était certain. Au demeurant, pourquoi la folie l'avait-elle frôlée pour la délaisser ensuite injustement ? Léonora s'offrait pourtant sans résistance.

Rejoindre cette jeune femme, Stéphanie. La retrouver. Écouter tous les autres mots qu'elle avait gardés.

Léonora se laissa tomber sur les fesses. Une question crétine lui traversa l'esprit : comment Stéphanie... comment ces trois personnes présentes cet après-midi-là, dans le couloir menant à la petite chapelle, avaient-elles découvert le lieu et l'heure de la crémation ? Léonora n'avait pensé à envoyer aucun faire-part et elle ignorait les noms des relations amicales ou professionnelles de sa fille. Puisque la peur bleue d'avoir à vider la baignoire l'avait tenue éloignée de l'appartement de Marie, elle n'avait pu chercher de carnet d'adresses. Du reste, même dans le cas contraire, y aurait-elle songé ? Pourquoi, comment ces trois personnes étaient-elles là ?

Judith. Judith saurait. Même si elle ne savait pas, elle trouverait. Judith et son obstination lorsqu'elle se mettait quelque chose en tête. Un embryon de soulagement. La simple mention du prénom de l'amie la détendit un peu.

Leur amitié avait été si solide, si permanente et de nature si cyclique. Au début, Léonora avait soulevé à bouts de bras la grande femme démolie, la portant, la traînant, s'acharnant à la faire revivre. Au fond, sans doute avait-elle puisé la force et la justification de sa propre sauvegarde dans les survies de Marie et de Judith. « Léonora-Moi-Je » n'était rien qui vaille la peine qu'on s'y arrête mais « Marie-Elle » et « Judith-Elle » devenaient essentielles, une sorte de label, mieux de mode d'emploi compréhensible de la vie. Faire survivre les deux autres justifiait la permanence de sa propre survie. À la mort de Don, au départ de Marie, la boucle s'était inversée à nouveau. Judith l'avait portée, la berçant, la houspillant, la contraignant. Car il y avait eu d'autres oscillations avant cela... trop long, trop pénible.

Léonora fixa le téléphone que sa chute avait projeté non loin d'elle. Elle ne parvenait qu'à le frôler du bout du majeur, même en étirant le bras au maximum, jusqu'à sentir les tendons de son épaule renâcler sous la torsion, les lèvres de la blessure de ses phalanges s'entrouvrir, le sang humecter à nouveau la peau éclatée.

Elle était fatiguée, épuisée. Avait-elle dormi tous ces jours suivis de toutes ces nuits ? Elle ne s'en souvenait pas, le coton dense de la camisole chimique ayant imperméabilisé son cerveau depuis la... depuis le départ de Marie.

Elle parvint enfin à se traîner et composa le numéro sans même réfléchir où elle posait l'index. Une voix ensommeillée lui répondit après d'interminables sonneries.

— Qui c'est ?

— Moi. Judith... je... je suis rentrée.

— À l'instant ? Mais il n'est même pas six heures du matin. Comment vas-tu ?

— Mal, très mal, c'est pas grave. Tu peux venir ?

— J'arrive chérie, donne-moi une demi-heure pour émerger... Oh... je suis si contente de t'entendre. Tu m'as vraiment foutu la trouille.

Léonora raccrocha en songeant que la vraie peur commençait maintenant. Judith l'ignorait encore.

Portland, Maine, mercredi

La demi-heure avant le coup de sonnette péremptoire de Judith avait passé si vite. La lenteur chimique sécrétée par les deux derniers comprimés de calmants qu'elle avait avalés un peu plus tôt, ses gestes comme dissociés les uns des autres. Étrange cet anéantissement des réflexes conditionnés. Quand on prend quelque chose en main, il suffit de le souhaiter, la séquence des mouvements à faire s'impose d'elle-même sans qu'on ait besoin d'y réfléchir. Mais l'étau mental imposé par les pilules bleues était si puissant qu'il annihilait ce petit privilège : il fallait songer à tendre la main, se baisser un peu, avancer le bras vers l'objet sans basculer, refermer les doigts dessus, se redresser... tant de choses que son cerveau comateux devait surveiller, orchestrer.

Trente minutes, si peu de temps pour maîtriser la lenteur maladroite de chaque mouvement. Juste assez pour ramasser en boule le couvre-lit, les déchets alimentaires qui jonchaient le nid abandonné, les mégots qui avaient débordé du carton de lait transformé en cendrier et dont l'odeur lui levait le cœur – une odeur de tabac froid, de carton ciré brûlé mêlée d'un relent aigre de lait caillé – pour les balancer dans l'escalier situé face à la porte d'entrée. Celui qui descendait vers la cave. Peu importaient les éclats de miroir ou de cristal du hall d'entrée, ceux-là, elle pourrait les expliquer. Pourtant, dès son arrivée, le coup d'œil appuyé de l'amie vers le coin de mur où Léonora était restée tassée, démontra à cette dernière que l'histoire de ces jours et de ces nuits s'étalait comme un témoignage. Du reste, Judith soupira :

— Ce n'est pas grave... je sais que tu n'es pas partie, que tu es restée planquée ici. Je passais toutes les nuits devant la maison, après la fermeture du restaurant. C'était comme si je pouvais te renifler. Je préférais... au moins je savais où tu étais. Ton amoureux sans espoir aussi, il traîne comme une âme en peine à proximité du téléphone, en attendant ton appel.

Il fallut quelques instants à Léonora pour comprendre à qui elle faisait allusion. Ah oui, Stanley. C'était devenu une gentille blague entre elles. Stanley Crumley s'efforçait de dissimuler, avec la maladresse des hommes surpris par l'ampleur inattendue de leurs émotions, une dévorante fascination pour sa très belle patronne. Mais aujourd'hui la blague lui était indifférente.

Judith s'avança, ouvrant les bras comme des ailes pour en envelopper Léonora, et poursuivit, le menton appuyé sur son crâne :

— En parlant de « renifler », tu devrais aller prendre une douche.

— Tu vois une bonne raison ?

— Ouais, tu pues. Même tes cheveux sentent mauvais. (Elle repoussa doucement Léonora et sourit avec cette tristesse qui lui étirait les lèvres vers les tempes). Dans quel état tu t'es mise ma chérie... Ça ne résoudra rien, tu sais ?

— Oui, je sais. C'est juste que... que, je n'arrivais pas à faire autre chose. J'avais l'impression que la maison allait m'avaler si je bougeais... que j'allais tomber dans un trou et ne jamais pouvoir en remonter. Remarque, c'était un trou tentant et je l'ai pas mal frôlé... Tu te souviens de cette jeune femme qui se trouvait dans la chapelle ? La voisine de palier de Marie.

— Euh... Stéphanie Mar... quelque chose ?

— Marolle. Je ne parviens pas à me rappeler à quoi elle ressemblait.

— Une petite blonde... plutôt châtain clair, assez jolie. Enfin, elle était pas mal fripée par les larmes ce jour-là.

Prise d'une soudaine énergie, Léonora fonça vers le téléphone en criant :

— Écoute son message, elle vient de m'appeler. Je n'ai pas... enfin le temps que ses phrases prennent un sens et que je parvienne à me relever, elle avait raccroché. C'est un numéro liste rouge sans doute... le rappel automatique ne fonctionne pas.

Elle appuya à plusieurs reprises la touche de défilement, obéissant aux ordres nerveux de la main de Judith.

La grande femme parla d'une voix trop douce qui ralentissait ses phrases, les contenant dans sa gorge pour ne les lâcher qu'à regret. Cette voix de juste avant qu'elle n'attaque. Léonora se souvenait de ce débit qu'elle n'avait entendu que rarement...

*

* *

Ce dealer blême que Judith avait soulevé du sol pour le propulser de toutes ses forces contre une table, enfonçant ses deux pouces juste sous sa pomme d'Adam, lui conseillant d'un ton suave, presque amoureux, de lâcher le morceau, jusqu'à ce qu'il suffoque en râlant, jusqu'à ce que ses yeux se révulsent...

*

* *

— Attends, ma Léo... j'ai bien compris ce qu'elle disait ? Il ne s'agirait pas d'un suicide ? Je veux dire... Marie n'aurait pas volontairement mis fin à ses jours ?

Léonora la fixa, yeux grands ouverts, vidés. Elle était jusque-là parvenue à éluder ce qu'impliquait cette simple synthèse. La conclusion avait patienté mais exigeait maintenant sa formulation. Elle eut la troublante certitude qu'elle ne devait surtout pas prononcer les mots qui s'imposaient, qu'elle devait attendre que Judith s'y résolve. Sans doute l'amie le sentit-elle également puisqu'elle murmura en enlaçant à nouveau Léonora, son souffle frôlant ses cheveux :

— Chut... chut, ma belle... Toi et moi savons que le pire n'a pas de limites.

La longue main presque maigre caressa sa tempe, repoussant une mèche roux sombre derrière l'oreille. La voix reprit :

— Nous savons aussi que ce ne sont pas les mots qui font hurler mais ceux qui les prononcent, n'est-ce pas ? N'est-ce pas que nous l'avons appris, ma Léo ?

Léonora acquiesça d'un mince mouvement de tête, sachant ce qui devait suivre, le redoutant et pourtant priant pour que les mots s'étalent enfin parce qu'alors il n'y aurait plus de voie d'issue, plus d'autre nid possible. Dans quelques fractions de seconde, Judith prendrait une inspiration, ouvrirait la bouche. Dans quelques fractions de seconde, des sons sortiraient de son larynx. Dans quelques fractions de seconde, le passé de Léonora rejoindrait son présent. Il n'y avait plus rien à tenter pour l'éviter, du reste son amnésie volontaire des dernières années avait fait la preuve de son inefficacité, de son imbécillité aussi.

Judith prit une longue inspiration, ouvrit la bouche :

— Marie ne s'est pas ouvert les veines dans sa baignoire. Si ce que raconte cette Marolle est exact... on l'a tuée.

Un sanglot cassa l'amie. Judith resta là, les yeux dilatés, la bouche entrouverte, la tête légèrement inclinée sur le côté comme si elle tentait de déterminer l'origine d'un bruit ténu. Son visage presque émacié se crispa.

Attendre que ses larmes cessent, que sa fureur l'épuise, que ce chagrin d'une nouvelle nature l'assomme un peu. Léonora le savait, elle avait juste un peu d'antériorité.

Elle demeura immobile, et attendit, la tête vidée. Soudain le corps de Judith coula vers le sol, doucement, sans hargne, ni hâte. Léonora le suivit, se tassant contre lui. Elle posa sa main sur le pull blanc en mailles fines, enregistrant dans la pulpe de sa paume les saccades qui soulevaient le flanc de l'amie, percevant dans le battement du sang qui irriguait le bout de ses doigts, les crispations de ce long corps trop mince qui souffrait parce qu'il ne lui restait rien d'autre à faire.

Pas encore.

*

* *

Fallait-il y voir autre chose qu'une assassine coïncidence ? Existe-t-il une escroquerie comme le destin ou la fatalité ? Certains êtres sont-ils vraiment, comme le disait Josefa, nés sous une mauvaise étoile ? Ils n'auraient alors aucune chance de s'en sortir, leurs plus téméraires efforts étant réduits à l'état d'ineptes tentatives. Josefa parlait d'elle, de sa débâcle personnelle bien sûr. Léonora n'avait découvert la sienne, celle qui l'attendait, qu'un peu plus tard.

Josefa lui avait tendu la main. Elle était polonaise, fermière par généalogie et habitude, bonniche et souffre-douleur par mariage.

Léonora avait cinq ans. Elle s'était accrochée à cette main usée de femme. Elle y avait aussi accroché sa vie parce que c'était la dernière chose qu'on lui offrît. Non qu'on lui eût offert grand-chose avant, mais du moins s'était-elle bercé de l'enfantin et dévastateur espoir que tout ceci était une gigantesque erreur, qu'un jour une belle dame parfumée et bien habillée déboulerait en s'écriant : « Oh ma chérie, je me suis fait tant de souci, je ne savais pas où tu étais passée. Je t'ai cherchée partout, mais maintenant, ça n'a plus d'importance, tout le vilain est fini. Viens. Je vais te montrer ta jolie maison. » La belle dame inquiète n'était jamais venue. Sauf que Josefa était belle, elle aussi, à sa manière. Elle avait de si beaux cheveux très noirs, gonflés de grosses boucles serrées. Des yeux si bleus, bleu saphir, presque impossibles, rehaussés de quelques paillettes de noisette, si jumeaux de ceux de Léonora que, parfois, les passants la prenaient pour sa fille.

Ah mon Dieu... Germinie Lacerteux, la petite marchande d'allumettes et les deux orphelines réunies pour une parade d'un goût douteux. Usée surtout, comme nous. Le synopsis d'un juteux sitcom « bouleversant d'humanité » comme ils disent. Mais nous oublions si volontiers que les sitcoms sont nous, dans toute la répétition de notre fragilité, de notre voracité d'aimer et d'être aimés. L'intelligence nous sert si peu, sinon à justifier a posteriori que nous sommes des êtres sentants, ressentants. Faut-il s'en insurger ? Faut-il au contraire admettre qu'il s'agit là d'une des seules généreuses victoires de l'Homme ?

*

* *

Deux taches bleu saphir pailletées de noisette contemplaient Léonora dans une petite flaque de miroir brisé qui avait glissé sous la console chinoise en bois blond du hall d'entrée. Une langue de chaleur lui caressa la cheville. Il devait être presque midi pour que le soleil pénètre selon cette trajectoire par l'imposte vitrée surmontant la porte d'entrée. Son bras, sa main s'étaient ankylosés jusqu'à ce qu'elle n'en perçoive plus les contours, jusqu'à ne faire plus qu'un avec le flanc de Judith toujours tassée sur le sol, indestructible anastomose reliant deux corps, deux souffrances. Léonora eut du mal à écarter les doigts de la laine fine, à soulever sa paume. L'amie sursauta. Léonora se pencha vers elle pour murmurer :

— Viens ma belle... il faut se lever.

— Pourquoi ?

— Je ne sais pas... on ne peut plus rester là, c'est tout. Viens.

Judith parvint à se redresser sur les coudes. Son visage défiguré de larmes semblait soudain si jeune. Le passé dangereux était revenu, comme s'il n'avait attendu toutes ces années qu'une faille, une opportunité pour s'imposer à nouveau à elles deux. Léonora ne s'étonna pas que le message de cette jeune femme française ait saccagé Judith au-delà de son premier et épouvantable chagrin. Pas une seconde elle ne s'interrogea sur ce mystère : Marie était morte, en quoi, pourquoi, combien l'origine de cette mort changeait-elle tout ? Toutes deux savaient sans qu'il fût besoin d'expliquer, d'analyser. La Porte, la fameuse Porte à Mémoire scellée des années plus tôt avait cédé. Elles avaient bouclé tant de choses derrière cette porte. La rage, la haine aussi.

Avaient-elles véritablement cru que la Porte résisterait toute leur vie ? Peut-être, sans doute. Pourquoi pas ?

Portland, Maine,
nuit de mercredi à jeudi

Léonora soupira, bouche ouverte. L'épuisement lui portait au cœur. Des vagues de nausée ramenaient sa salive derrière ses joues, creusaient par instants son estomac pour le livrer aux ravages acides des sucs gastriques, à la brûlure de l'alcool sec. Judith et elle avaient tenté d'avaler un peu de nourriture un peu plus tôt, mais les bouchées traînaient dans leurs bouches, sous leurs dents, s'humectant jusqu'à devenir répugnantes de cette interminable mastication sans qu'il leur fût possible de les avaler. Léonora avait lutté quelques minutes contre cette impossible déglutition avant de se précipiter dans les toilettes de l'entrée pour recracher la bouillie trempée et molle qui lui envahissait la gorge. Mais l'alcool passait. Bien, même.

Judith renversa la tête contre le dossier du long canapé cognac dans l'espoir de stabiliser les vertiges qui lui faisaient plisser par instants les paupières.

Elles avaient échafaudé tant d'hypothèses, tant de plans, des heures durant. Parfois l'une se levait, se précipitait vers le téléphone, pour s'immobiliser soudain avant de se rasseoir. L'autre ouvrait la bouche, prononçait deux phrases avant de s'apercevoir de leur ineptie.

Le bureau du shérif ? Qu'irait-il foutre dans cette histoire survenue en France ? Ce type, comment s'appelait-il déjà... Raymond, le commissaire Raymond... mais il croyait dur comme fer à la théorie d'un suicide de descente. Sans doute, à ses yeux, Marie était-elle coupable de s'être laissée aller. De toute façon, en l'état de leurs informations, il pencherait pour la thèse d'une mère noyée dans un impossible deuil, pétant les plombs, et il ne tenterait rien.

Judith ouvrit les yeux avec effort et bafouilla de fatigue, de trop d'alcool aussi :

— On en revient toujours au même point : on prend le premier avion et on rencontre cette jeune femme.

— Oui... Merde... je m'en veux tellement d'avoir oublié Monsieur Tom. Elle l'aimait son gros matou... comment j'ai pu oublier...

Léonora laissa couler ses larmes. Le gros chat tendre, noir, gris et blanc se fondait à Marie, devenant l'indice indiscutable de sa permanence physique.

— Tu n'étais pas en état. Moi non plus je n'y ai pas pensé, et pourtant j'étais moins défoncée que toi aux neuroleptiques. De surcroît, c'est passé, c'est derrière. C'était avant. « Avant » n'avait plus besoin de nous. Marie était morte, il n'existait plus rien. Mais « maintenant » est différent. Complètement.

Léonora la fixa et demanda, incertaine :

— Je ne sais plus... je ne sais plus rien, Judith. Je n'arrive pas à aligner deux idées. On va rendre visite à Stéphanie et...

Soudain la crudité féroce de ce qui allait suivre la frappa de plein fouet. Car finalement, jusque-là, et en dépit des mots prononcés par Judith, son cerveau en était resté à « Marie ne s'est pas suicidée ». Une négation, rien d'autre. Le contraire d'une action. La nappe d'une douleur insupportable mais compréhensible. L'inertie d'un moment passé. Mais l'inertie s'était rétractée, dévoilant la monstruosité du reste : Marie avait été assassinée. Quelqu'un l'avait tuée. Un enfoiré de merde avait massacré son bébé, son ange, lui avait tranché les veines avant de la noyer dans sa baignoire.

Quelque chose de très ancien et pourtant de si familier, de si reconnaissable la calma soudain. La rage, la fureur, la haine comme derniers sauveteurs.

*

* *

Il puait la bière. Le porc. Ce n'était pas lui qu'elle avait senti arriver derrière elle, mais son odeur aigre. Le souvenir revenait, précis comme si la scène datait de la veille. Elle lavait leurs assiettes du dîner à l'évier. Il s'était plaqué à elle, collant son sexe raidi contre ses fesses.

Pourquoi ce soir-là ? Qu'est-ce qui avait fait que ce soir-là, précisément, elle avait décidé de ne plus servir de trou ? A priori, rien ne distinguait ce moment-là de la familiarité des autres soirs. Il n'avait pas ouvert la bouche sauf pour marmonner des ordres, des insultes et des menaces si communes qu'elles devenaient inaudibles à Léonora. Il lui avait fait mal les premières fois, très mal ; maintenant, elle attendait juste qu'il ait fini pour sortir de la chambre et aller se laver. Était-ce parce qu'il avait bafouillé une obscénité en ravalant sa salive de convoitise ? Ou parce qu'il l'avait menacée d'une « sacrée raclée » un peu plus tôt s'il la prenait à « fricoter » : « J'ai pas envie de me véroler la bite à cause d'une traînée ! » Non, cela, elle en avait tant l'habitude. C'était juste parce que, la poussant dans l'escalier qui menait à la chambre de Josefa, il avait gloussé : « Enfin, c'est quand même mieux pour un homme qu'une vieille chatte fatiguée ! En plus, une bonne femme qui veut pas sucer parce que c'est pas catholique. » La rage, la fureur, la haine l'avaient prise d'assaut, baignant Léonora d'une énergie que la mort de Josefa avait emmenée si loin. Elle s'était tournée d'un bloc. Son genou était remonté sans qu'elle en fût consciente pour percuter à toute violence le plexus de l'homme en contrebas. Il avait basculé. Elle l'avait regardé tomber à la renverse, satisfaite, se demandant s'il allait fracasser son crâne plein de pourriture sur les marches. Il était parvenu à amortir sa chute en se rattrapant à la rambarde, mais gisait, geignard. Elle avait descendu quelques degrés à sa rencontre, s'était penchée au-dessus de lui et visant avec soin, lui avait craché dans les yeux. Elle se souvenait avec précision qu'elle avait souri avant de lui envoyer un coup de pied mauvais dans les côtes.

Ramasser ses quelques vêtements, la photo et les lunettes de Josefa ne lui avait pris que quelques minutes. Lorsqu'elle était redescendue, il était toujours tassé sur les marches. Il avait gémi :

— Bordel, fais quelque chose... On peut discuter, on va s'arranger. T'es pas une mauvaise petite au fond... Putain, j'ai mal, si ça se trouve, je suis paralysé. Si ça se trouve, je vais crever.

— Fais-moi plaisir... Crève !

Elle ne l'avait jamais revu et s'il lui avait empoisonné encore huit mois de vie, elle était parvenue à l'enfermer derrière la grosse Porte à Mémoire parce que Marie était arrivée pour y peser de tout son poids.

*

* *

Judith se leva soudain, comme si une urgence s'imposait à elle.

Elle lança :

— Je vais verrouiller la porte d'entrée, il est très tard.

Lorsqu'elle revint s'affaler sur le canapé face à celui qu'occupait Léonora, elle semblait soulagée d'avoir accompli ce geste si bénin. Elle contempla le fond de son verre dans lequel les glaçons n'avaient pas eu le temps de fondre et demanda :

— Et qu'est-ce qu'on fera après...

— Je n'en sais rien et je m'en tape. Je veux savoir, il faut que je sache. (Léonora planta son regard bleu liquide dans le gris sombre qui la fixait et hésita :)... Je ne peux pas rester comme cela. Ça va me bouffer de l'intérieur. Il faut que je sache, Judith.

Léonora reposa son verre sur la table basse. Il allait falloir qu'elle retire cette hideuse bande de papier collant orange. D'une voix presque inaudible, elle poursuivit :

— Je peux tout, à nouveau. Mais je n'y vais pas seulement pour savoir. Non... vraiment pas... ce serait trop... inutile. C'est toujours la même histoire : certains s'attachent à comprendre, savoir, d'autres font et ils se foutent de tout détruire, de tout massacrer. Vois-tu... je vais faire ce voyage pour présenter les factures, pour que ceux qui doivent payer payent enfin. Ça tombe à pic, il ne me reste rien d'autre à accomplir.

Judith se releva et la rejoignit sur le canapé. Elle pressa la main de Léonora entre les siennes et murmura d'une petite voix apeurée, si déroutante chez elle :

— Je viens avec toi.

— Non, ma belle.

Elle sentit l'amie se durcir, sa main serrant plus fort ses doigts :

— Pourquoi ? Je t'accompagne, tu vas avoir besoin de moi. Tu sais, Marie... c'était aussi un peu ma fille.

— Oh, je sais. Mais j'ai davantage besoin de toi ici... il faut que je me sente libre là-bas, libre mais retenue. C'est comme si tu gardais la porte ouverte pour que je puisse rentrer, une sorte de filet de protection. Je ne peux pas retourner dans ce pays en me disant que rien ne m'attend plus ici, qu'il ne s'y trouve plus rien en réserve. Et puis, il y a le restau. Il est important, non ?

Judith soupira. Elle s'attendait à cette réponse.

— Oui, il l'est. Mais jure que tu m'appelles aussitôt que tu as besoin de moi.

— Je jure.

Judith s'apaisa. Jamais elle n'avait pris Léonora-la menteuse, la tricheuse en défaut de vérité vis-à-vis de Marie ou d'elle. Pourtant, une autre idée d'angoisse lui vint soudain :

— Tu n'as pas l'intention de...

— De quoi ? De me venger, de venger Marie ? Ce n'est pas exclu. C'est au fond de moi, tu le sais bien. Ça dormait si profondément que j'ai cru que cela avait disparu, j'avais tort. Je n'ai pas souhaité qu'on le réveille, mais c'est fait. C'est trop tard maintenant. (Elle se raidit et siffla entre ses mâchoires serrées) : je ne suis pas responsable de cette comptabilité débile qui voudrait que je perde toujours ce que j'ai de plus précieux, je ne suis pas coupable de la monstruosité des autres, je ne suis pas souillée par ce qu'ils m'ont contrainte à faire. Bordel, c'est juste qu'à un moment, il faut que ça s'arrête. À un moment, il faut que les bourreaux prennent peur parce qu'une de leurs victimes découvre les crocs et se tasse pour sauter à leur gorge... Et c'est maintenant.

Une douleur fulgurante lui coupa le souffle et elle se plia vers l'avant. Elle ferma les yeux sous la tornade de ses larmes et gémit en tentant d'inspirer, en forçant l'air contre la boule qui obstruait son larynx. Enfin, elle parvint à prononcer :

— Quelqu'un a bousillé une vie, vingt-cinq ans d'une magnifique vie tournée vers la joie, la bienveillance. Quelqu'un n'en a rien eu à foutre. Merde... est-ce que tu te rends compte de cela, est-ce que ces mots peuvent avoir un sens ? Quelqu'un n'a rien eu à foutre de tuer ma fille, de me tuer. Je viens juste d'arriver au bout de tout, Judith... le reste n'a plus aucune importance. Si je ne fais rien, je vais devenir folle ou alors je vais tant me haïr, si bien me haïr, qu'il vaudrait mieux que je me suicide tout de suite. Ce serait plus amical pour moi. Surtout, ce serait plus rapide.

Les cheveux courts de Judith se couchèrent contre son cou, sa joue frôla la sienne, sa voix, étouffée :

— Mais la folie ne voudra pas de toi... ni de moi, du reste. Nous sommes des survivantes. Pourquoi la folie irait-elle s'emmerder avec des récalcitrantes comme nous ? Elle se rapproche, elle nous flaire, mais à la fin, elle se barre. (Elle inspira bouche close et poursuivit :) Je suis là pour toi. Jusqu'où tu voudras. Même le bout. N'oublie jamais. Chut... Il faut aller un peu dormir.

*

* *

L'épuisement qui la clouait au fond de son lit l'empêchait de basculer de ce demi-rêve éveillé dans le sommeil. Elle hésitait à se relever, de crainte d'éveiller Judith qui dormait dans l'une des chambres d'amis.

*

* *

Un coup de folie, il avait fallu un vrai coup de folie pour trouver le courage, le culot de traverser l'Atlantique. Le même genre de folie que celle qui vous saisit au bord d'un gouffre, lorsque l'on décide de sauter parce qu'on ne peut plus reculer ni avancer, mais qu'on ne se résout pas à tomber tout au fond. La folie de ceux qui se disent qu'il vaut mieux mourir un peu plus loin, là où ils le décideront. Juste pour l'ultime panache, celui qui consiste à ne pas céder, être mené jusqu'au bout.

Lorsqu'elle était arrivée à New York, seize ans plus tôt, elle ne parlait pas un mot d'anglais, ses « études » ayant été limitées au minimum légal puisqu'elle était assez robuste et de tout temps destinée à partager l'esclavage de Josefa.

Elle se souvint : il régnait un froid polaire auquel son ignorance complète du pays de son mythe ne l'avait pas préparée. Il y faisait aussi la dureté des grandes villes pressées.

Leur voyage avait été payé par Mme Girard, assez soulagée de se débarrasser de sa vendeuse, que pourtant elle aimait bien, afin d'embaucher sa belle-fille : « Ma belle-fille, vous comprenez, ma belle-fille. » Léonora lui en avait voulu, peut-être parce qu'elle n'était la fille ou la belle-fille de personne. Elle avait découvert comment redresser les oreilles, la queue. Plutôt que de partir, ainsi qu'elle l'aurait fait un peu plus tôt, en s'excusant, coupable de ne plus être bienvenue, elle avait négocié sa démission contre quatre mois de salaire. Mme Girard avait d'abord tiqué, puis s'était convaincue que le mercantilisme inattendu de Léonora la dégageait de toute responsabilité, lui restituait finalement sa bienveillance intacte. Responsabilité dans quoi ? Léonora n'en savait rien et s'en foutait. Elle avait juste besoin de l'argent pour partir. En échange, Mme Girard s'offrait à peu de frais une Indulgence rétroactive et le bonheur de faire plaisir à son fils.

L'ensemble de ses économies et son dernier chèque de paye couvraient à peine une semaine de cette chambre dans un hôtel d'Almond Street, dans le Bronx. L'hôtel Raggazzina. Et pourtant le vieux bonhomme propriétaire de cet immeuble coincé entre deux autres, lui avait concédé une ristourne, peut-être parce que Marie lui avait souri, peut-être aussi parce qu'il était d'origine allemande et qu'il se souvenait toujours des vulnérabilités de l'exil. Du reste, il n'avait pas demandé à vérifier son visa, certain qu'elle ne bénéficiait que d'une brève permission touristique de séjour. Le très vieux monsieur parlait un français approximatif, teinté d'un lourd accent, égayé par une curieuse syntaxe. Il avait très vite précisé comme si elle l'accusait :

— Juif, n'est-ce pas ! Je juif. Silberstein. Moi, Alfred Silberstein.

Léonora n'avait pas compris son insistance, cette différence ne lui évoquant pas grand-chose. Certes, elle savait que les juifs ne croient ni au Christ fils de Dieu ni à la Vierge alors que Josefa les priait tous les soirs. Un jour, celle-ci avait expliqué à la petite Léonora :

— Il faut arrêter avec ces histoires, on en a assez souffert, surtout eux. On ne croit pas à la même chose, c'est tout, mais nous savons tous que Dieu est Dieu et Il aime les êtres de lumière ou simplement de bonne volonté. C'est la seule chose qui compte.

Tout le monde a une histoire horrible à raconter au sujet du Bronx, une histoire de sang, de tessons de bouteilles, de meurtre et de trafics. Pourtant, Léonora y avait vécu pour la première fois à peu près paisible.

L'hôtel Raggazzina était un de ces derniers havres où l'on pouvait dormir et se doucher au bout du couloir si l'on était très matinal. Pour huit dollars la nuit. Les semaines étaient payables d'avance et un gardien aussi vieux que le propriétaire vous donnait en échange une paire de draps, deux serviettes de toilette et un rouleau de papier hygiénique en vous conseillant de ne pas l'oublier dans les toilettes. Il changeait le linge en fin de semaine, après restitution et expertise du précédent.

La pauvreté des lieux gagnait partout, dans l'usure des couvre-lits en mince coton, dans les ampoules nues qui pendaient des plafonds, dans les odeurs si diverses de nourriture préparée sur les petits réchauds interdits dans les chambres, mais que le propriétaire prétendait ne pas renifler. Léonora ne s'inquiétait pas de cette pauvreté-là, celle qui s'accroche encore à ses derniers vestiges de dignité : elle la connaissait bien. Elle la croisait dans ces humanités montant ou descendant l'escalier étroit, encore propres, encore peignées et rasées, encore habillées sans doute parce qu'un reliquat d'espoir les tenait toujours... pour combien de temps ? Ceux qui lâchaient prise quittaient l'hôtel, M. Silberstein les y encourageant avec gentillesse. Il expliquerait, plus tard, à Léonora :

— Je suis dernière marche avant glissade finale. Je suis marche qu'on sait bien que si on parvient à s'y maintenir assez longtemps, on trouvera assez force de remonter une autre, puis encore une autre, puis tout escalier. Je dois rester marche.

L'immeuble était effroyablement bruyant, sonore des existences parfois exaspérées des pauvres qui y logeaient, des voitures qui se pressaient en contrebas dans la rue, des sirènes de police ou de pompiers qui gueulaient jour et nuit comme si elles mettaient un point d'honneur à se répondre, des bateaux qui sillonnaient la baie. D'abord Léonora avait été curieuse d'apercevoir les autres locataires. Elle s'était vite lassée. Pire, elle avait rapidement préféré fuir leurs visages, leurs regards, comme eux évitaient le sien. Ils se ressemblaient tous. Ils y avaient chez eux l'invasion de la défaite, des successions de défaites. Elles se déchiffraient à la façon dont ils finissaient par se tenir, par éluder la présence des autres.

Léonora avait passé les premières nuits lovée contre Marie, paniquée à l'idée que quelque chose les sépare. Comment ferait-elle pour la retrouver dans cette ville si différente, dont elle ne déchiffrait pas un son, ne comprenait pas un mot ?

*
* *

Léonora comprit que le sommeil ne viendrait plus. Elle se redressa dans son lit et s'installa assise contre ses oreillers.

*
* *

Toutes les portes se fermaient dès que ses interlocuteurs se rendaient compte qu'elle comprenait trois mots d'anglais, puis cinq, puis dix.

*
* *

Un sourire lui vint.

*
* *

Étrange comme ces années de débâcle, de peur, de manque de tout auxquelles elle avait toujours évité de repenser étaient devenues en quelques jours les plus belles années de sa vie. Elle avait Marie collée contre son flanc, il fallait qu'elle rassure la petite fille, et tous les mensonges qu'elle lui débitait sur leur futur inévitablement radieux finissaient par la convaincre elle aussi.

Certes, sans la générosité muette de Monsieur Alfred, comme l'avait baptisé Marie, elles se seraient retrouvées à la rue. Certes, chaque jour était un petit combat, soldé tous les soirs par une nouvelle petite déroute. Certes, elles n'avaient pas mangé tous les jours à satiété, surtout elle qui prétendait le plus souvent avoir avalé un énorme sandwich bien bourratif dans l'après-midi pour convaincre la petite fille d'avaler ce qu'elle était parvenue à acheter.

*

* *

Josefa, forte en gueule, forte en amour, forte en cette générosité qui ne savait ni calculer ni attendre. Elle aussi avait tendu l'unique bifteck à la petite Léonora en prétendant que la viande ne lui disait rien, que c'était un manque de goût normal, indissociable de l'âge.

*

* *

Il existe parfois une troublante communauté de gènes, d'âme, entre les beaux êtres. Josefa, Monsieur Alfred, que rien ne liait, sauf le souvenir de Léonora, sauf son amour et son infinie reconnaissance, sauf leur indestructible, leur époustouflante beauté.

*

* *

Souvent, Monsieur Alfred leur montait un repas. Pas tous les jours. Il espaçait un peu ses cadeaux pour ne pas humilier Léonora. L'excuse qu'il avançait pour lui faire croire qu'elle lui rendrait service en le débarrassant d'un surplus était toujours identique :

— Je ai fait beaucoup trop. Je ai plus l'appétit de jeune homme. Un bœuf entier, j'aurais mangé. Et puis, je ai plus les mêmes dents. Ah l'âge, madame Léonora... l'âge, quelle insulte, quelle claque à notre arrogance passée !

Un jour qu'elle rentrait, un peu plus cassée que la veille, elle s'était immobilisée contre le comptoir, attendant que la crise de larmes qu'elle sentait si proche accepte de s'éloigner. Monsieur Alfred était sorti des deux pièces qu'il occupait, situées juste derrière le comptoir, en s'essuyant les mains sur un torchon.

— Toujours pas trouvé travail ?

Elle avait hoché la tête en serrant les lèvres.

Il avait soupiré. De cette voix qui traînait sur les fins de phrases, comme si toutes se transformaient nécessairement en question attendant une réponse, il avait ajouté :

— Je ai besoin un peu quelqu'un. Quelques heures de matin. Le nettoyage des toilettes, douches. Le rangement des draps, serviettes et le reste. Peut-être que... C'est si vous voulez. Je peux garder la petite pendant ce temps. C'est mieux pour elle que rester enfermée toute la journée dans chambre. Je peux promener un peu aussi.

Léonora avait plaqué sa main sur ses yeux dans l'espoir crétin d'empêcher ses larmes. Elle avait murmuré :

— Vous n'avez pas d'enfants, Monsieur Alfred ? De petits-enfants ?

— Si deux fils... Avais. Je ai petits-enfants... cinq. Ils sont loin. Pas penser beaucoup à vieux débris que suis-je. (D'un ton presque amusé, il avait conclu :) Ils penseront quand je meure, ne vous pas inquiétez. L'argent ravive bien le mémoire. Plus tard possible est mieux. Ils vendront hôtel. Il n'y aura plus de marche. Bientôt, plus du tout de marche dans cette ville.

Elle avait failli tendre la main mais s'était ravisée. Au lieu de cela, elle avait déclaré :

— Je n'en ai pas trouvé, aucune, dans celle dont je viens. J'accepte, Monsieur Alfred... je vous remercie... Oui Marie aimera se promener un peu... Il commence à faire moins froid.

— Alors... c'est bien, madame Léonora.

— Euh... Monsieur Alfred, pourriez-vous me parler en anglais s'il vous plaît.

Il avait étouffé un rire ravi en expliquant :

— Oh voï... Mon anglais à peine meilleur que français et vous finir par parler avec l'accent yiddish et allemand.

Cela avait été le cas, et elle avait ensuite mis des mois à se débarrasser de cet invraisemblable mélange d'accents normand, juif et allemand, s'y perdant parfois au point de ne plus savoir ce qui venait d'elle et ce qu'elle avait hérité de lui.

*

* *

« Schmok ». Léonora avait longtemps cru qu'il s'agissait d'un mot anglais. Un gros mot, certes, mais selon elle typique de ce nouveau pays dans lequel elle se terrait alors. « Bite » en yiddish, bref « pauvre ou sale con » puisque les pires injures sont sexuelles pour ne pas dire reproductives. « Schmékélé » aussi, mais cela, c'est plus gentil, presque protecteur. Elle glousSa, très bas, très doux comme les larmes qui lui montaient aux yeux. Étrange, que savons-nous de ce qui deviendra les plus jolis moments de notre vie ?

Il n'était pas encore temps de se lever, de permettre à la fureur qu'elle jugulait depuis plusieurs heures de s'étaler. Une fureur de sang, un certain goût pour le carnage et la dévastation. Elle en reconnaissait les symptômes dans son pouls qui remontait le long de sa gorge, dans sa bouche, dans les crispations involontaires de ses mollets sous le drap, dans ce souffle qui la prenait jusqu'en bas du ventre. Elle l'avait accueilli jadis et c'est une visite qu'on n'oublie jamais.

Le temps défile de façon bien anarchique, se crispant par moments pour gommer tant d'instants qui s'effaceront à jamais de nos mémoires, s'incrustant à d'autres jusqu'à étirer vers l'infini de minuscules morceaux de vie qui, collés bout à bout, sont tout ce que nous conserverons de nous-mêmes.

*

* *

Marie et elle étaient demeurées là-bas presque un an, protégées entre les murs sonores du Raggazzina's Hotel.

Léonora ne se souvenait pas d'avoir jamais vu Tino Rossi, tout juste d'avoir entendu un refrain de « Petit Papa Noël », aussi les imitations qu'en faisait Monsieur Alfred, avançant son torse raide pour imiter les ondulations courtoises mais suggestives du chanteur de charme n'avaient-elles pas provoqué chez elle l'hilarité qu'elles méritaient. Au demeurant, Monsieur Alfred n'aurait sans doute pas goûté la plaisanterie tant l'incongruité de son imitation lui passait au-dessus de la tête. Il entonnait, martial en dépit de son accent yiddish : « Raggazzina[1].. » avant de conclure : « Ah, Tino, Tino... quel séducteur ! Tout dans la prunelle et dans le sourire. » Il n'en avait pas fallu davantage pour que Marie et Léonora apprennent la plupart de ses chansons. Un autre des fleurons de son répertoire était *Ramona* « Ramona, j'ai fait un rêve merveilleux... », repris en France par Saint-Granier en 1926.

En dépit du fait que sa fille n'était pas scolarisée de peur de les faire repérer par l'INS et qu'elle et Monsieur Alfred « lui faisaient l'école » à tour de rôle et en fonction des matières, Marie apprenait l'anglais si vite qu'elle finit par devenir le professeur de sa mère. Léonora sortait aussi peu que possible, toujours craintive à l'idée d'être arrêtée, expédiée de force en France. Elle avait l'impression de devenir une redoutable conspiratrice, une sorte d'illégitime infiltrée, ignorant par là qu'ils étaient des milliers dans son cas à traîner dans la ville. Pourtant, un soir, Monsieur Alfred avait insisté pour les « sortir ». Le soir de l'anniversaire de Marie. En octobre. Leur premier restaurant chinois, situé dans un basement de Mott Street. Dieu du ciel, quelle aventure ! Un grand restaurant par la taille et la réputation qui courait sur sa « vraie cuisine chinoise », certes ni par le service rustique ou l'ameublement minimal. D'indifférents serveurs, qui ne décrochaient pas trois mots, jetaient les assiettes devant vous et vous fixaient comme une folle furieuse lorsque l'idée sacrilège de réclamer une fourchette et un couteau vous venait. Les clients s'y pressaient pourtant, allé-

1. Chanson du film *Au nom des guitares*, créée par Tino Rossi en 1936.

chés par les incomparables saveurs shanghaïennes et pékinoises, sans concession touristique, qu'on vous y proposait.

Paniquée par la proximité des toilettes plus que douteuses qui ouvraient au beau milieu de la salle, Léonora avait choisi les mêmes mets que Monsieur Alfred. Marie, moins timorée que sa mère, avait commandé des plats aux noms cryptiques. Un festin inoubliable pour tant de petites joies de vivre. Ils étaient ensuite rentrés, un peu, pas mal, saouls de vin jaune et si heureux les uns des autres.

Bizarre comme depuis, aucun restaurant chinois aussi prestigieux et raffiné soit-il ne lui avait paru digne de rivaliser avec ce « joint » de Mott Street.

Son mi-temps au Raggazzina's Hotel s'était vite transformé en prise en charge totale du fonctionnement de ce dernier « petit sanctuaire de la Marche », comme elle l'avait nommé.

C'était début mars. Une mauvaise grippe sévissait depuis quelques jours à New York, comme tous les ans. Monsieur Alfred avait dû s'aliter. Au début, il s'était laissé soigner comme un bébé bougon. Mais la mention d'un transfert à l'hôpital l'avait fait rugir. La crainte d'abandonner la Marche le clouait au fond de son lit, bien davantage que ce début de pneumonie. Le médecin, presque aussi âgé que lui, un vieux copain, était inquiet. Quelques jours après que la maladie eut commencé d'envahir son souffle, Monsieur Alfred avait tendu une épaisse enveloppe à Léonora qu'elle avait refusée d'une oscillation de tête. Il avait expectoré avec difficulté :

— Pas pour vous, madame Léonora. Pour petite Marie. Vous ne pas pouvez refuser. Il serait bête et coupable. Marie était le cadeau dernier de ma longue vie. Je ai su dès que je ai vu elle. S'il vous plaît. Par estime pour le vieux bonhomme. Vous ne pas oser refuser dernier plaisir à un très vieux bonhomme, n'est-ce pas ?

Dix mille dollars, une véritable fortune aux yeux de Léonora.

Les cinq petits-enfants étaient en effet arrivés après l'enterrement. Monsieur Alfred avait tout organisé, tout réglé de son vivant. Le chagrin de Léonora avait été un peu chahuté parce qu'elle n'avait pas pu déposer les fleurs qu'elle avait achetées sur la tombe de Monsieur Alfred. Elle ignorait qu'on ne fleurit pas les tombes juives. Alors, elle les avait conservées dans sa chambre, leur parlant encore quelques heures, confidentielles obsèques entre elle et un gros bouquet de lys et de roses jaunes. Marie sanglotait dans un coin, se ruant parfois sur un des larges pétales odorants pour y déposer un baiser ou s'en frôler la joue.

Le plus jeune des petits-fils, un des deux mâles de cette troisième génération dépourvue de la vitalité passionnée de celle qui l'avait précédée un demi-siècle plus tôt, si saccagée mais debout, s'était approché d'elle.

— Mon grand-père vous appréciait beaucoup, je crois. Nous allons vendre l'hôtel. Nous avons reçu pas mal de propositions. J'aimerais... enfin nous aimerions vous dédommager, en quelque sorte...

Le dédommagement avait été modeste, mille dollars. Pourtant, elle l'avait accepté, taisant l'enveloppe de tendresse de Monsieur Alfred. Après tout, celui-là et ses quatre clones n'étaient pas de la race de Josefa et de Monsieur Alfred et elle ne leur devait rien. C'est sans doute ce jour-là que s'était révélée l'éblouissante aptitude de Léonora au mensonge, au calcul et à la manipulation.

Mais la vraie débâcle, c'était que la Marche venait de s'effriter dans les phrases de cet homme d'une trentaine d'années, sans méchanceté, plutôt affable, mais si peu troublé de lui-même. Après tout, que savaient les gens comme lui des gens comme elle ? Que pouvaient comprendre les cinq cousins de cette dernière Marche ? Qu'auraient-ils pu sentir de ce magnifique grand-père qu'ils avaient tant oublié, dont peut-être ils ignoraient presque tout, mais qui les rendait riches. Que garderaient-ils du vieux bonhomme de lumière, de vrais mots et d'âme sans parcimonie ?

Juste avant son départ, elle s'était faufilée dans la chambre de Monsieur Alfred. Les cartons du déménagement étaient déjà presque tous scellés. Elle avait vite repéré ceux qui seraient donnés aux œuvres ou balancés dans les bennes. Dans l'un d'eux, elle avait dérobé un des mouchoirs blancs de Monsieur Alfred, large comme une nappe. Il en fourrait toujours un dans la poche arrière de son pantalon. Le grand carré soigneusement repassé avait rejoint le minuscule musée aimant, entouré de son épais coton la photo et les lunettes de Josefa.

Son inespéré pécule en poche, Léonora avait vite quitté New York pour Boston, traînant derrière elle une inconsolable Marie, qui reniflait en sanglotant par à-coups, le nez collé à la fenêtre du Greyhound.

*

* *

Inconsolable, elle aussi l'avait été. Au demeurant, elle ne souhaitait pas de consolation, pas encore.

N'est-elle pas déroutante, presque angoissante, cette prescience qui nous indique parfois que nos chagrins nous demeureront plus précieux que pas mal de moments de confort, voire de bonheur et de rire ?

Logan Airport, Boston, jeudi soir
Paris, France, nuit de jeudi à vendredi

Bien sûr, Judith avait insisté, presque hargneuse, pour l'accompagner en voiture jusqu'à Boston. Bien sûr, Léonora n'avait pas osé s'y opposer. Pourtant, elle aurait tant préféré retrouver au plus vite l'insistance de cette solitude de France.

Elles avaient erré une bonne heure dans l'aéroport, bu un café, puis deux, puis trois, hésité sur tant de paroles, toutes aussi inutiles les unes que les autres. Enfin, Léonora s'était armée de courage, annonçant qu'elle rejoignait la salle d'embarquement et ceci bien que son avion ne soit pas encore annoncé. Envie de replonger dans sa tête. Besoin de retrouver au plus vite le mode d'emploi de cette boule de résistance dans laquelle elle savait si bien se transformer, avant. Judith avait renâclé, son regard se voilant d'une sorte de peine, de colère aussi, un peu. Pourtant, elle s'était précipitée et l'avait serrée contre elle en feulant :

— Tu n'oublies pas, n'est-ce pas ? Tu as juré. Tu m'appelles dès que tu as besoin de moi... si possible un peu avant. Jure encore.

— Je jure.

— Merde, je suis sûre que je fais une connerie en te laissant partir seule !

— Non... il faut que tu restes là. Je t'ai expliqué. Tu es mon unique repère ici. J'en ai besoin, j'en ai terriblement besoin. On dirait que tu serais mon ancre.

Judith avait concédé un maigre sourire.

Des portes. Léonora avait mis plein de portes, vitrées ou métalliques, entre elle et l'amie, redoutant que l'une ou l'autre ne change d'avis, ne doutant pas que Judith traînerait dans l'aéroport jusqu'à l'envol de son avion.

Elle s'installa à l'extrémité d'une longue file de sièges en aluminium, creusés comme des coquilles, et attendit.

Ensuite, elle s'installa dans un agréable fauteuil en velours ras bleu nuit et attendit.

Ensuite, elle s'installa sur la banquette arrière en skaï d'un taxi. L'air de l'habitacle saturé par le parfum de fraise d'un sapin magique la suffoqua. Elle attendit.

Le veilleur de l'hôtel la reconnut. La jolie femme encore jeune venue quelques jours plus tôt, escortée d'une amie, pour enterrer sa fille. L'air courtois mais lointain de Léonora découragea ses commentaires et ses nouvelles condoléances. D'autant que, l'ayant peu entendue parler, il s'était convaincu qu'elle était américaine.

Ensuite, elle s'installa dans une chambre coquette, une autre, et attendit.

*

* *

Marie était si coquette. Elle avait à peu près douze ans lorsqu'elles s'étaient installées dans le Northend. Léonora travaillait alors dans une *French laundry*, tenue par un couple de Grecs, de huit heures à midi. Elle enchaînait les boulots les uns derrière les autres : lingère et repasseuse, puis serveuse de fast-food le midi, vendeuse chez un soldeur ensuite, femme de ménage dans un grand magasin après la fermeture. Au début, l'abrutissement de la fatigue l'avait protégée de la panique jusqu'au jour où elle s'était rendue à l'évidence : elle allait finir par s'effondrer et les quelques sous qu'elle parvenait à gagner ne seraient jamais suffisants pour lui permettre de survivre en élevant sa fille.

Le quartier italien de Boston est une grosse goutte de terre presque encerclée par l'océan, surveillée par la Mafia disait-on, en tout cas protégée par les mères de Sicile ou de Naples, parfois même de Rome ou de Venise. Verbales et généreuses, ils valaient beaucoup mieux ne pas trop rigoler avec elles sur certains sujets dont la sécurité de leurs petits.

Léonora se souvenait de scènes, savoureuses une fois passées, où une petite femme bien énervée mettait en déroute à coups de baffes, de torchon et de hurlements, un bataillon de jeunes mecs qui voulaient se la jouer coqs de combat. Il est vrai que les jeunes mecs en question étaient pour l'écrasante majorité d'origine italienne et que résister par la violence à une mère, même celle d'un autre, ne leur aurait jamais traversé l'esprit.

Elles étaient demeurées dans cette enclave rassurante et chaleureuse, parfois presque pesante de la familiarité et de l'implication bienveillante de ses habitants dans la vie de leurs voisins, jusqu'au mariage de Léonora avec Don. Marie avait seize ans.

Oh oui, Marie était si coquette... Quel cirque lorsqu'il avait fallu lui trouver une toilette pour le mariage de sa mère ! Léonora avait frôlé la crise de nerfs à plusieurs reprises mais Don était resté imperturbable et débonnaire. S'était-il rendu compte qu'il avait été levé puis chassé comme un gibier ? Certainement pas. Léonora avait déployé à son profit tout le charme réservé mais si tentant et rassurant d'une jeune femme de bonne éducation.

Toujours est-il que Marie et son beau-père s'étaient très vite entendus comme larrons en foire. À vrai dire, il aurait été ardu de ne pas s'entendre avec Don. S'ajoutait à son accueillante nature le fait que, bien que déjà marié auparavant, il n'avait jamais eu d'enfant. Il le regrettait. C'était ce que Léonora avait conclu de quelques allusions sans contrainte puisqu'elle était encore largement d'âge à procréer lorsqu'il l'avait épousée. Elle avait éludé avec habileté, ne souhaitant pas le blesser en lui expliquant que lorsque l'on jouissait d'un miracle comme Marie, on répugnait superstitieusement à tenter le sort une seconde fois. Il devait bien vite se satisfaire de la jeune fille, qui outre ses inépuisables réserves de tendresse et de fantaisie, lui épargnait les angoisses de la néo-paternité et les terreurs de père d'adolescente. Les joies aussi, mais il est bien rare que les marchés que nous concluons avec notre vie nous soient intégralement fastes.

Stupéfiante l'aisance avec laquelle Marie s'était successivement glissée de la peur de la pauvreté au précaire confort arraché par sa mère lors de leur séjour à Boston, à la grande aisance de leur vie de femme et fille de banquier d'affaires de Nouvelle-Angleterre. Intrigante aussi son aptitude à sentir, sans qu'il fût besoin de consignes, ce qu'elle devait taire ou révéler de leurs vies passées. Ainsi « tante Judith » s'était-elle transformée en voisine de palier, juste cela. Et il était exact qu'elles avaient occupé des appartements mitoyens dans le minuscule immeuble incliné du Northend.

Le reste de l'histoire qui liait Judith, Marie et elle demeurait leur exclusive propriété.

Paris, France, vendredi

Il était un peu moins de sept heures du matin lorsque Léonora sortit du taxi qui l'avait conduite rue de Tocqueville. La partie la moins faste de cette longue rue du 17e arrondissement. Une jolie adresse quand même, sans doute importante pour la carte de visite de Marie.

Elle avait peu dormi en dépit des somnifères, craignant d'augmenter la dose et de ne pas parvenir à se réveiller assez tôt. Avaient alterné de longues périodes de demi-rêve – ces périodes où les incidents de la proche réalité se mêlent de détails plus anciens, distordus – hachées de brefs endormissements dont elle avait resurgi en sursaut.

Elle ne savait rien de Stéphanie Marolle. Peut-être la jeune femme partait-elle travailler tôt, aussi avait-elle décidé de se présenter chez elle à une heure très matinale, et en tout cas abusive.

Léonora suivit des yeux le départ de la grosse voiture noire dont elle ignorait la marque. Mince, il était vraiment trop tôt. Elle chercha du regard un café. En vain. Elle hésita à remonter vers l'avenue et y renonça de crainte de rater la jeune femme. Alors, elle traversa la rue pour se rapprocher de l'immeuble où vivait – avait vécu – sa fille depuis un peu plus d'un an. Un de ces paquets de ciment d'une trentaine d'années dont la modernité avait mal vieilli. Par la double porte vitrée, condamnée d'un interphone, elle découvrit le hall d'entrée dont même le marbre tape-à-l'œil semblait fané et où les bacs à plantes vertes anémiées sécrétaient une impression de pingre tristesse. L'économie de cette fausse opulence donnait à l'immeuble un air de petit bourgeois près de ses sous.

Comment Marie avait-elle pu habiter là ? Marie qui claquait toujours le triple de ce qu'elle n'avait pas encore gagné. Marie qui, lorsqu'elle était petite fille, pilait devant les devantures les plus clinquantes des grandes bijouteries, léchant littéralement les éclairs de saphir, d'émeraude ou de diamant qui explosaient derrière le verre épais en gémissant de fascination :

— Oh beau... Oh que ça brille. Quand je serai grande, je t'en achèterai. tu verras.

*

* *

Marie, Marie... Mon si parfait amour... Tu me harcelais lorsqu'un clochard s'approchait de nous, butant sur ses mots de trop de cuite : « P'tite pièce, jolie madame, pour un pauv'gars qu'a pas eu de chance. » Lorsque je refusais, tu insistais en chouinant :

— Mais tu en as plein dans ton porte-monnaie !

*

* *

Léonora se tendit. Évacuer cela. Tout de suite. Parce qu'alors, elle s'installerait sur cette marche, les genoux repliés sous elle, et le reste de la journée s'enroulerait autour des sourires et des mots de Marie.

Elle hésita à peine à enfoncer la touche d'interphone à côté de laquelle une minuscule étiquette annonçait « S. Marolle ». Rien à foutre que la jeune femme dorme encore. Elle sonna à plusieurs reprises, de longues poussées d'abord têtues puis teigneuses du petit bouton rond. Enfin, elle demeura l'index enfoncé durant une bonne minute. Rien. Une panique diffuse lui embruma la tête. Merde, la jeune femme était-elle déjà partie travailler ? L'avait-elle manquée ? Quand rentrerait-elle ? Et que faire durant ce laps de temps ? Attendre ici ou rentrer à l'hôtel pour revenir un peu plus tard ? Incapable de se décider, elle s'assit sur l'une des marches. Combien de temps demeura-t-elle là, passant en revue les mêmes questions, si bénignes et pourtant sans solution ?

— Vous attendez quelqu'un de l'immeuble ? Parce que, sans cela, les démarcheurs sont interdits.

Léonora se leva d'un bond et se tourna pour faire face à la petite femme ronde qui était arrivée derrière elle. Le blond doré de ses cheveux mi-longs tranchait sur sa peau mate et ses yeux presque noirs. Elle tenait la porte vitrée du hall entrebâillée, coincée contre son épaule, et pinçait dans sa main une paire de gros gants de ménage bleu ciel. La gardienne, sans doute.

— Stéphanie Marolle. J'ai sonné, mais il n'y a pas de réponse.

— Ça ne m'étonne pas, elle est partie hier après-midi en province.

La femme parlait avec un accent léger, portugais ou espagnol sembla-t-il à Léonora. Mais elle le remarqua à peine tant l'information qu'elle venait de lui donner la tétanisait :

— Quoi ?

— Ben oui...

— Mais quand doit-elle rentrer ?

— Elle ne savait pas... Un problème familial soudain.

— Vous a-t-elle laissé un numéro ou une adresse où la joindre ?

L'autre se renfrogna, redressant sa petite taille pour faire face à cette étrangère qui la dépassait d'une bonne trentaine de centimètres :

— Même si c'était le cas, je ne vois pas pourquoi...

Léonora sentit qu'elle devait rassurer la femme avant qu'elle ne lui claque la porte au nez :

— Vous êtes sans doute la gardienne de l'immeuble, madame ?

D'un ton méfiant et maintenant désagréable, l'autre répondit :

— Oui et alors ?

Léonora fouilla dans son sac à main pour en extirper ses papiers et lui tendit son passeport américain :

— Je suis Léonora Louvier... Morrison-Louvier, la mère de Marie.

Il lui sembla que la petite femme se tassait, comme si un long ligament venait de lâcher à l'intérieur d'elle. Durant quelques fractions de seconde, deux rides profondes relièrent les ailes de ses narines aux commissures de sa bouche qui s'affaissait. Elle souffla en ouvrant grand le battant et en laissant échapper ses gants qui tombèrent à ses pieds :

— Oh mon Dieu... Entrez, madame. (Elle chercha quelque chose d'autre à dire et ne trouva qu'une présentation pour meubler le silence dont elle semblait redouter qu'il s'installe entre elles :). Je suis madame Dos Santos, mais appelez-moi Rosa. Quelle chose affreuse... une gentille petite... Polie et toujours la pêche avec ça ! Pas comme certains des autres propriétaires.

La haine encore, précise et fiable comme une lame, comme une ancienne alliée : l'enfoiré qui avait abattu sa fille n'en avait rien eu à foutre. Il avait eu tort, si terriblement tort, mais il ne le savait pas encore. Léonora repoussa pour l'instant l'alliée caractérielle, craignant que la gardienne ne se méprenne sur la cible de sa rage, et parvint à débiter d'un ton plat :

— J'ai eu un appel de Stéphanie, chez moi... je vis aux États-Unis. En fait maintenant, j'ai la nationalité américaine... je n'étais pas chez moi... elle a laissé un message sur le répondeur... Elle disait que... qu'elle gardait le vieux Tom de Marie. Je... je n'ai pas pensé à ce pauvre matou lorsque je suis venue pour les obsèques. Je m'en veux...

— Venez... venez... dans la loge, on sera plus tranquilles... on ne peut pas rester là...

Elle se tourna d'un bloc et fonça vers une porte qui s'ouvrait sur le hall d'entrée, pressée, urgente. Elle propulsa Léonora dans le minuscule couloir de son appartement, éclairé par la lumière qui filtrait en lames minces des volets métalliques fermés, hachurant la pénombre avec une régularité étonnante. Léonora remarqua machinalement la profusion de plantes grasses et de cactus d'une santé et d'une vigueur suspectes, presque belliqueuses. La petite femme pila et murmura en confidence :

— Je nous fais un bon café ? Vous aimez le café ?

Léonora hocha la tête. L'autre reprit en désignant un canapé en velours vert bronze, gigantesque pour la petite pièce :

— Installez-vous, madame Louvier. Faut qu'on parle.

Léonora se laissa aller dans le canapé dont le confort semblait la happer. Déroutant. Elle qui, quelques semaines auparavant, ne parvenait jamais à se vider la tête – des centaines d'idées, de listes de choses à faire ou ne pas faire y tournant en permanence – semblait désormais affligée d'une propension à la vacuité. Il lui fallait au contraire se cramponner à ses embryons de décisions, d'anticipations, lutter contre ce gigantesque courant de vide qui balayait son cerveau.

Madame Dos Santos revint chargée d'un lourd plateau ouvragé en métal argenté, couvert d'un petit napperon de dentelle, tintant de tasses en fine porcelaine. Une idée incongrue traversa Léonora : pourquoi s'était-elle donné tout ce mal alors que deux gros bols auraient suffi ? Par goût des petits luxes lui permettant d'oublier l'exiguïté de sa loge ou parce que ce qu'elle avait à dire la rendait malade d'avance ? Dans ce dernier cas, il aurait fallu lui expliquer que plus rien ne pouvait démolir Léonora. Le ravage de la mort de Marie l'avait dilacérée, libérant d'elle une multitude d'atomes sans cohésion les uns avec les autres. Peut-être était-ce là la raison de son invraisemblable difficulté à aligner deux pensées jointives ? Elle flottait au-delà de la souffrance, juste au-dessus. Parvenir à replonger en la souffrance aurait prouvé qu'elle était encore un tout, qu'elle vivait toujours et cette conclusion était erronée.

Madame Dos Santos tira un petit guéridon en bois de rose afin d'y poser le plateau. Léonora remarqua la jolie assiette en céramique peinte sur laquelle s'échelonnaient des biscuits à la cuiller.

*

* *

Lorsqu'il partait enfin, le porc, son journal turfiste coincé sous l'aisselle, Josefa souriait. Sans doute ne s'était-elle jamais rendu compte qu'elle ne souriait que lorsqu'il ne polluait plus leurs deux existences de ses ordres, de ses remontrances, de ses menaces, bref de sa simple présence. Léonora adorait la voir sourire. Elle avait de si jolies petites dents, régulières et blanches, presque bleutées à la naissance des gencives. Pas comme ses larges dents solides à elle, un peu espacées sur le devant. Les dents de la chance... mon cul !

Josefa s'installait sur le banc près de la table de la cuisine, tapotant la place à côté d'elle et Léonora s'y ruait, s'asseyant d'abord bien droite pour se laisser petit à petit aller contre le flanc de la femme. Elles ouvraient cérémonieusement la boîte à biscuits. Deux chacune, car il convenait de les économiser pour les faire durer. On les mangeait lentement. D'abord la fine croûte résistait à peine sous la langue, puis le corps du biscuit fondait dans la bouche. Spongieux et toujours étonnant. Léonora passait la langue sur ses lèvres pour y récupérer la mince moustache de sucre glace qui collait sous sa salive. Parfois, Josefa posait devant elle un bol de café sucré qu'elle aromatisait de quelques gouttes d'un calva de clandestinité. Le délice suprême consistait à y tremper le biscuit. Tout un art. Pas aisé de déterminer le temps exact au bout duquel le gâteau serait imbibé à la perfection sans risquer de se détacher pour couler au fond du bol.

*

* *

— Servez-vous, je vous en prie, ils sont tous frais. C'est pas de la boîte, je les achète à la pâtisserie un peu plus bas.

Léonora aurait adoré enfourner un biscuit, retrouver le sourire de Josefa sous le sucre glace, mais une effroyable nausée lui donna le vertige. Elle refusa d'un signe de tête et d'un clignement de paupière, avant de se lancer :

— Est-ce vous... qui... euh... avez découvert...

Rosa baissa les yeux et sa bouche colorée d'un discret trait de rouge à lèvres giroflée se crispa :

— Non, merci Jésus. Enfin... si, mais après. Vous comprenez... on a décidé avec ma belle-sœur... Olivia... C'est la gardienne de l'immeuble d'en face, la femme de mon frère... bref, on a décidé de ne pas faire les heures de ménage ou le repassage dans notre immeuble. On les échange. C'est mieux parce que lorsque vous faites le ménage chez quelqu'un, qu'il vous paie... eh bien, certains ont dans l'idée qu'ils sont vos patrons directs et qu'ils peuvent vous déranger pour un oui ou pour un non. C'est Olivia qui s'occupe des locataires et propriétaires de mon immeuble et moi de ceux du sien. Euh... je ne sais pas si c'est clair... je suis un peu... enfin, pas mal secouée de vous rencontrer.

— Si... C'est votre belle-sœur, qui faisait le ménage chez Marie... C'est elle qui a... découvert la baignoire.

Rosa enfourna un biscuit comme si elle espérait s'étouffer et bafouilla :

— Je passais l'aspirateur dans l'escalier. Je l'ai entendue hurler... Olivia... comme si on l'égorgeait. (Elle souffla bouche ouverte.) Je suis montée comme une folle. Elle sanglotait sur le palier, la porte de l'appartement de votre fille était grande ouverte... Ma belle-sœur ne pouvait plus parler. Je n'osais pas entrer dans l'appartement, alors je l'ai faite asseoir sur les marches... Elle a fini par m'expliquer.

Un vide glacial. Un autre. Un désert si froid qu'il lui sembla que les mots ne sortaient plus de sa gorge lorsqu'elle demanda :

— Vous êtes entrée ?

— Oui. Olivia avait perdu les pédales, elle répétait juste : « La jeune demoiselle est morte dans la baignoire. » J'y suis allée. Vous savez, j'ai déjà vu pas mal de morts... Mais, jamais comme ça. Sainte Vierge ! Faut pas chercher à savoir les détails, madame Léonora...

*
*   *

Madame Léonora. Personne ne l'avait plus appelée ainsi depuis la mort de Monsieur Alfred. Un nom, un titre d'amitié et de respect. Doux. Le nom du regard que l'on porte vraiment sur quelqu'un, lorsqu'on décide de le voir, lorsqu'on lui fait l'estime ou la tendresse d'accepter qu'il existe.

*
*   *

Elle posa avec douceur sa main sur l'avant-bras de la petite femme et déclara :

— C'est ce que je me suis dit au début, avant. C'est pour cela que je ne suis pas venue. Mais ça ne peut plus fonctionner maintenant. Il faut que je sache, je vous en prie.

Madame Dos Santos plissa le front, incertaine de ce que l'autre voulait dire. Elle commença :

— Vous savez, j'ai deux enfants. Une fille et un garçon, dans cet ordre. Avant de vous rencontrer, je me disais que je pouvais comprendre ce que vous ressentiez, qu'après tout, nous sommes toutes les deux des mères. Mais c'est faux. Je ne peux pas me mettre dans votre tête, dans vos nerfs...

Qu'elle eut choisi ce dernier terme bouleversa Léonora sans qu'elle comprît très bien pourquoi. Était-ce l'approximation de vocabulaire d'un étranger parlant très bien mais sans la viscéralité qui accompagne l'exercice d'une langue maternelle, acquise contre la peau, la bouche de la mère, dans son odeur ? Léonora n'en était pas convaincue. Quoi qu'il en fut, le terme était si juste. Nerfs. Avec toute leur implacable réalité anatomique, animale. Nerfs, avec leurs tensions qui peuvent soulever ou détruire des mondes. Nerfs, avec leur autorité, leur tyrannie aussi, capable de commander à tout le reste. La vision d'un écorché en trois dimensions, globes oculaires protubérants, crâne lisse comme un fruit, chair rouge sombre sillonnée de longs réseaux noueux d'un blanc nacré lui traversa l'esprit. Ses nerfs pour Marie. Tous.

Madame Dos Santos reprit :

— ... je n'oublierai jamais, madame Léonora, jamais. Mon Dieu... Seul son visage flottait... l'eau toute rouge. J'ai buté contre la bouteille de vodka. Je crois pas qu'elle l'avait finie... avant... parce que ça sentait très fort l'alcool dans la salle de bains... Comme si une bonne partie s'était renversée sur le tapis de bains. D'ailleurs, il y avait encore une large tache humide. Et puis... le couteau de cuisine, à lame fine, sur le rebord de faïence, il était tout souillé de...

Madame Dos Santos se leva d'un bond, et fonça vers la cuisine en reniflant. Elle en revint quelques secondes plus tard, quelques feuilles de papier absorbant taponnées dans la main. Elle en tendit une, froissée, à Léonora qui la considéra, surprise. Les larmes s'étaient mêlées à la glace de tout le reste. Aucune ne coulerait plus. Rosa se laissa tomber sur le pouf coordonné au canapé et enchaîna :

— C'est tout. Après la police est arrivée. Ils sont restés une bonne heure dans l'appartement, ont posé quelques questions et emmené le corps. Ils ont mis les scellés. Ils n'y sont restés que quelques jours. Voilà.

— Et comment Stéphanie a-t-elle récupéré Monsieur Tom ?

Madame Dos Santos eut un petit geste de la main :

— Oh, elle l'avait déjà. À ce qu'elle m'a dit avant de partir hier, elle l'avait trouvé sur le pas de la porte de Marie le matin... Enfin le vendredi matin, avant qu'Olivia n'arrive pour faire le ménage. Elle a cru que le chat s'était faufilé pendant que Marie sortait et elle l'a fait entrer chez elle. Ça arrivait parfois. Elle a eu drôlement du chagrin, mademoiselle Stéphanie. Elles s'aimaient bien toutes les deux. Normal, elles étaient du même âge.

— Mais si Stéphanie est partie dans sa famille, qu'a-t-elle fait du chat ?

— Il est toujours chez elle. Elle m'a chargée de monter deux fois par jour pour lui donner à manger, changer la litière et lui tenir un peu compagnie.

Une peine incohérente fit frissonner Léonora.

*

* *

Pauvre vieux chat. Une vie d'abandons plus ou moins volontaires puisque Marie l'avait recueilli. Sa fille l'avait découvert tassé sous un banc du parc Monceau, affolé comme un animal qui n'est jamais sorti d'un appartement parisien sauf pour se faire jeter comme un déchet. Elle avait téléphoné le lendemain à sa mère, s'emportant avec toute la hargne généreuse dont elle était capable :

— Merde, les gens sont vraiment nuls ! Encore un ou une qui a découvert que ça coûtait du fric une bête ou que c'était privateur de liberté ! Du coup, minou-minou n'est plus du tout marrant.

*

* *

— Je vais le prendre, quitte à changer d'hôtel s'ils faisaient des histoires. Vous savez où je peux joindre Stéphanie ?

Rosa se rembrunit, son menton rejoignant son cou. Elle lâcha, un peu plus sèche :

— Non. Elle ne m'a pas laissée d'adresse. Y a un truc que je ne comprends pas, madame Léonora.

— Quoi donc ?

— Je vais vous le dire, parce que ça m'a agacée et que... ben, je vous sens bien, comme dit ma fille. Je suis sûre que c'est bidon son histoire de problème familial. Elle avait l'air très... enfin, elle savait pas quoi me dire, très gênée. Pas le genre angoissée par une mauvaise nouvelle, si vous voyez. C'est bizarre parce que je la sentais inquiète... Mais je vais quand même prendre sur moi de vous confier le chat... après tout, c'est celui de votre fille.

— Gênée, inquiète ?

— Oui, c'est ça. Pas comme lorsque l'on sait à quoi on est exposé, plus l'attitude de quelqu'un qui se ronge les sangs sans trop savoir pourquoi, si vous voyez ce que je veux dire. Elle a commencé par me parler « d'une urgence inattendue » puis « d'un gros problème de santé dans sa famille ». Et puis, elle s'est coupée... un truc de menteur, ça. Elle a parlé de Limoges, d'un déplacement de quelques jours. Sauf qu'elle emportait deux très grosses valises. Quand je l'ai accompagnée jusqu'au taxi pour l'aider avec ses valises, elle a dit au chauffeur « gare Montparnasse ». Et puis, elle m'a laissée deux cents euros pour acheter ce qu'il fallait pour le chat en précisant que s'il y avait un problème, je n'hésite pas à foncer chez le vétérinaire, qu'elle me rembourserait à son retour.

Dans l'incompréhension, Léonora s'enquit :

— Et ?

— Et ? On ne prend pas deux grosses et lourdes valises pour un voyage de quelques jours surtout lorsque l'automne est si doux. Quant à Limoges, c'est la gare d'Austerlitz, pas la gare Montparnasse. Et puis, deux cents euros, mille trois cents francs pour des boîtes de nourriture pour chat, ça fait vraiment beaucoup de bouffe pour un seul matou !

— Je vois... Selon vous, elle va revenir bientôt ?

— Non, je ne crois pas. D'abord il y a ces valises et ensuite... je ne sais pas, au flair.

La sonnette de la loge retentit. Le son aigu les fit sursauter toutes les deux. Rosa se leva :

— Ce ne sera pas long.

Léonora perçut un « Monsieur Jérôme, vous êtes matinal... » dont le timbre indiquait que la concierge aimait bien cette personne. Une voix masculine, basse, un peu endormie lui répondit mais Léonora venait à nouveau de décrocher de ce petit salon encombré mais si ordonné et accueillant, de ce moment, des autres.

*
* *

Marie avait la même habitude qu'elle de l'ordre, on pouvait presque parler de passion. L'ordre, la propreté sont d'acceptables subterfuges à la pauvreté. Josefa le lui avait enseigné si longtemps auparavant. Le désordre donne au luxe une petite extravagance, un soupçon de désinvolture, qui le rend moins autoritaire, moins injuste peut-être. Il ne fait que souligner la démesure de l'injustice du manque.

Parfois, le samedi, lorsque Don partait pour sa partie de golf, elles « faisaient grande peau », grand ménage, peau neuve de la maison, celle de Boston, et ceci en dépit de l'hyperactivité de la femme de ménage qui passait deux jours par semaine à pourfendre la moindre menace de poussière ou de mouton comme s'il s'agissait d'agresseurs personnels.

Debout dans la cuisine, une tasse de café à la main, elles établissaient leur plan d'attaque, se répartissant les fronts avant de passer à l'offensive. Léonora se réservait toujours la cuisine, Marie cernait les trois salles de bains. Elles se séparaient ensuite, fortes de leur répartition et beuglaient chacune dans leur coin « Marinella, oh reste encore dans mes bras... » ou « Ramona, j'ai fait un rêve merveilleux... » en roulant des « r » et en s'encourageant de « tchi-tchi » lorsqu'elles avaient oublié un bout des paroles. Au cours des années, leur répertoire s'était élargi à nombre de chanteurs de rock – hard ou sirupeux – pour lesquels Marie se prenait d'une passion plus ou moins éphémère et violente. Tino devait pourtant en rester l'indégommable pilier, pour le souvenir du sourire de Monsieur Alfred.

*
* *

Léonora ferma les yeux et se laissa aller en souriant contre le dossier du canapé.

*
* *

Leur critère de reconquête de l'ordre était les odeurs qui s'immisçaient puis s'installaient, se mêlant enfin pour restituer à la maison son parfum, celui qui disait qu'elles étaient bien chez elles. Le savon de Marseille pour le carrelage de la cuisine, le détergent à base de citron pour les sanitaires, la térébenthine de la cire des bois. Jamais Léonora n'avait perçu dans cette occupation si domestique une fonction particulièrement féminine, ni peu gratifiante. Au contraire, il s'agissait d'une marque de propriétaire, tangible, rassurante. Cette maison était à elle, elle y était bienvenue puisqu'elle connaissait les secrets de fabrication de son odeur.

Leur campagne terminée, elles s'installaient côte à côte sur un canapé, suantes, ravies, pour se délecter enfin de leur « reniflade ». Humer les odeurs qui leur parvenaient, définir les nœuds de leurs rencontres, remonter à leurs origines. Marie concluait invariablement :

— Oh, elle est contente la maison... Elle pue bon de partout !

Léonora n'était plus pauvre depuis pas mal de temps déjà. Elle y avait veillé, aidée en cela par Judith. Une autre guerre, plus urgente, plus sournoise aussi. Pourtant cette délectation de la propreté, cette jubilation pour l'ordre des espaces l'avait suivie. Il ne s'agissait plus maintenant d'un stratagème visant à repousser l'évidence de la débâcle, mais d'une condition esthétique, un prérequis lui permettant de se réjouir de ce qu'elle n'avait plus à subir : la conquérante laideur de l'absence de moyens qui s'impose aux êtres, aux lieux, aux instants pour les soumettre et les réduire.

*

* *

La voix de Rosa lui parvint du palier :

— Je mets un peu d'ordre dans le courrier, madame Léonora...

La mémoire vacilla. Quoi, déjà ? Il allait déjà falloir revenir à ici et maintenant. Merde, elle n'en avait rien à faire « d'ici et maintenant ». Cet endroit-là ne recelait que souffrance. Elle était bien mieux à « avant, dans Marie ». Dans Marie, les lieux de Marie sont Marie. Quelle gourde elle faisait ! Comment n'y avait-elle pas pensé plus tôt. Quelle invraisemblable stupidité !

Un long soupir réinstalla Rosa sur le pouf qui lui faisait face :

— Je nous ressers un café ?

— Non merci, Rosa... Je pensais... Finalement, je vais m'installer chez ma fille... Je demanderai à l'hôtel de me livrer mes bagages. Je vais récupérer Monsieur Tom aussi. Vous pouvez me confier les clefs de Marie ?

— Évidemment, voyons ! Euh... si c'est trop... enfin, dur quoi, n'hésitez pas. Je suis là tous les jours jusqu'à deux heures. Descendez, on parlera un peu. Ah... j'ai vidé le réfrigérateur. J'ignorais quand quelqu'un viendrait et j'avais peur que tout pourrisse. Il n'y avait pas grand-chose.

— Merci, vous avez bien fait...

Léonora se leva, imitée par la petite femme. Sans elle, sans ce plateau argenté chargé des jolies tasses d'invités, sans le dossier profond du canapé, elle n'aurait jamais trouvé seule l'énergie, l'itinéraire de cette décision. Elle reprit :

— Merci Rosa. Vraiment.

Léonora resta dans l'entrée, le dos collé à la porte blindée, attendant elle ne savait trop quoi. Elle était parvenue à se débarrasser gentiment de Rosa qui tenait à l'accompagner dans l'appartement, redoutant peut-être la confrontation de cette mère avec le dernier pouls de son enfant. Étrange, une heure plus tôt, Léonora lui en aurait été reconnaissante, s'accrochant à elle comme à un vestige de réalité. Plus maintenant.

Elle avança de quelques pas dans la pénombre de l'entrée. Les volets étaient toujours clos. Les policiers ou Rosa les avaient-ils refermés ? Elle tendit la main machinalement et ses doigts tombèrent sur un interrupteur. Comment ce geste à peine décidé avait-il abouti ? Elle n'avait jamais pénétré ici et même si tel avait été le cas, comment aurait-elle pu se souvenir de la localisation de l'interrupteur ? La lumière sans tapage d'un lampadaire halogène lui révéla l'entrée, puis ce qui semblait être le salon. Elle frôla de la main une petite console de style Louis XV détournée avec insolence d'une couche de peinture vert pistache. Au-dessus, un cadre : une gravure, cadeau de Léonora, représentait le dos arc-bouté d'une chaise sur lequel reposait la main d'une femme ornée d'une simple alliance en or mince et blanc. Une belle main âgée, un peu courbée par cette arthrose qui conserve le souvenir de tant de gestes, de tant de jours. Léonora déposa son sac à main sur la console, un geste soudain familier.

Elle avança, incapable de déceler l'hostilité, la panique auxquelles elle s'attendait devoir résister.

Le salon était une pièce presque carrée, de jolies dimensions. Une large baie vitrée, protégée de volets métalliques, donnait sur la rue dont montait un brouhaha incessant en dépit de l'heure encore matinale. Un long canapé chauffeuse en daim noir s'y adossait. Léonora tourna sur elle. À gauche, une bibliothèque en bois roux couvrait tout le mur. À sa droite, un gros ordinateur trônait sur une table en inox brossé. L'ordinateur... ne pas repenser à ces mots, les derniers de Marie. Pourtant, ils s'infiltrèrent dans sa mémoire :

« J'en ai ras le bol. Il faut que ça cesse définitivement. Je ne parviens plus à me sortir de cette histoire. J'accumule les conneries depuis si longtemps. Marre, marre, marre. Je ne connais rien à ce mec. C'est un dragueur, un tricheur. Je le sais de source certaine. Marie. »

Arrêter. Ils n'avaient pas de place en ce moment.

Elle avança de quelques pas, traversant un épais tapis de laine violine, contournant un grand bureau retour d'Égypte, en direction d'une porte. Elle retint sa respiration et passa le chambranle comme si elle pénétrait dans un autre univers. Mais non... la chambre de Marie, juste sa chambre. Un large lit recouvert d'un jeté en molleton, déclinaison de bleus, d'inspiration quaker, beaucoup trop chaud pour la saison. Marie était capable de souffrir mille morts pour ce dont elle avait envie. Le seul autre meuble de la chambre était une belle commode lourde en bois sombre, Arts and crafts. Léonora s'en approcha et ouvrit les tiroirs un à un. La lingerie de Marie, coton et dentelle blanche ou champagne, nettement rangée, odorante d'un produit assouplissant à la lavande. Dans le tiroir du bas, une réserve de collants, de tampons périodiques, de lait démaquillant, de crème de nuit, de vernis à ongles incolore, alignés avec précision. Une habitude d'ancienne pauvre que lui avait léguée, sans le vouloir, sa mère. Acheter tant qu'on en a les moyens, se préparer au retour du manque pour tenir un peu plus longtemps, sans encore s'avouer vaincue. Nul doute que la cuisine serait approvisionnée sur le même modèle.

Léonora rabattit les portes coulissantes de la penderie-dressing aménagée dans un renfoncement du mur. À un bout de la tringle, les vêtements d'hiver étaient protégés de housses plastiques. Si elle cherchait, Léonora était certaine de trouver les petites étiquettes d'un pressing agrafées à chacun d'eux ainsi que des sachets de sciure de cèdre antimites. Une habitude qu'elles avaient toujours conservée. Faire nettoyer les traces de l'ancienne saison pour le privilège de remettre à son retour un vêtement net, comme neuf. Elle referma les portes coulissantes, inspirant une dernière fois le parfum de Marie qui se dégageait des cols et des pulls : Eau du Soir. Un parfum luxueux, une élégante provocation, un gage têtu que le futur serait nécessairement meilleur que le passé. Marie avait baptisé cela « son suivez-moi-jeune-homme adressé à la chance ». Bluffer la chance, lui faire croire que l'on a à peine besoin d'elle, pour l'intriguer, l'agacer, bref la séduire. Comme ouvrir une bouteille de champagne lorsque l'on n'a plus de quoi s'offrir un sandwich. Une tactique que la mère et la fille avaient pratiquée avec quelques jolis succès.

Étonnant. Étonnant et si douloureux comme elles se ressemblaient. Léonora n'y avait jamais vraiment prêté attention auparavant ailleurs que dans la forme d'un menton, le timbre d'une voix. Peut-être parce qu'elles étaient si différentes physiquement. Marie petite et menue, Léonora grande d'une minceur robuste, presque intimidante. Marie qui pestait contre ses jolis yeux noisette, Léonora et ses iris d'un bleu si intense qu'il pouvait devenir déplaisant sous le coup d'une émotion. Marie châtain plutôt foncé, Léonora au roux cuivré, lentement conquis par quelques cheveux blancs qui semblaient presque blonds. Étonnante cette similitude, oui. Étonnante et éblouissante.

Là-bas, juste en face, cette porte... cette porte-là donnait sur la salle de bains, Léonora en était certaine. Pas encore. Elle sortit de la chambre pour revenir vers le salon.

Il y avait peu d'objets dans la pièce, à l'exception d'une profusion de cadres, de petites sculptures, de vases et de coupes encombrant le plateau de bois presque noir du bureau qui servait de table d'exposition plus que de plan de travail. Léonora le contourna puis s'avança jusqu'à ce que le haut de ses cuisses heurte l'épais rebord. Trois fines coupelles en raku mat, noir de fumée, contenaient pour l'une des petits coquillages, de minuscules galets minces et arrondis, pour les deux autres des pièces de monnaie de nationalités diverses. Léonora y découvrit même quelques yens. Un cendrier carré en lourde céramique blanche berçait des grosses billes irisées de couleur bleutée. Un autre, plus petit et rond en pâte de verre orangée léchée de mèches vertes, contenait une sorte d'épais sable rosé. Léonora l'approcha de ses narines. Du sable parfumé au santal pour masquer les odeurs de cigarette. Marie ne fumait pas. Au fond du haut vase à la base épatée et au long col conquérant, d'autres petits galets, morceaux de verre polis, bleu marine et vert. Un vase destiné à une rose unique ou à une branche d'orchidée capricieuse. Elle se pencha pour distinguer les clichés prisonniers des cadres en feutrine grise ou en ruban d'argent baroque, voire en cuir de porc. Ses lunettes étaient restées dans son sac à main et même en clignant des yeux, elle ne parvenait pas à distinguer les traits des personnages souriants ou surpris. Elle tendit la main, mais se ravisa : déranger l'ordre de Marie, cette permanence d'elle, n'était-ce pas une sorte d'impardonnable blasphème ? Elle se décida enfin : elle veillerait à remettre les cadres en place.

Le cadre en feutrine grise hébergeait une scène de Marie qui brouilla le souffle de Léonora. Elle revoyait le moment. Les dernières vacances de Marie aux États-Unis. Celle-ci s'était approchée, un peu courbée, de cet âne dont le nez brun se teintait du blanc de l'âge. Léonora en contrebas avait crié :

— Attention chérie... Certains sont imprévisibles, d'autres conservent un souvenir plus que mitigé de leur cohabitation avec les humains... et quand ça mord, ça fait très mal.

— Mais non... je n'ai que de bonnes vibrations, il doit bien le sentir !

L'âne avait surveillé son approche du coin du regard, mâchonnant un reste de fourrage. Léonora avait appuyé sur le déclencheur à ce moment-là. Dommage. L'instant d'après, Marie avait été autorisée par l'animal à flatter son encolure. Quelques secondes avant qu'il ne s'ébroue et s'éloigne.

Le cadre suivant était consacré à Léonora. Elle se fit la réflexion idiote qu'il s'agissait du plus joli. Léonora marchant pieds nus le long de la baie de Bar Harbour, plaquant d'une main son chapeau de paille que le vent chahutait, tentant de retenir de l'autre sa jupe longue. Un joli ruban d'argent tressé protégeait ce souvenir vieux de quatre ou cinq ans.

La photo portée par le cadre en porc avait des petites allures de fête entre copains. Huit personnes se tassaient – coinçant Marie en leur centre sur le long canapé du salon – en riant pour ne pas déborder de la prise. La jeune femme blonde qui se trouvait à droite du cliché et dont une épaule avait disparu dans l'encombrement lui rappela quelqu'un. Stéphanie Marolle, peut-être. Des bouteilles de champagne, une pile d'assiettes en carton envahissaient la table basse. Léonora détailla longuement les visages.

Le cliché qu'elle trouva sous la glace du cadre en large latte d'érable blond, si sobre, si parfait, l'étonna. Elle détestait ce moment d'elle, juste après le décès de Don. Elle avait perdu pas mal de poids et le cliché en noir et blanc accentuait son extrême minceur d'alors et les cernes qui agrandissaient encore ses yeux. Sa bouche fermée, ses narines pincées, ses évidents efforts pour ne pas se lever, partir, lui rappelaient tant de nuits creuses et glissantes. Au demeurant, elle croyait s'être débarrassée de toutes les photos qui témoignaient de cette période. Retrouver l'une d'entre elles chez sa fille, exposée, la surprenait désagréablement. Elle reposa le cadre d'un geste plus sec qu'elle ne l'aurait souhaité.

Léonora se dirigea vers la grande bibliothèque dont l'une des étagères avait été aménagée en bar. Elle en tira la première bouteille qui lui tomba sous la main – un vin de porto – et se servit une longue rasade qu'elle avala rapidement, debout devant le meuble. Elle remplit à nouveau le verre et se dirigea vers l'autre porte, la dernière qui ne fut pas celle de la salle de bains, celle qui ouvrait sur la cuisine.

Un sourire involontaire hésita sur ses lèvres : Marie avait tenté de reproduire un peu de l'immense cuisine de la maison de Portland dans cet espace modeste. Le réfrigérateur américain semblait démesuré coincé entre l'évier et un renfoncement dans lequel un haut placard avait été aménagé. Une paillasse en iroko roux courait le long du mur opposé, décoré d'une collection de photos du début du siècle dernier. Dessous, des étagères protégées de portes en grillage à poule, dont la fonction n'était que décorative, soutenaient les casseroles, les poêles et plats. Léonora ouvrit les placards un à un, procédant à une inconsciente inspection de leur contenu. En dépit de sa chaleur, de sa véritable fonction de cuisine, la pièce était d'une netteté maniaque, elle s'y attendait. Elle termina son verre, les reins contre l'évier, parcourant du regard le mur couvert de photos lorsqu'un cliché la fit sortir du vide finalement aimable de son cerveau. Elle s'en rapprocha en quelques pas. Il s'agissait d'un cliché d'elle en pied. Cette femme en corsage blanc à col serré sur lequel pendait un long sautoir, en jupe longue à gros plis plats, les cheveux remontés en lourd chignon, cette femme début du xxe siècle, c'était elle, Léonora. Une urgence soudaine la crispa. D'où sortait cette photo ? Quelques secondes de panique, tant il lui semblait soudain fondamental de remonter la piste de ce portrait, puis un soupir. Les vingt et un ans de Marie. Don, Judith et elle avaient organisé une fête déguisée pour l'occasion. Le thème en était « Europe, début du xxe siècle ». Judith n'avait pas fait dans la dentelle, déboulant en gitane diseuse de bonne aventure. Le spectacle de la grande femme anguleuse perruquée d'une sensuelle et conquérante crinière bouclée aile de corbeau, jouant de la prunelle et des épaules, avait provoqué l'hilarité de tous les convives. Marie avait gardé son appareil photo vissé à l'œil toute la soirée, comme si elle emmagasinait une profusion de souvenirs pour son prochain départ en France. Sans doute avait-elle eu recours à un professionnel afin de vieillir de sépia certains des clichés.

Le regard de Léonora dévia un peu vers la droite. Un homme en melon réprimait à grand-peine un sourire pour adopter une attitude plus adaptée à sa redingote à petits boutons recouverts... Don. Mon Dieu, Don... l'aurait-elle reconnu s'il n'y avait pas eu son portrait à elle non loin ? Elle décrocha le cadre du mur pour détailler le visage de son mari. Don, gentiment poupin et jovial. Son doigt frôla une légère irrégularité qui déformait le mince carton du dos du cadre. Elle le retourna. Quelque chose devait être pris derrière la photo.

Elle souleva de l'ongle les minuscules pattes en aluminium qui retenaient le carton. Au dos de la photo était scotchée une sorte de frêle broche qui ne devait guère mesurer plus de deux centimètres de hauteur. Le petit bijou était en or ou en vermeil. Pourquoi Marie l'avait-elle dissimulé derrière une photo ? Car il s'agissait bien d'une cachette, comme en attestaient le ruban adhésif et le soin de cette dissimulation. Léonora souleva la photo, la tournant en tous sens. Rien d'autre. Elle scruta l'objet. Une croix ? Un caducée ? Pas vraiment. Plutôt trois tiges minces comme des cheveux autour desquelles s'enroulait le corps souple d'un reptile sans tête, à moins qu'il ne s'agisse d'une épaisse corde. Le tiers supérieur était serti d'une pierre minuscule, couleur rubis. Un cœur ? Une rose ? Peut-être.

Léonora serra le bijou contre sa paume et retourna dans le salon dans l'espoir de trouver une loupe dans l'un des deux profonds tiroirs du bureau retour d'Empire. Étrangement, ce fut leur vide qui l'alerta. Rien. Pas un crayon, pas un bloc, pas une coupure de journal. Le souvenir du bureau de la chambre de Marie à Boston s'imposa. Il s'agissait d'un meuble Louis-Philippe en chêne clair. Marie avait passé des heures à organiser le rangement des deux tiroirs centraux, achetant des petits containers en plastique transparent de tailles différentes pour y ranger trombones et élastiques, timbres et enveloppes, crayons et cartouches d'encre. De petites répliques de pinces à linge lui servaient à serrer les entrefilets qui l'intéressaient et qu'elle découpait dans les magazines ou les journaux.

L'idée que quelque chose était terriblement faux dans cet appartement, la conviction qu'il avait été modifié, altéré, manipulé, s'imposa alors à Léonora.

Elle sentit arriver, monter, s'imposer une vague de crainte. Elle la sentit jusque dans les crispations nerveuses de ses mollets, jusque dans la salive qui s'accumulait au fond de sa gorge.

La sonnerie du téléphone la fit bondir. Une sonnerie, une interminable sonnerie, la panique. Que faire, répondre, se ruer vers la porte, hurler ?

Elle souleva le combiné au milieu de la deuxième sonnerie et parvint à articuler :

— Qui est-ce ?

— C'est Rosa, madame Léonora. Je peux vous amener Monsieur Tom ?

Léonora déglutit avec peine et répondit :

— Léonora tout court... Oui, avec plaisir.

Le plaisir de voir la petite femme ne serait-ce que quelques secondes, le plaisir de contrer cette trouille idiote, le plaisir qu'une existence animale repeuple l'espace de ses habitudes, de ses manies de chat, de sa normalité.

Paris, France, vendredi

Rosa avait-elle perçu la cassure chez elle, celle qui permettait à la peur de s'engouffrer ? Peut-être puisqu'elle ne s'était pas trop fait prier pour accepter un doigt de porto, pour s'asseoir quelques minutes, pour parler du chat, de ses tics, et de ses mignonnes lubies. Le soulagement de sa présence avait permis à Léonora de se reprendre, et elle lui en était reconnaissante lorsqu'elle raccompagna la petite femme jusqu'à la porte.

Léonora passa l'heure qui suivit à installer le chat, se dispersant dans ces menues activités qui lui permettaient de retarder le reste. Donc, ainsi que Rosa le lui avait expliqué, Monsieur Tom avait l'habitude de manger dans la cuisine. Marie déposait ses bols de croquettes et d'eau et son assiette de pâtée sur un torchon, contre la porte du four. Le torchon était nécessaire puisque l'animal mangeait comme un cochon, attrapant dans la gueule les boulettes d'aliment pour les recracher à terre, les inspecter du flair avant de se décider à les avaler enfin. Le bac à litière était installé dans la salle de bains, entre la baignoire et le haut meuble dans lequel Marie rangeait les serviettes et les produits de toilette. Rosa était-elle consciente de la difficulté avec laquelle elle avait lâché les mots de « salle de bains » puis de « baignoire » ? Sans doute. Elle s'était étranglée sur chacun d'eux, comme s'il s'agissait d'obscénités.

Pour l'instant, le bac resterait dans la cuisine. Pour l'instant, encore un peu.

Léonora s'installa sur le grand canapé en daim. Le grand matou se coucha sur elle, la tête entre ses seins, à la façon d'un bébé. Elle le caressa, grattant l'arrière de ses oreilles, se berçant du ronronnement profond de l'animal, dont les pattes avant se crispaient de bonheur en saccades. Le rire de Marie, déclarant :

— C'est une glu à lui tout seul, ce matou. Il peut passer la journée à se faire gratouiller des oreilles et le cou ! C'est marrant, mais ça me calme les nerfs, même quand j'en ai plein les baskets ! Sauf que tu n'as pas intérêt à porter un joli corsage en soie... il fait du pain des heures durant !

Les nerfs de Léonora s'apaisaient aussi. Elle pouvait sentir les griffes amicales du félin au travers de son mince pull, les mouvements rythmiques qui s'arrêtaient avec une précision chirurgicale juste en surface de sa peau afin de ne pas la blesser. Il pétrissait l'air, et la laine fine, souvenir vestigial de cette époque où il tétait sa mère, le museau écrasé dans la chaleur de son ventre. Étrange comme les chats conservent durant leur vie entière le privilège ou l'entrave de leur mémoire de chatons, comme ils ne se séparent jamais de ces liens qui les tiennent à leur mère, à son organicité, à son odeur, à sa vigilance impitoyable. Marie soutenait qu'ils régressaient. Mais non, ils ne régressent pas puisqu'ils ne progressent jamais hors d'elle. Léonora pouffa et le gros chat entrouvrit les paupières, la fixant de ce large regard vert d'eau convexe, si myope, si vague.

Elle avait toujours appelé Marie « son chaton ».

Le matou se redressa, s'arc-boutant dans une élégante mollesse : il avait perçu avant elle la coulée de férocité qui recouvrait les dernières traces de peur.

Impitoyable.

Léonora le reposa sur le coussin et inspira, bras levés au-dessus de sa tête. Son cœur s'affola, lui remontant au fond de la gorge. Bien, ses nerfs s'apprêtaient. Ses nerfs avaient retrouvé leur puissance. Elle n'hésita presque pas devant la dernière porte repoussée. Elle ne réfléchit qu'à peine en pénétrant de quelques pas.

La salle de bains était carrelée de blanc jusqu'au plafond. De larges carrés de faïence épaisse, aux bords biseautés. D'abord, les yeux de Léonora s'obstinèrent à détailler tout ce qui se trouvait à plus d'un mètre du sol : le lavabo, un de ces bénitiers modernes, ronds, posé sur une épaisse planche en bois pâle, le haut placard dont la porte entièrement vitrée ne semblait tolérer aucune poignée, aucune encoche, le miroir en triptyque de facture ultra-moderne, un radiateur élancé dont les barres écartées servaient de porte et sèche-serviette. Enfin, elle parvint à contraindre son regard vers le bas, centimètre par centimètre. Elle se crispa au cours des derniers et baissa les paupières, se préparant à affronter l'animosité meurtrière d'une flaque de faïence blanche. Elle inspira par courtes saccades et leva les yeux d'un coup : la baignoire. Une longue barque, plus longue que le corps allongé de Marie. Étrange. La coque oblongue ne l'effrayait pas. Étrange. Elle inclina le torse et posa sa main sur le rebord en émail frais. Sans aversion. Comment cet objet central de la mort de Marie avait-il pu reprendre si vite sa bénignité ?

Était-ce parce que Léonora avait proscrit cette scène pour retrouver sa fille au-delà ou avant ? Car cette scène n'existait plus, Léonora ne le permettrait pas. C'était aussi pour cela qu'elle devait le retrouver, l'autre, celui ou celle qui avait inventé cette scène, il ou elle, l'assassin, devait disparaître afin que la scène cesse d'exister pour toujours. Non. « Il ». Stéphanie avait mentionné une voix d'homme.

Léonora sortit de la salle de bains et replaça le bac à litière à son emplacement habituel, escortée par Monsieur Tom que ce respect des procédures domestiques comblait.

Elle récupéra le petit insigne sur le plateau du bureau et l'examina à nouveau avec attention, sans parvenir à déchiffrer davantage le symbolisme de ces tiges entourées d'un corps de serpent décapité ou d'une corde. Tout à l'heure, elle sortirait faire des courses pour le chat et elle. Madame Dos Santos lui avait indiqué quelques magasins situés plus haut dans la rue de Tocqueville. Elle pourrait acheter une loupe dans une grande surface ou une librairie papeterie.

Chercher.

Marie avait dissimulé l'insigne derrière une photo, preuve de sa valeur, preuve de son sens. Trouver le sens.

Une bourrasque d'adrénaline secoua Léonora.

Au cours des deux heures qui suivirent, elle retourna tout, vidant les tiroirs, les placards, la penderie, jetant par terre le contenu des boîtes de rangements en épais carton, soigneusement étiquetées. Elle sortit tous les ustensiles de cuisine de leurs rangements, balança la farine, les pâtes, le sucre dans l'évier pour s'assurer que Marie n'avait rien caché au fond des pots.

Enfin, elle s'immobilisa au milieu du salon. Rien. Elle était essoufflée et la sueur collait ses cheveux contre sa nuque. Merde, rien, elle n'avait rien trouvé. Un début de crise de nerfs lui fit monter les larmes aux yeux et elle serra les poings jusqu'à sentir la blessure de ses ongles dans la pulpe de ses paumes.

Elle attrapa son sac à main au vol et se rua dans les escaliers, les dévalant quatre à quatre, fuyant le désordre indigne qu'elle venait d'infliger aux lieux de Marie.

Lorsqu'elle remonta chez sa fille trois quarts d'heure plus tard, chargée de sacs de provisions, elle était calmée. Elle sortit la grosse loupe rectangulaire achetée dans le point-presse du bas de la rue et détailla l'insigne qu'elle avait rangé dans son porte-monnaie. Il s'agissait en réalité de trois flèches, autour desquelles s'enroulait une corde que le symbole avait voulue épaisse, du même diamètre, voire un peu supérieur à celui des flèches jointives. Le minuscule rubis était serti au milieu d'une étoile à cinq branches. *A priori* rien qui lui rappelât quelque chose, si ce n'est une phrase un jour, prononcée par Monsieur Alfred au sujet de la petite étoile de David qui pendait à son cou :

— L'étoile a tant de significations symboliques, qu'elle soit à cinq, six, sept ou même huit branches. Celle-ci, la mienne, c'est deux triangles inversés et enlacés. La consécration de l'union entre l'Esprit et la matière.

*
* *

Léonora déballa les victuailles qu'elle rangea avec soin et entreprit de nettoyer le bordel qu'elle avait provoqué.

La nuit tombait et l'appartement avait repris ses aises organisées. Gourde, elle avait tout retourné comme une gourde. Comment avait-elle pu se laisser aller à cet imbécile désordre de nerfs ? Elle déboucha l'une des deux bouteilles de mercurey qu'elle avait achetées plus tôt et dégusta un grand verre, les fesses appuyées contre le bureau retour d'Égypte.

Chercher. S'assurer que l'insigne n'était qu'un indice isolé. Chercher, cette fois avec l'intelligence que Marie aurait déployée pour une dissimulation essentielle à ses yeux. Plonger dans la tête de sa fille, dévider leurs souvenirs communs.

La jeune femme avait-elle créé un jeu de piste confidentiel à l'intention de sa mère ou d'une autre personne de confiance ? Léonora en doutait, car une telle prudence aurait signifié que Marie se savait menacée. Si tel avait été le cas, elle aurait appelé Léonora aussitôt. Non... elle se méfiait d'une indélicatesse, voire d'un cambriolage, rien de plus. Dans cette hypothèse, Léonora était certaine que sa fille avait retrouvé la prudence des proies, leurs calculs, ces stratagèmes qui leur permettent de survivre en étant plus futées que leur prédateur. Les ruses que Léonora avait distillées tout au long de leurs années de galère, lorsqu'il fallait protéger un peu d'argent, deux passeports, quelques objets dans des piaules minables dont les portes s'ouvraient d'un bon coup d'épaule. L'enfance est une gigantesque éponge. On y absorbe tant de choses, qu'elles enfantent de vie future ou génèrent une destruction probable, qu'on le souhaite ou le redoute.

*

* *

Ce rabicoin obscur que Léonora avait d'abord loué à leur arrivée à Boston, pas très loin de Tremont Street. Un minuscule deux pièces qui sentait le renfermé et le moisi même en pleine canicule. Le propriétaire avait refusé de changer la serrure, arguant à juste titre que le chambranle de guingois interdisait de pouvoir refermer correctement le panneau en aggloméré. Léonora avait posé deux verrous à l'intérieur pour s'assurer qu'au moins personne ne pourrait aisément pénétrer de nuit.

Il avait fallu trouver une cachette pour l'argent offert par Monsieur Alfred et celui concédé par l'un de ses petits-fils. Elles avaient beaucoup ri ce soir-là, cherchant les planques les plus improbables, inventoriant tous les recoins. Marie avait proposé le réservoir de la chasse d'eau. Il suffirait d'envelopper les billets dans une protection en plastique. Un recours assez classique de junkie que Léonora avait repoussé puisqu'ils faisaient partie de leurs prédateurs probables, étant donné le quartier. Il fallait trouver différent, quelque chose que l'on n'aime pas manipuler ou qui évoque trop l'autre, l'inconnu que l'on vole : son linge sale, les protections périodiques, un aliment qui répugne à pas mal de gens, une poubelle.

Ce soir-là, aidée des éclats de rire de sa fille, Léonora avait dépiauté avec soin une petite dizaine de serviettes périodiques pour glisser au milieu de chacune une fraction des billets. Elle les avait ensuite habilement reconstituées et rangées dans leur paquet, puis avait enveloppé leurs deux passeports dans un sac en plastique de magasin pour les coller sous le cul de la poubelle à l'aide d'un morceau de ruban adhésif en recommandant à Marie de n'en parler à personne. La petite fille avait « juré-craché » en gloussant.

Dès qu'elles l'avaient pu, elles avaient abandonné ce pucier en faveur du Northend, Léonora craignant les appétits rapaces de certains des zombies qu'elle croisait en bas de chez elles. Marie ne serait jamais la proie de ces types.

*

* *

Léonora fonça vers la salle de bains. Elle renversa le contenu du panier à linge en osier, le retournant pour l'inspecter. C'est lorsqu'elle se baissa pour ramasser le petit tas de linge en attente de machine à laver qu'elle découvrit le tapis de bain blanc.

Une brutale douleur au creux du sternum, comme une pointe aiguë. Elle vit sa main se tendre, attraper le rectangle d'éponge. Elle la vit remonter jusqu'à son visage, plaquer le tapis sous son nez. L'odeur encore vivace de l'alcool s'infiltra dans ses narines, remontant jusqu'à son cerveau. Quelqu'un avait contraint son bébé à boire pour amplifier l'anesthésie provoquée par les somnifères... avant la noyade, la lame tranchant ses veines... Quelqu'un avait eu la monstruosité de ce calcul si précis, si efficace. Quelqu'un avait admirablement planifié le carnage de Marie.

Une violente brûlure sillonna ses cornées et elle n'eut pas le temps de se retourner pour vomir dans la cuvette des toilettes. Une salive âcre d'alcool et de sucs gastriques jaunit l'éponge blanche. Elle tomba à genoux, le tapis de bain forcé contre ses lèvres pour étouffer le hurlement qu'elle ne parvenait plus à contenir. Combien de temps resta-t-elle là, à genoux, coincée entre l'abattant du siège des toilettes et le rebord de la baignoire, secouée de spasmes qui ramenaient dans sa bouche une boue liquide, glaireuse et amère ? Comment parvint-elle parfois à respirer au travers de l'épaisse éponge alors qu'elle luttait contre le cri tapi au fond de son larynx ? Car il refusait de se dissoudre. Quand réussit-elle à mettre un terme au défilé barbare et chaotique d'images qui colonisait tout son cerveau : le quelqu'un mort, abattu, son sang. Il baignait dans son sang. Le sang du quelqu'un sur ses mains à elle, sur son ventre et ses seins d'où il avait arraché Marie. Jusque sur son front.

Lorsqu'elle parvint enfin à se redresser, elle était épuisée, vidée de toute énergie par le sang du quelqu'un qu'elle avait tant imaginé faire fuir de ses veines. Elle lâcha le tapis de bain, toujours serré dans ses mains et se passa le visage à l'eau froide.

Se reprendre. Maintenant. Se reprendre pour aller jusqu'au bout parce qu'elle ne pouvait plus retourner d'où elle était partie. Pire, elle n'en avait aucune envie.

Elle ouvrit la porte vitrée du haut placard et repéra immédiatement la boîte de tampons périodiques, puis, plus bas, poussé au fond, un grand sachet de serviettes hygiéniques. Elle les éventra une à une avec une impatience qui virait à la rage. Enfin, au milieu de la ouate compacte qu'elle venait de malmener, elle trouva. Une moitié de feuille d'imprimante pliée, coupée dans le sens de la hauteur, sans doute pour occuper moins de volume. Une liste de dates, chacune suivie d'initiales, d'une autre série de chiffres et d'un nombre imposant. Elle analysa la liste, tentant d'y trouver une logique, une signification. Il ne semblait pas s'agir d'initiales de noms de personnes puisque la plupart renfermaient trois ou quatre lettres, voire parfois cinq ou six. Que représentaient ces nombres ? Pas des numéros de téléphone, l'irrégularité de leurs séquences en témoignait. De l'argent, un code, une localisation ? Cette énumération avait-elle un rapport avec l'enquête que Marie avait évoquée lors de son dernier appel ? Cette succession dévoilait-elle un peu du secret de sa mort ?

L'énigme de cette liste pouvait attendre. Léonora n'en avait pas fini avec ce lieu et ne devait pas se laisser distraire de la tête de Marie.

Elle glissa le bout de feuille dans la poche de son pantalon, repassa dans la cuisine et retourna tous les autres cadres, dénudant les photos une à une, puis les étudiant à l'aide de sa grosse loupe rectangulaire. D'autres clichés récents des habitués de Marie se maquillaient-ils de l'habile sépia d'un photographe professionnel ? Léonora était incapable de le déterminer.

Elle portait son verre à ses lèvres lorsque la sonnerie du téléphone résonna. Elle se précipita dans le salon pour décrocher :

— Allô ?

Rien. Si... le mutisme d'un interlocuteur qui attend. Léonora répéta :

— Allô ?

Un déclic. On avait raccroché. Aurait-elle dû s'inquiéter, se demander qui pouvait ainsi vérifier une présence dans l'appartement de Marie ? Car il s'agissait bien de cela. Un ami ignorant encore le décès de sa fille aurait parlé. Marie et elle avaient une voix si similaire au téléphone que leurs correspondants se méprenaient souvent, balançant des « saluts » tonitruants à Léonora, suivis d'excuses bafouillantes : « Oh pardon, madame Morrison, je vous avais prise pour Marie. » La sonnerie retentit à nouveau, provoquant une satisfaction inattendue chez Léonora. Elle décrocha et lança d'un ton péremptoire :

— J'ai déjà dit « allô ».

On raccrocha à nouveau, cette fois brutalement.

Un point, elle venait de marquer un point : quelqu'un savait maintenant qu'elle se trouvait dans l'appartement. L'anonymat, l'insistance de cette personne prouvaient que sa présence en ces lieux dérangeait, inquiétait peut-être. Un sourire mauvais lui vint. Tant mieux puisqu'elle n'avait plus vraiment peur que d'une chose : la vie après Marie. C'était même une telle frayeur qu'elle se savait prête à affronter, supporter tout le reste.

*

* *

Elle hésita puis déballa le gros verrou qu'elle avait acheté au supermarché et repêcha la boîte à chaussures repérée un peu plus tôt sur la dernière étagère du renfoncement de la cuisine aménagé en placard. Une étiquette précisait : outils/bricolage. Aucun des deux tournevis ne convenait parfaitement, mais elle parvint à visser le verrou en enduisant les pointes des vis de savon sec. Cette sécurité suffirait à la première nuit. Elle ferait changer les serrures un peu plus tard. Rosa connaîtrait l'adresse d'un serrurier compétent.

Léonora dîna d'un sandwich au jambon qu'elle confectionna, accordant quelques petits lambeaux de viande à Monsieur Tom que l'odeur de la charcuterie rendait encore plus tendre. La présence du vieux chat à ses côtés pendant qu'elle mangeait, assis poliment sur le rebord de l'évier de la cuisine, tendant parfois la patte pour manifester sa voracité contenue la rassurait. Selon Marie, Monsieur Tom était un froussard. Les intrus le dérangeaient, l'angoissaient, le jetant sous un lit ou sous une commode jusqu'à leur départ. Qu'il l'eût si vite adoptée, l'escortant dans ses allées et venues, prouvait qu'elle était bienvenue dans les lieux de sa fille. Elle caressa une dernière fois le petit menton prognathe et murmura :

— Je te laisse, le grand chat, j'ai encore du travail.

*

* *

Elle consulta sa montre. Vingt-deux heures. Judith devait commencer de s'affoler dans la cuisine de Nora's. Elle tapa le code à deux chiffres qui désignait le numéro de l'amie sur le répertoire de son mobile. La voix d'abord plate puis nerveuse dès qu'elle sut qu'il s'agissait de Léonora se déversa :

— Alors ? Comment vas-tu ? J'ai essayé d'appeler l'hôtel mais on m'a dit que tu venais de prévenir de ton départ et que tu n'y repasserais pas. Mais raconte ! Tu veux que je vienne ? J'arrive, tu sais, je saute dans le premier avion.

Le brouhaha de la cuisine lui parvint en arrière-plan. Il lui sembla reconnaître la voix de Stanley Crumley hurlant un ordre.

— Non, je me débrouille encore, Judith. Tu peux coincer cinq minutes dans un endroit calme ?

— Oui, ton bureau, attends, je fonce.

Le souffle de Judith, quelques secondes, puis :

— Vas-y, j'ai fermé la porte.

Léonora lui raconta cette interminable journée, Rosa, Tom, l'appartement, la liste, l'insigne caché derrière la photo vieillie de Don, l'appel anonyme, le verrou qu'elle venait de poser.

Un débit autoritaire monopolisa la ligne dès qu'elle eut terminé :

— Bon, on arrête... Je prends le premier avion.

— Non, Judith, je ne veux pas, pas maintenant. J'insiste. Du reste, j'ai besoin de toi aux États-Unis, je manque de moyens ici et je ne connais personne à part Rosa.

— Mais tu rigoles ? Cette personne qui a appelé à deux reprises... Enfin, tu le dis toi-même, c'est sans doute lié avec le... avec le...

Léonora compléta pour elle d'un ton sec :

— Le meurtre de Marie. Oui, c'est possible. Justement. Mais ce que cette personne ignore, c'est que je ne suis pas Marie. Elle ignore aussi que je suis prête à tout maintenant qu'on me l'a détruite. Je vais t'envoyer deux photocopies de la liste, sous plis distincts. Cache-les... Je veux dire cache-les vraiment.

— Son ordinateur n'a pas de scanner ?

— Si, mais je ne sais pas pourquoi... je préfère les moyens traditionnels. Pourtant, il va bien falloir que je m'y résolve pour l'insigne. Il y a un appareil photo numérique. Je vais t'envoyer les clichés par mail, au restaurant. Personne ne doit les voir en dehors de toi.

— Envoie-les plutôt chez moi en ce cas.

— Non... Si l'ordinateur est buggé, je ne veux pas que quelqu'un puisse déterminer ton adresse e-mail.

La voix mi-incrédule, mi-alertée la coupa :

— Tu crois que... ce « quelqu'un » irait jusqu'à...

— Je n'en ai pas la moindre idée, je ne sais même pas si tout cela a un rapport avec l'enquête top secret dont Marie m'avait parlé. Celle qui devait lui valoir à elle un prix et à moi une belle robe. (Léonora fit un effort gigantesque pour ne pas fondre en larmes, pourtant la voix solide et rassurante de Judith l'y autorisait enfin.) Mais je n'ai pas encore allumé sa bécane pour ne pas signaler ma présence à un surveillant éventuel. Je préfère fouiller les lieux d'abord. Il sera toujours temps ensuite. (Léonora murmura presque :) Rappelle-toi notre devise des temps passés : parmi les faibles, seuls les paranoïaques survivent.

— Et nous avons survécu, ma belle.

— Oui, nous avons survécu... jusqu'ici. Mais Marie n'était pas paranoïaque. Elle espérait tant des gens et des choses. (Elle se ressaisit et conclut :) Donc, je vais t'envoyer des photos de la petite broche. Tu les sors et tu détruis le fichier graphique. Tu le détruis vraiment... de la messagerie mais aussi de sa poubelle. Tu te souviens, n'est-ce pas ? Je t'ai montré comment on procédait. J'aimerais savoir si cet insigne existe, si sa signification est connue. Le gros handicap étant que je ne veux pas que tu le montres ou que tu le décrives... à personne.

— Ça marche. Je vais commencer par les ouvrages de référence de la bibliothèque municipale. Si je faisais chou blanc, on aviserait.

*

* *

Lorsque Léonora raccrocha quelques minutes plus tard, sa fatigue l'avait lâchée. Une ivresse légère et cordiale la portait. Elle vida le fond de la bouteille de mercurey dans son verre. Quelques étirements de bras et de jambes la remirent tout à fait d'aplomb.

Chercher. Chercher d'autres signes, d'autres indices. Ils étaient là, à portée de main, de sa main à elle, elle le sentait. Ensuite elle pénétrerait dans l'ordinateur. Don lui avait expliqué tant de feintes, de ruses informatiques que son métier de banquier l'avait contraint de connaître afin d'éviter les pièges. Léonora y avait décelé une belle leçon contradictoire sur la permanence de l'éphémère, sur les traces de soi que l'on abandonne sans en être conscient. La leçon s'était incrustée dans ses neurones, sans doute parce qu'elle avait passé une bonne partie de sa vie à recouvrir ses traces et celles de Marie, puis celles de Judith.

Chercher. Le comble de la cachette telle que Marie et elle l'avaient définie en ces temps de dureté et de calculs, devait être évidente, si domestique que nul n'y penserait. Surtout pas de double fond dans une armoire, c'est la première idée qui vient en tête avec les ourlets de doubles rideaux. Au contraire, le bac à litière aurait été parfait. La pisse de chat est peu attrayante et il s'agit d'un objet si habituel qu'on n'y prend pas garde, mais Tom voyageait parfois chez la voisine volatilisée. Un sachet de légumes dans un congélateur, le fond d'un paquet de lessive... Elle inventoria le contenu du compartiment congélateur, vidant les plats cuisinés, les sacs de brocolis et de haricots verts dans l'évier. Ses tentatives suivantes se soldèrent également par un échec. Qu'est-ce qui va avec « documents cachés » ? Elle termina lentement son verre, passant en revue tous les endroits évidents et usuels... Un papier important, froissé au milieu d'autres, au fond d'une corbeille de bureau, une page portant des informations glissée au centre d'une liasse de feuilles, un paquet fourré dans une poche. Elle se précipita vers le chargeur de l'imprimante et le sortit, étalant les feuilles vierges sur la moquette. Rien. Elle fonça ensuite dans la chambre de Marie et déhoussa ses vêtements d'hiver. L'odeur du pressing mêlée à celle mentholée des petits sachets de sciure de cèdre lui monta au nez. Dans la poche d'un pardessus, elle sentit une liasse. Des photos liées par un élastique.

*
* *

Léonora étala la dizaine de clichés sur le lit de Marie. Une anomalie évidente lui sauta aux yeux. Pourquoi sa fille avait-elle pris tant de soin pour dissimuler ces photos pour la plupart familiales ? Léonora était-elle en train de se laisser mener par son imagination ? Après tout, peut-être ne s'agissait-il pas de documents cachés mais d'un simple oubli ? D'un autre côté, Marie l'organisée n'aurait pas glissé ces clichés dans une poche de pardessus pour les y oublier ensuite. À moins qu'elle les eût confiées à quelqu'un, puis repris dans l'idée de les ranger. Non, ridicule, le vêtement sortait du pressing, il était encore protégé sous un film plastique. Les photos auraient été abîmées par le traitement nettoyant ou alors le teinturier les aurait trouvées et les aurait remises à sa cliente. En d'autres termes, ces clichés avaient bien été dissimulés.

À genoux au pied du lit, Léonora détailla les photos après avoir repoussé deux prises d'elle, toutes deux dans le jardin de la grande maison cossue de Boston. Don... pourquoi Marie avait-elle dissimulé quatre photos de son beau-père ? Certes, sa fille et lui s'étaient toujours bien entendus. Sans doute l'affection, la tendresse de son mari pour la jeune fille avaient-elles été plus vives, plus profondes que la réciproque mais Marie avait compris comme sa mère que la reconnaissance tisse aussi des liens puissants et précieux. Sans le savoir tout à fait, Don leur avait offert à toutes deux ce qu'elles cherchaient si désespérément depuis des décennies : la paix, la sécurité, l'éloignement de leur vulnérabilité. Dans le vocabulaire des souvenirs de la mère et de la fille, cette gratitude-là valait tant de passions.

Léonora revint du salon, armée de la loupe. Sur la première photo, prise dans le port de plaisance de Boston, un Don rayonnant de triomphe, brandissait à deux mains le grand espadon qu'il venait de pêcher. Léonora réprima un sourire : à chaque nouvelle narration de son exploit de pêcheur, les mensurations du poisson prenaient en ampleur et, au fur et à mesure des exagérations, l'espadon finissait par prendre des allures de grand cétacé. En arrière-plan, Léonora distingua la poupe du petit yacht de son mari, la « danseuse » de Don. Du reste, il l'avait baptisé *Bonnie Dancer*, sans grande imagination, mais Don en manquait.

La photo suivante la mettait aussi en scène. Elle reconnut immédiatement l'édifice devant lequel ils étaient enlacés : San Bernardo, une petite église émouvante d'Andalousie, écrasée sous l'onde implacable d'un soleil presque blanc de canicule. Un rapide calcul la renseigna : la photo datait de six ans, lors de leur grand tour d'Europe.

Elle ne connaissait pas la suivante : Don, planté au milieu des marches de briques rouges de l'entrée de la banque dont il était directeur général, que son arrière-grand-père avait fondée, et dont la famille Morrison était toujours restée l'actionnaire principal. Un sourire professionnel aux lèvres, Don serrait la main d'un homme replet et un peu dégarni. Un gros client probablement, pour avoir eu le privilège d'être raccompagné à l'extérieur. Le troisième personnage la conforta dans cette analyse : un chauffeur tenant un parapluie ouvrait la porte arrière d'une berline noire, attendant l'homme en question.

Un détail l'arrêta soudain. Grâce à la loupe, elle aperçut, derrière l'épaule de son mari, un coin de l'interphone-caméra de surveillance, une des nombreuses protections de la banque d'affaires. Elle reconnut le poste installé peu de temps avant l'accident de Don. Elle se souvenait des discussions de son mari au sujet des performances de l'appareil. Une tristesse diffuse l'envahit : il s'agissait donc de l'un des derniers portraits de son mari. Bien qu'il fût assez convenu, figé de sérieux banquier, elle décida de le conserver et le poussa plus haut sur le quilt.

Le dernier cliché de son mari était un peu flou, sans doute aussi un peu sous-exposé, à moins qu'il n'ait été pris à la tombée du jour. Don se concentrait sur son putt, la visière de sa casquette de base-ball relevée. En dépit de la passion de son mari pour ce sport, le golf était toujours resté un mystère aux yeux de Léonora. Que l'on put se détendre en essayant de propulser cette petite balle capricieuse la sidérait.

Elle s'imaginait, au contraire, trépignant de frustration à côté du trou délaissé par la balle rétive, laquelle semble toujours préférer terminer sa course dans un inaccessible bosquet d'épineux ou enfoncée dans un cratère de sable. Un groupe de joueurs discutait un peu plus loin. L'un d'eux désignait Don de l'index, attendant sans doute son coup.

Le septième cliché représentait une partie du salon de Marie. Le suivant était un gros plan du plateau du bureau retour d'Égypte. Léonora distingua nettement les cadres, les petites coupelles en raku mat et noir, le cendrier carré en céramique blanche et le vase à long col prétentieux.

C'est lorsqu'elle dégagea la photo à moitié dissimulée sous la précédente qu'elle eut un choc. Elle ne connaissait pas le sujet de ce portrait, pourtant elle comprit d'instinct qu'il s'agissait de l'homme fabuleux de Marie, du dernier homme. Il lui parut soudain fondamental de mémoriser ses traits, la moindre de ses expressions. Il était vraiment très beau, une beauté émouvante, un peu émaciée, presque austère. Le regard bleu gris de l'homme était fixé sur un point qu'elle ne distinguait pas, il fronçait les sourcils. Une légère crispation faisait remonter les commissures de ses lèvres. Quoi ? Du déplaisir, de l'étonnement ou le souvenir d'une distrayante anecdote ? Ses cheveux blonds moyens coupés au carré étonnèrent Léonora. Étrange insolence de la part d'un banquier. Le regard de Léonora glissa. Les deux premiers boutons de sa chemise en épais coton bleu étaient défaits, laissant entrevoir une courte chaîne au bout de laquelle se balançait une mince croix d'or. Celle de sa sœur, décédée d'une leucémie avait dit Marie. La main gauche de l'homme était appuyée sur ce qui semblait être un muret de pierres, une belle main, longue, nerveuse. Francis Casadei, l'homme ultime, l'homme déjà tant aimé.

Une aberration. Elle lâcha brusquement la photo comme si son contact irritait l'épiderme de ses doigts. Une boule de salive lui remonta dans la bouche.

Nerveuse, elle éparpilla du plat de la main les autres clichés et repêcha celui représentant Don sur un parcours de golf, plaquant la grosse loupe sur le groupe distant de joueurs. L'homme qui pointait du doigt dans sa direction, un sourire amical aux lèvres, cet homme n'était autre que Francis Casadei !

Or cette photo datait de plusieurs années, au minimum de trois ou quatre. Que fichait Casadei dans leur entourage, lui qui s'était laissé complaisamment découvrir par Marie lors d'une ennuyeuse soirée, quelques semaines auparavant ?

Ce n'est qu'à cet instant qu'une seconde invraisemblance la frappa. Pourquoi la jolie photo représentant l'amant dont Marie ne pouvait cesser de parler, auquel, sans doute, elle pensait toute la journée, se retrouvait-elle serrée dans ce paquet confidentiel, glissé dans la poche d'un manteau, sous une housse ? Pourquoi ne trônait-elle pas sur le bureau, au milieu des autres ou, mieux, comme premier repère du demi-cercle formé par les autres cadres ? Évidente, régnante.

Elle se rua dans le salon et stoppa devant les cadres, interloquée. Comment n'avait-elle pas remarqué ces deux incohérences plus tôt ? Nulle photo de Francis Casadei et de plus, les deux portraits qui la représentaient, elle, Léonora, étaient séparés par une fête entre copains. Jamais Marie n'aurait fragmenté sa mère, ayant hérité d'elle une sorte d'aversion superstitieuse pour les mélanges d'amours.

Tout s'additionna dans sa tête, même le désagrément qu'elle avait ressenti lorsqu'elle avait découvert la photo rescapée de son veuvage, s'étonnant que Marie ait eu la négligence, presque l'indélicatesse de l'exposer. Quelqu'un avait manipulé les photos du bureau après le décès de Marie. Quelqu'un avait fait disparaître la photo qui se trouvait dans le dernier cadre... ou le premier, la remplaçant par un portrait catastrophé de Léonora. Ce quelqu'un ignorait la peine que leur inspiraient à toutes deux les preuves de la mort de Don.

Affolant un peu le chat qui s'était rapproché, elle courut dans la chambre et attrapa le gros plan du bureau sur lequel elle posa la loupe. Pourquoi Marie avait-elle pris cette photo ? Parce que l'agencement de ces objets lui plaisait ? En dépit du grossissement, l'élégant cadre en larges lattes d'érable était minuscule. Pourtant, il était évident que la photo qu'il protégeait était celle d'un homme aux cheveux plutôt clairs, pas de Léonora. Casadei ? Pourquoi pas. Sans doute. En ce cas, il tombait sous le sens qu'il était aussi l'auteur de cette substitution. Dans quel but ? Recouvrir sa trace ? Disparaître aux yeux de ceux qui inspecteraient l'appartement ? Pas très logique. Marie ne pouvait pas s'empêcher de parler de son nouvel, de son parfait amour. Du reste, l'inspecteur Raymond avait rencontré Casadei.

*

* *

Raymond. Elle s'en souvenait à peine. Il fallait qu'elle le rencontre à nouveau. Elle lui expliquerait l'appel de Stéphanie, sa disparition soudaine, l'escamotage de photos, l'insigne dissimulé et ceci bien qu'elle n'eût aucune idée de sa signification. Elle le convaincrait de reprendre l'enquête. Elle en avait le pouvoir à nouveau, la duplicité aussi. Elle n'était plus l'être dévasté, creusé à vif, assommé de calmants qu'il avait rencontré. Elle n'était plus la pauvre mère orpheline qui peut-être l'avait ému. Elle avait retrouvé le goût et les aptitudes à la fauverie, mais il devait l'ignorer.

À la vérité, elle ne les avait jamais perdus. Ils s'étaient endormis là, à fleur de veine, seulement recouverts par la passion et la vigilance de Don, seulement muselés par l'amour qu'elle portait à Marie. Mais Marie et Don étaient morts. Josefa aussi. Elle avait besoin de Raymond pour remonter jusqu'au quelqu'un et s'octroyait tous les artifices pour l'y pousser. Le reste, elle s'en chargerait. Après cela, le Déluge... et elle se foutait de s'y noyer.

Paris, France, samedi

Léonora passa le linge humide sur le beau front bombé, trempé de sueur, une sueur de douleur. Les magnifiques cheveux bouclés avaient terni et on avait dû les couper courts. Les larges cernes violets rehaussaient le bleu saphir des yeux de la malade, accentuant la cendre qui progressait le long de ses joues, dévorant peu à peu les pommettes hautes et le court nez droit.

Léonora tremblait encore de la vive dispute au cours de laquelle elle avait insulté une religieuse, la traitant de sale conne. La femme fanée, froide et calme de sa dévotion, de la certitude de ses convictions, avait refusé de pratiquer une nouvelle injection de morphine, expliquant d'un ton pédagogue :

— C'est une substance très dangereuse, mon petit, de plus, on s'y habitue si vite.

D'abord, Léonora avait tenté de négocier avec douceur en insistant :

— Elle va mourir, ma sœur, c'est la fin. Elle mérite qu'elle soit à peu près douce.

— Non, je ne peux pas. Nous risquons un arrêt cardiaque, une détresse respiratoire.

Léonora avait encore temporisé. Puis, devant l'obstination vertueuse de l'autre, une rage folle l'avait emporté sur la prudence. Elle avait secoué la grosse femme, pleine de sang, de vie, de chair en hurlant :

— Sale conne ! Vous allez la laisser crever comme une bête parce que vous craignez vos petits péchés ? Vous ne sacrifierez rien à la compassion ? C'est quoi, selon vous, être chrétien ? Vous ne la tuez pas : elle est déjà presque morte. C'est juste ce qu'il reste encore d'elle parmi nous qui souffre et qui souffre tant.

La femme à l'âme minéralisée de trouille avait fui. Léonora avait parcouru les couloirs au pas de charge, débusqué un médecin qu'elle avait traîné jusque dans la chambre de Josefa en vociférant des menaces. Il avait levé la main, pas pour la frapper, juste pour la repousser le temps qu'il prépare l'injection.

Le corps si malmené de Josefa s'était progressivement apaisé, ses cellules tortionnaires et dévoreuses avaient enfin reculé, attendant une nouvelle opportunité pour l'assaillir.

Enfin, la mourante sourit à la jeune fille qui cramponnait sa main comme on se noie. Avec ce reste d'accent, étonnamment chantant sur les fins de phrases, Josefa bafouilla, les mots un peu glissants des effets de la drogue :

— Ma chérie... Vivement l'autre côté. Il est plus beau, n'est-ce pas ?

— Oh oui, beaucoup plus beau. Calme, serein.

— Comment le sais-tu, Léonora ?

— Je viens de le voir dans tes yeux.

— Ah... c'est bien alors. Il faut que tu prennes quelque chose. Qu'il ne le vende pas comme le reste. Le reste je m'en fous.

— Tu m'as déjà donné ton crucifix, chérie.

— Non pas ça, je sais ça.

Josefa tenta de se redresser, désignant son oreiller d'un geste vague de la main. Léonora y glissa les doigts jusqu'à sentir l'étui à lunettes. La femme qui allait mourir acquiesça d'un signe de tête et d'un nouveau sourire :

— Oui. Je veux que tu les aies. Tu en auras besoin un jour. Ce sont des verres progressifs, tu sais, c'est très cher.

Les lunettes de Josefa, celles dont elle était si fière, qui lui avaient tant coûté. Elle avait gratté, économisé sou à sou des mois durant pour se les offrir enfin.

— Garde-les. Garde-les, chérie. Cache-les du porc.

La maladie gagnant, la souffrance s'installant en conquérante implacable, il était enfin devenu « le porc » dans les mots de Josefa. Car il l'avait toujours été au fond d'elle, mais un reste de prudence l'avait rendue muette.

Lorsqu'il poussa la porte de la chambre, un peu plus tard, Josefa somnolait, la paume de Léonora glissée sous sa joue, comme un minuscule et si tendre oreiller. Josefa entendit-elle, le sentit-elle, toujours est-il qu'elle sortit de sa torpeur. Voulut-il jouer les nouveaux veufs, tenta-t-il de convaincre Léonora d'un quelconque chagrin, il s'approcha du lit de sa femme en geignant. La malade que la morphine rendait téméraire et impatiente le repoussa d'un cri et d'un geste de la main en feulant :

— Va-t'en, ordure ! Fous-moi la paix au moins une fois dans la vie.

Il n'insista pas. L'ordre de sa femme, le seul, le dernier, ne lui fit sans doute pas peur, mais tel n'était pas le cas du regard meurtrier de Léonora.

Josefa laissa échapper un lent soupir lorsque la porte se referma derrière lui :

— Là, tout va mieux, ma chérie. Ne permets pas qu'elle revienne, je t'en prie. Ne le permets pas ! Aime-moi jusque-là.

La souffrance, elle parlait de la souffrance.

Lorsque Léonora la vit se tendre à nouveau, les veines de ses tempes saillir, lorsque la salive coula de sa bouche crispée et que son souffle se raréfia à nouveau, quelque chose d'étrange se produisit. La tête de la jeune fille se vida d'un coup. Rien, il n'y séjournait plus rien. Elle se vit, puisqu'elle ne se savait plus. Elle se vit se baisser, poser ses lèvres sur le front de Josefa. Elle vit son index et son pouce droit serrer les narines de la femme aimée, sa main gauche se plaquer sur sa bouche. Elle sentit distinctement sur sa paume l'humidité d'un baiser. Elle nagea dans le bleu si tendre de ses yeux. Une minute, un peu plus, une éternité, le corps redevint tendre et mou.

*

* *

Léonora se réveilla, en nage, la bouche ouverte sur son étouffement. Elle n'avait pas refait ce rêve depuis si longtemps... il ne s'agissait pas d'un rêve, ni même d'un cauchemar, mais d'un scrupuleux témoignage. Elle avait tué Josefa. Elle l'avait tuée sur l'empreinte d'un baiser au creux de sa main. Parfois, elle sentait encore sa moiteur.

Lorsque le jeune médecin qui avait fait la dernière piqûre s'était précipité dans la chambre vide de vie – car celle de Léonora n'y était plus non plus – il l'avait fixée. Sans un mot. Les mots étaient devenus inutiles, tous obsolètes, ineptes, crétins à sangloter. Il avait déchiffré la mise à mort dans la crispation de ses mâchoires, dans la glace de ses yeux.

Léonora avait rangé les lunettes dans sa poche d'imperméable. Un objet si précieux, qui ne lui servirait jamais puisque Josefa était myope et elle hypermétrope.

Enfoiré ! D'une certaine façon, cette ordure de porc était responsable de tout. De Marie qu'il avait semée en elle, par inadvertance, juste pour prendre son pied. De sa mort donc. De l'agonie insupportable de Josefa. De sa vie à elle, bradée, vendue avant même d'avoir eu une chance. Au bout du compte, la vie du porc serait aussi à l'origine de la mort du quelqu'un que Léonora prenait en chasse pour lui réclamer le prix de Marie. Comment se peut-il que des vies soient si mortifères ? Comment expliquer que des souffles, des existences ne puissent s'épanouir que grâce à la destruction de tant de choses ? La réponse importait-elle vraiment maintenant ?

*

* *

Elle venait d'essuyer l'assiette de son déjeuner lorsque la sonnerie du téléphone retentit. Léonora décrocha, presque sûre que de l'autre côté, un silence massif lui répondrait. Gagné. Son « allô » resta sans réponse. On raccrocha. Elle dut fournir un effort prodigieux pour se contraindre à la patience. Attendre, attendre encore un peu. Quelques secondes, deux minutes, je t'en prie, attends ! Elle se força à compter jusqu'à cent, avec calme, puis encore jusqu'à cinquante. Enfin, elle s'autorisa à enfoncer la touche de rappel automatique. Une sonnerie têtue, répétitive jusqu'à la nausée. Une sonnerie que personne, de l'autre côté, ne souhaitait interrompre. Une suée de panique lui dévala entre les seins, trempant les bonnets de son soutien-gorge. Merde, merde... Il devait y avoir un moyen de pister, de contraindre ce silence, cet anonymat buté ! Elle nota, fébrile, le numéro qui s'affichait sur l'écran. Peut-être existait-il en France aussi, un moyen de retrouver un abonné par son numéro de téléphone ?

Rosa ne travaillait pas aujourd'hui. Pourtant Léonora fonça à la loge, appuyant rageusement sur la sonnette. La petite femme entrebâilla d'abord la porte. La reconnaissant, elle ouvrit grand le battant. Elle lui indiqua le numéro des renseignements téléphoniques et Léonora se rua jusqu'à l'appartement.

La recherche ne prit que quelques minutes. Lorsque la jeune femme la rappela pour lui communiquer l'information, Léonora crut qu'elle allait hurler de consternation : il s'agissait du numéro d'une cabine téléphonique située boulevard Raspail. Son idiotie la fit frémir : mais que croyait-elle ? Que la personne qui fliquait sa présence chez Marie était aussi stupide qu'elle ? Appelant d'un poste dont le numéro pouvait permettre de la faire repérer ?

*

* *

Le reste de la journée passa en fouilles systématiques, en rangements, en câlins avec le chat. D'une certaine façon, elle commençait à croire qu'elle avait toujours vécu ici, dans ce joli appartement dans lequel Marie l'accompagnait à chaque pas.

Le téléphone sonna encore à trois reprises vers quatre heures, des appels brefs, puis une heure plus tard, les sonneries persistant cette fois longuement. Elle ne décrocha pas. La voix de Marie résonna dans le salon, la figeant : « Bonjour, vous êtes bien chez Marie. Je ne suis pas disponible pour le moment, mais laissez-moi un message, je vous rappellerai dès que possible. Hi, this is Marie. I cannot answer the phone right now, but leave a message, I'll call you back as soon as possible. Thank you. » Léonora souleva le répondeur, cherchant une trappe comme si sa vie en dépendait. Récupérer la cassette, récupérer la voix de Marie. Et lorsque tout irait si mal, au creux des heures glissantes, elle écouterait la voix de sa fille lui affirmer qu'elle était bien Marie, qu'elle allait rappeler au plus vite. Merde... Merde, con d'appareil. Il s'agissait d'un de ces répondeurs numériques sans bande. Merde... Merde, elle perdait les pédales. Se calmer, se calmer tout de suite. Seul le calme, aussi factice fut-il, lui permettrait d'atteindre son but. Léonora reposa l'appareil. Elle tremblait.

Quelqu'un cherchait-il à s'assurer de son départ ? Qu'il vienne afin de le vérifier, elle l'attendait.

Elle tourna à plusieurs reprises autour de l'ordinateur, hésitant, puis renonçant à l'allumer, attendant elle ne savait quoi, une sorte de signe qui lui indique qu'il était temps. Raymond ne serait pas au commissariat avant lundi et elle s'était seriné cette mise en garde pour s'épargner la fébrilité de l'attente, la démolition de l'incertitude.

Il devait être près de six heures du soir lorsque l'idée s'imposa, si invraisemblable. Prendre un bain. Prendre un bain dans la baignoire de sa fille. Un sanglot sec la cassa lorsque l'énormité de cette suggestion s'inscrivit dans sa tête. L'eau rouge. Rosa avait décrit l'eau rouge. Léonora l'avait vue comme si elle avait été contrainte de vider la baignoire, l'eau qui avait dispersé la vie de sa fille. La vie de sa fille frôlant les parois d'émail, les léchant pour les colorer d'un rouge dilué mais vivace.

Non. Non, prendre un bain comme on se roule dans un ventre tiède, bienveillant.

Léonora tituba vers la salle de bains.

*

* *

Une longue « trempette de cochonne » comme les nommait Josefa.

Elle lui courait après pour la forcer à se laver « dans tous les coins. Attention à ton matricule, fillette, je renifle ensuite et si c'est pas propre... » La menace n'était jamais précisée, mais elle faisait toujours glousser Léonora.

On se lavait dans la grande cuisine, dans une énorme bassinoire en métal étamé que Josefa remplissait de cocottes d'eau chaude. Lorsque Léonora avait satisfait au rite de la trempette, Josefa conservait l'eau savonneuse pour y faire tremper le linge. La petite fille trouvait cette économie judicieuse. Ce n'est que beaucoup plus tard qu'elle avait compris à quel point elles étaient pauvres.

*

* *

Elle glissa progressivement dans l'eau. La morsure brûlante hérissa sa peau de frissons.

Voilà, Josefa l'avait accompagnée, et Marie prenait la relève. Une fatigue colossale lui tomba dessus.

Étrange comme cette eau, qui l'avait terrorisée, l'accueillait. Elle s'y sentait si bien, protégée, bercée, portée comme dans un ventre, le ventre de sa fille. Elle bascula sur le côté, ramenant ses genoux sous son menton. Elle devenait le bébé des eaux de Marie. Elle sourit lorsque l'endormissement la vainquit. Peut-être allait-elle mourir maintenant ? Quel meilleur, quel plus doux moment aurait-elle pu trouver ?

Un bruit, l'écho d'une glissade puis d'une galopade la tirèrent de son assoupissement. Le chat. Monsieur Tom fuyait devant quelque chose. Elle se redressa. L'eau du bain était maintenant froide. Elle sauta hors de la baignoire. Elle n'avait pas repoussé le verrou après être remontée de chez Rosa. Quelqu'un était entré dans l'appartement. Elle attrapa le peignoir d'éponge blanche pendu derrière la porte et s'en enveloppa sans prendre garde à la masse de ses cheveux trempés qui dégoulinaient sur le carrelage. Un peigne, un ridicule peigne à queue fut tout ce qu'elle trouva comme arme. Elle serra sa tête dans la main, pointant la queue effilée de plastique vers l'avant. Elle traversa la chambre de Marie sans bruit et poussa doucement la porte de communication avec le salon. Un homme se trouvait de dos, incliné vers le bureau.

La rage. La rage remplaça l'indécision, la crainte. Elle fourra sa main armée du peigne dans la poche du peignoir et ouvrit la porte avec violence, avançant d'un pas autoritaire en lançant :

— Il est de coutume de s'annoncer avant de pénétrer chez les gens.

Il se retourna d'un bloc. Francis Casadei.

Un vague sourire hésitait sur les lèvres de l'homme. Il se rembrunit et rétorqua d'un ton aussi sec que le sien :

— J'ignorais qu'il y eut quelqu'un.

— Que faites-vous dans l'appartement de ma fille ?

— Léonora. Vous êtes Léonora. Je possède un trousseau. Elle me l'avait confié.

— Et alors ?

Il avança lentement vers elle. Elle serra le peigne dans sa poche. Le regard bleu gris la détailla, lent et pourtant incisif. Il expliqua d'un ton presque las :

— Je suis venu récupérer... des affaires que j'avais laissées.

— Quoi ?

— Pardon ?

— J'ai dit : « quoi », quelles affaires ?

— Euh... une ou deux chemises, deux ou trois bouquins.

— Et c'était fondamental ? D'autant que je n'ai vu aucune chemise à votre taille dans les penderies de Marie. Les titres ?

— Les titres ?

— Vous m'avez bien entendue : les titres des « deux ou trois bouquins » que vous auriez abandonnés ici.

Il rétorqua d'un ton cassant :

— C'est un interrogatoire de police ?

— Non... Mais ça pourrait le devenir.

Il ferma les yeux, baissant la tête, accompagné par le mouvement de ses cheveux mi-longs qu'il repoussa d'une main le long de sa tempe. Un mouvement qui chez un autre aurait été trop féminin. Mais Casadei possédait un charme ahurissant, très au point, aggravé par ce léger accent américain qui lui allait comme un gant. Il murmura en tendant la main, paume vers le ciel :

— Écoutez, je crois que nous sommes très mal partis tous les deux... Marie m'a tellement parlé de vous... Elle vous aimait si fort. Venez, allons nous asseoir sur le canapé. J'ai tant envie de vous connaître. Je me dis que c'est ce qu'elle aurait souhaité et que...

Un gloussement incontrôlable l'interrompit. Il fixa la femme qui plaquait sa main sur sa bouche pour ne pas éclater de rire. Il se fit la réflexion qu'elle était encore plus belle que dans son souvenir, plus dangereuse aussi, beaucoup plus dangereuse puisqu'elle l'ignorait. Elle devait à tout prix être écartée, gommée.

Léonora balbutia d'hilarité cinglante :

— Nous manquons de fond sonore... des violons. (Sa voix se fit soudain si mauvaise qu'il recula d'un pas :) Vous croyez vraiment que je vais gober cette salade, Casadei ? Que veniez-vous faire ici, vous qui n'avez pas trouvé un moment pour assister aux obsèques de ma fille, votre amante. Amante ou... maîtresse, liaison, coup de queue ? En bref, que cherchez-vous ?

Il se dirigea vers le bar et lâcha :

— Vous devriez vous sécher les cheveux. Ne vous inquiétez pas, je ne vais pas fuir. Au demeurant, il vous serait facile de trouver mon adresse. Je nous sers un verre ? (Soudain, il cria presque :) Mais merde, pour qui me prenez-vous ?

Léonora était maintenant presque contre lui, le défiant de son mutisme. Il poursuivit :

— Mais bordel à la fin... Marie est morte !

La gifle partit, violente, sèche, destinée à faire mal, renversant la belle tête de l'homme sur le côté. Léonora feula :

— Je n'ai pas de temps à perdre, Casadei ! Du reste, je n'ai plus rien à perdre. Je vous pose une question, j'exige une réponse. Une mise en garde, cependant : il est très difficile de me mener en bateau. Je répète : que venez-vous faire ou chercher dans l'appartement de ma fille ? Et est-ce vous qui avez téléphoné hier et tout à l'heure à plusieurs reprises sans prononcer un mot ? Il vaudrait mieux me dire la vérité. La police doit pouvoir le vérifier.

— Non. Non, ce n'est pas moi.

Il mentait, Léonora en fut certaine. Un reflet changea dans le regard de l'homme et elle recula d'un pas, plongeant à nouveau la main dans la poche du peignoir à la recherche de son arme dérisoire. Il poursuivit :

— Alors un verre ?

— Volontiers. Je vais m'habiller.

Elle poussa le verrou de la salle de bains et passa rapidement ses vêtements. Où était cette paire de ciseaux à ongles ? Elle la retrouva dans l'un des tiroirs du placard vitré et la glissa dans la poche de son pantalon. Elle laissa les pans de sa chemise de coton blanc pendre par-dessus.

Lorsqu'elle rejoignit le salon, Casadei était vautré sur le canapé, un verre de whisky à la main. Un autre, posé sur la table basse, l'attendait. Il se redressa, calant le dos contre le dossier, et détailla les cheveux frisés de la femme, tombant jusqu'à la taille, alourdis de l'humidité du bain. Il tapota le cousin à ses côtés et déclara :

— Venez.

Léonora tira le pouf carré en daim noir de sous la table basse et s'y installa, face à l'homme, séparée de lui par le plateau en verre fumé, les jambes repliées, prêtes au bond.

Un vague sourire étira les lèvres de Francis Casadei. Il but une gorgée de whisky et posa son verre à côté de celui, délaissé, de Léonora. Elle attaqua à nouveau :

— Que veniez-vous faire ici ?

— J'étais aux États-Unis ces trois derniers jours. Je suis rentré ce matin. J'ai trouvé un message de Stéphanie sur mon répondeur. Stéphanie Marolle... C'était la voisine de palier de Marie. Elles étaient assez copines. Stéphanie gardait le chat parfois...

— Je sais. Et ?

— Elle avait l'air pas mal secouée. Je n'ai pas très bien saisi ce qu'elle me racontait au début : elle devait partir en province... une urgence... Ce n'est pas le plus important. Stéphanie affirmait que Marie ne s'était pas suicidée. Qu'il y avait quelqu'un d'autre dans l'appartement... ce soir-là.

Léonora se leva de son pouf pour se diriger vers le bar et se servir un whisky. Un whisky presque aussi immense que le vide de sa tête. La voix de Francis Casadei résonna derrière elle :

— Il n'y avait pas de poison dans celui que je vous avais préparé.

Elle haussa les épaules sans daigner répondre puis revint vers lui. Elle avala la moitié du whisky trop fort d'un trait et déclara d'un ton presque affable :

— Et c'est pour cette raison que vous seriez là ?

— J'espérais découvrir un truc, une preuve, un indice que les flics auraient négligé. Mais je suppose que vous avez déjà tout retourné. À la vérité... je souhaitais tant trouver quelque chose qui démontre que Stéphanie se racontait une histoire... (Sa voix se fêla et il toussa avant de reprendre :) L'idée que Marie ait pu être...

— Assassinée, massacrée.

— Oui... cette idée-là m'est intolérable. Étant entendu les circonstances... je me dis qu'elle a dû sentir qu'elle allait mourir, avoir si peur... (Il la fixa, affolé :) Merde, je suis un vrai abruti, je suis désolé, je n'aurais jamais dû dire cela.

— Pourquoi ? Selon vous, je n'y ai pas pensé avant de l'entendre ? Je ne pense qu'à cela, monsieur Casadei, je ne pense qu'à cela depuis une semaine.

Elle le fixa à son tour. Blessante rencontre entre le saphir des yeux de la femme et le bleu gris mouvant du regard de l'homme trop beau, trop charmeur. Il baissa les yeux. Il mentait encore. Il mentait avec génie. Moins qu'elle, cependant, mais il savait manier toutes les ruses, toutes les plus habiles ficelles. Elle les retrouvait dans ses paupières qui s'étiraient vers les tempes, dans le pli de sa bouche lorsqu'il terminait une phrase, dans ses mains qu'il gardait plaquées sur ses genoux, dont il évitait de se servir, même pour saisir son verre, de peur qu'elles ne tremblent. Il venait de lui servir une convaincante fable, dosant avec talent une émotion bidon, distillant avec brio les regrets, l'angoisse *post-mortem* de l'amant. Elle le détesta comme elle n'avait plus haï depuis si longtemps. La haine est un sentiment précieux. Mortel aussi, pour sa cible et pour celui qui ignore comment l'utiliser. La haine avait porté Léonora tant d'années, lorsque l'amour avait disparu. L'amour est si fragile, si peureux parfois, pas la haine. La haine – lorsqu'elle s'identifie du nom de l'ennemi – est l'ultime arme, celle qui dit que l'on n'est pas tout à fait détruit, que l'on peut encore se relever, récupérer assez de pouvoir pour lutter. L'ultime recours pour contrer la négation de soi par l'autre. Une des rares illusions de dignité, de combat qui soit à la hauteur de nos pires désespoirs. Une illusion salvatrice mais dont la démesure sécrète l'invalidité. Savoir que la haine est encore possible, qu'elle irrigue ce cœur, ce cerveau et qu'elle saura – le moment venu – vous porter jusqu'au bout. Mais la museler, la forcer dans un recoin de soi parce que la haine est trop pure, trop exigeante et rectiligne et qu'elle rend fou. Comme l'amour.

Calculer. Rejeter la pureté dévorante, implacable des sentiments les plus viscéraux. Planifier, programmer, manipuler, tricher, mentir pour débusquer l'autre, ce quelqu'un qui avait tué Marie. Casadei peut-être ?

Léonora termina son verre, tassant la haine au fond de son ventre, la contraignant au silence. Elle savait faire cela. Aussi. L'homme si beau qui la contemplait à la dérobée ignorait tant de choses d'elle. Tant pis pour lui. Elle feignit une hésitation et déclara dans un soupir défait :

— J'ai tout retourné, en effet. Je crois que j'ai refait le voyage depuis les États-Unis dans le même espoir que vous. Me convaincre que ce n'était pas... enfin que Stéphanie avait perdu les pédales. Le fait qu'elle ait filé si vite, sans m'attendre, allait dans ce sens. Je me suis dit qu'elle avait honte... qu'elle ne savait pas comment m'avouer qu'elle avait divagué...

— Vous avez trouvé quelque chose ?

— Non...

Elle crispa les mâchoires, serrant les lèvres. Il tendit machinalement la main vers son visage et elle sentit qu'elle venait de marquer un point. Elle reprit d'une voix à peine altérée, si convaincante :

— Non, rien. Ni dans un sens, ni dans l'autre d'ailleurs...

— Peut-être devriez-vous revoir la police. J'avais rencontré l'inspecteur Raymond après le... drame... Merde, ce terme est aussi débile en anglais qu'en français ! Bref, il m'avait fait plutôt bonne impression.

Léonora songea : « Enfoiré, j'y fonce dès lundi et je vais beaucoup parler de toi. Des voyages à l'étranger, des appels téléphoniques, ça se vérifie. » Elle attaqua, hargneuse :

— Pourquoi faire ? Étaler mes doutes devant Raymond ? Une vague copine, dont on ignore où elle est passée, nous a laissé un message pour le moins incohérent, affirmant que Marie ne s'était pas suicidée ? Oh... il restera courtois : privilège de la mère qui perd les pédales. Ça m'avancera à quoi ?

Elle perçut son soulagement sous son bref silence.

— Qu'allez-vous faire, alors ? demanda-t-il.

Vipérine elle siffla :

— Je ne sais pas ce que je vais faire, monsieur Casadei.

— Francis.

— Peu importe.

Un long silence s'installa entre eux. Il analysait ce qu'elle venait de dire et elle pouvait presque le suivre dans sa tête. Charmant parce qu'il commençait à se rassurer, il proposa :

— On pourrait peut-être dîner quelque part... Enfin, je ne veux pas m'imposer mais...

— Je n'ai pas envie de sortir.

— Non, pardon... je suis vraiment un imbécile.

Léonora hésita. Si elle se débarrassait de lui maintenant, elle aurait toute la soirée pour pénétrer dans la mémoire de l'ordinateur de sa fille. D'un autre côté, Casadei pouvait peut-être laisser échapper une information importante. Elle adoucit son ton, juste assez pour qu'il y détecte un remords de politesse et avoua :

— Cela étant, je n'ai pas trop envie de me retrouver seule encore ce soir. Un peu de compagnie ne devrait pas me nuire. Je fais très bien la cuisine, vous savez, et j'ai acheté assez de provisions pour deux.

L'offre sembla lui faire vraiment plaisir et il se leva d'un bond :

— Génial. J'excelle dans le rôle du marmiton. Il est encore assez tôt. Il y a une petite épicerie arabe un peu plus bas. Je peux nous y dégoter une excellente bouteille de vin.

— Avec plaisir.

Dès qu'il fut descendu, Léonora termina de sécher ses cheveux. Une sorte de délectation venimeuse avait remplacé son indécision, son inquiétude. Ferré. Elle l'avait ferré avec une aisance qui la contrariait presque.

Elle connaissait Casadei comme si elle avait passé sa vie à ses côtés. Elle le connaissait pour avoir rencontré quelques-unes de ses décalcomanies.

*

* *

Enrique. Un pseudo certainement puisqu'il ne comprenait pas un mot d'espagnol. Mais la sonorité *latin lover* flattait ses ambitions de mac.

Charmant Enrique. Si beau, si parfait avec les dames qu'il espérait mettre un jour sur son bout de trottoir. Étrange le don de ces mecs-là pour renifler leurs proies. L'état de victime potentielle se flaire-t-il ? Existe-t-il des signaux perceptibles par les prédateurs, à la façon de ces phéromones d'insecte qui tracent un chemin inévitable entre les mâles et une femelle ?

Léonora et Marie étaient installées depuis un peu moins d'un an à Boston. L'argent de Monsieur Alfred, cette manne qu'elle avait cru inépuisable, avait vite fondu, entre la location d'un petit appartement décent dans le Northend, l'école de Marie et surtout cette carte verte bidon qu'elle avait payée une fortune à un faussaire en attendant d'obtenir la vraie. Si Léonora n'avait autant craint d'être séparée de sa fille, elle aurait pris le risque de travailler clandestinement, mais c'était trop dangereux avec Marie comme enjeu.

L'idée que Marie put être condamnée à la pauvreté, à la vulnérabilité, aux humiliations qu'elle avait connues en France lui était insupportable. L'hypothèse selon laquelle son enfant serait à son tour bradée, ne parviendrait pas à faire d'études, à briller quelque part, l'obsédait au point de devenir intoxicante. Le reste devenait donc inévitable.

Entrée en scène d'Enrique. Il avait repéré Léonora dès qu'il avait franchi la porte de Sandy's, le fast-food dans lequel elle travaillait entre onze heures et seize heures. Il était revenu les jours suivants avec une régularité, une affabilité et une retenue qui auraient sans doute convaincu pas mal d'autres filles de la pureté de ses intentions. Pas Léonora. Elle avait déjà trop emmagasiné de claques pour se bercer d'illusions. Léonora décida donc de considérer cet « inévitable reste » comme une nouvelle et dernière humiliation qu'elle parviendrait à digérer à l'instar des autres. Pour Marie. Le prix à payer pour Marie.

D'une certaine façon, son absence de crédulité avait arrangé Enrique. Elle lui épargnait de longs préliminaires et un baratin, certes bien rodé mais chronophage. Le mot avait donc été vite lâché ou plutôt la topographie. La Combat Zone. Cette frange située au bout de Washington Street, encadrée de Boylston et de Chinatown.

On se plaît toujours à penser que la violence urbaine est récente, c'est si faux. New York a connu ses gangs du début du XIXe siècle, Paris ses apaches, Londres ses coupe-jarrets qui rançonnaient le bourgeois en lui appliquant un rasoir sur la gorge. Mais le croire permet peut-être de s'accrocher à la fable d'un passé que l'on suppose nécessairement meilleur, plus doux, plus respectueux des êtres puisqu'on en ignore tout. Il n'en demeure pas moins que les bandes plus ou moins déjantées de loubards ont toujours existé sous d'autres appellations, même si – au gré des époques et des intérêts juteux – se marchandaient plutôt de l'alcool ou des cigarettes voire des meurtres que de la came. Les armes à feu avaient remplacé les couteaux et les coups de poing américains : une autre façon de mourir, rien de très différent. Quant aux putes et aux macs, ils existent depuis que l'on a eu l'opportunité de vendre le sexe.

Les téléphones mobiles en plus, la Combat Zone de l'époque n'était guère différente de ce qu'elle avait toujours été : un coupe-gorge et un dépotoir, un abattoir aussi, une marge où tout ce qui était interdit pouvait se vendre et s'acheter. S'arracher ou se voler. Une sorte de territoire dans lequel la vie devenait une denrée comme une autre. Plutôt moins précieuse qu'une autre. Si Léonora n'avait pas gobé les promesses de miracle d'Enrique, qui lui certifiait que la vente de ses fesses lui garantissait un glorieux futur, la « proposition financière » qu'ils avaient négociée lui avait convenu. Quarante pour cent pour lui, en échange de sa « protection » et de sa clientèle, le reste pour elle. La protection en question était assurée par trois Hell's Angels, la terreur des urbains de l'époque. Terreur justifiée dans ce cas précis, ces trois mecs jugeant moins laborieux un passage à tabac voire une exécution sommaire qu'une explication.

Léonora ayant dégagé Enrique des fatigues d'une séduction dont l'objet aurait été de la convaincre de se fourguer à qui voulait bien la payer, leur relation avait été assez courtoise, professionnelle en quelque sorte. Du moins au début. Du moins jusqu'au jour où elle avait fini par comprendre que le bel entubeur réservait son arme secrète pour la suite. La drogue. Amener progressivement les filles à l'utiliser pour parvenir à les utiliser tout à fait, jusqu'à l'esclavage. La mort aussi, puisque, après plusieurs années d'abus encouragés, elles n'avaient plus aucune valeur marchande. Les clients n'aiment pas les zombies décharnés, et encore moins absents. Au contraire, peu importe la simulation s'ils marchent.

Fascinant cette aptitude des hommes à croire qu'ils peuvent faire jouir une fille qui écarte les cuisses dix, vingt fois par jour. Ou leur femme qu'ils tringlent comme on lève son verre. Léonora n'avait jamais connu l'orgasme. Pas même plus tard avec Don. Enfin, du moins l'orgasme à deux. Lorsque parfois, au cours de l'ovulation, une insistance la troublait, elle savait quoi faire, seule. Cinq minutes, pas d'explication, aucun danger. Juste la résolution mécanique d'une bouffée d'hormones. Et encore ces lubies peu impérieuses étaient-elles rares. Peu importait le désir et sa solution, elle s'en foutait. En revanche, elle simulait à la perfection, si le micheton payait assez bien. Tout y était, les crispations nerveuses des cuisses, le souffle raccourci, le gémissement bouche fermée, les ongles qui se referment sur la chair d'une épaule, même les contractions vaginales. Elles s'imitent assez facilement à la volonté. Les copines ou vagues rencontres de rue lui avaient expliqué comment faire. Des trucs de gonzesse, vieux comme le monde mais qui marchent toujours. Comme l'huile de paraffine mélangée au blanc d'œuf, tartinée dans le vagin pour reproduire les sécrétions de l'envie et surtout faciliter l'importune pénétration. Maintenant, il existe même des médicaments pour cela. Ceux-là sont surtout prescrits aux femmes ménopausées ou à ces épouses que la perspective d'une rencontre de sueurs avec leur conjoint déprime et pousse à la sécheresse cellulaire.

Déroutant ces mecs qui raquaient, imposant leurs désirs ou leur crampe mais demandaient, la voix cassée par l'émotion, la fierté :

— T'as joui, hein ? T'as joui ? J'ai bien senti... tu mouillais.

— Ouais, ouais, c'était géant.

Quand est-ce qu'il se casse ce con ? Il pue en plus du reste.

Les autres clients ? La plupart s'en foutaient. Ils achetaient quelques minutes d'un trou entouré d'une viande acquise, plutôt jolie et fraîche dans son cas, c'est tout.

Il y avait également eu quelques graves pervers – de la race de ceux qui prennent leur pied en amochant une fille jusqu'à la rendre inutilisable – mais les trois fondus chevelus en moto et bagues tête de mort à tous les doigts les dissuadaient de se représenter dans le quartier. D'une façon ou d'une autre. Après tout, ils étaient payés pour cela : protéger le capital et les investissements d'Enrique, et peu importait la méthode.

Enrique et la came. Le moyen le plus sûr de rendre une fille obéissante et presque indifférente à la multitude d'épidermes qui lui grimpaient dessus ou dessous du moins tant qu'elle ne « redescendait » pas. C'est à cette époque qu'elle avait rencontré Judith. Judith avait plongé. Profond. Trop maigre, trop grande. Beaucoup d'hommes n'aiment pas les très grandes femmes, peut-être parce que le regard qu'ils jettent sur elles – le plus aigu, alarmant des sens de l'Homme – leur redonne les proportions de leur hauteur. Bourrée de crack et d'ecstasy grâce à la libéralité d'Enrique, Judith se soldait aux confins de la Combat Zone, prenant parfois vaguement conscience qu'il n'allait pas tarder à la lâcher parce qu'elle ne lui rapportait plus assez pour couvrir ses frais de mirage en poudre ou en cachet. Il n'était plus question de « protection » pour elle, elle ne valait plus assez cher.

La première fois que Léonora l'avait vue, elle était installée sur un tabouret de ce bar où les filles passaient la plupart de leurs pauses, pour boire un verre entre elles, oublier les odeurs, oublier les salives et les sueurs, rire un peu de bêtises, parfois même draguer une consœur. Une bonne moitié d'entre elles ne supportait plus les épidermes mâles que rémunérées. C'était le cas de Judith mais les filles la fuyaient, sans doute parce qu'elle sentait déjà si fort la mort. Ce soir-là, un hématome bleuissait sous son œil. La peau avait éclaté sous un coup de poing et un peu de sang avait séché le long des lèvres de la plaie sans qu'elle songe à l'essuyer. Léonora ne serait sans doute pas intervenue si Enrique ne s'en était mêlé. Après tout, qu'avait-elle à foutre de cette fille ? Une paumée en fin de course. Une paumée, camée jusqu'aux yeux. Mais il avait fallu que ce pet mou en rajoute une couche. Judith s'était précipitée vers lui lorsqu'il était entré dans le bar, jetant un regard circulaire et propriétaire aux filles attablées. Léonora les avait vus discuter sans leur prêter davantage attention. Soudain Enrique avait repoussé la femme. Il avait rigolé à la cantonade :

— Ah non... tu m'emmerdes, là. Casse-toi, Judith. J'ai rien pour toi. T'es devenue trop nulle, casse-toi, pouffiasse.

Judith avait insisté, poussant la déraison jusqu'à s'accrocher au revers de la belle veste en laine fine du mac. Le manque la faisait trembler et la rendait suicidaire. La gifle, du dos de la main, était partie. La grande femme s'était affalée au sol, comme un sac. Pourtant, elle s'était relevée aussitôt, feignant l'hilarité, les yeux révulsés de panique, les lèvres blanches de manque, humides d'un ourlet de salive rosée. Elle s'était mordu la lèvre en tombant mais ne le sentait pas parce qu'elle luttait depuis un moment contre une douleur bien plus ravageuse : celle du manque. Elle avait stupidement plaidé :

— Oh, sois gentil. Allez, encore une fois... Après, je te fous la paix... je me débrouillerai autrement... promis. Je t'en prie.

La plaie du haut de sa joue s'était rouverte et du sang dégoulinait de sa pommette sans qu'elle en eut conscience. Un silence prudent s'était imposé aux autres filles, mais aucune n'interviendrait. Elles n'avaient pas envie de morfler et si Enrique ne les impressionnait pas vraiment, il n'en allait pas de même de ses trois tueurs à bécane chromée. Une autre gifle, encore plus brutale, avait cueilli Judith. À genoux sur le sol en faux marbre du bar, elle avait geint :

— Pourquoi tu fais ça... Enrique, je t'en prie...

— Casse-toi... va crever ailleurs, tu me fais chier !

Merde, pourquoi Léonora avait-elle senti que si elle ne faisait rien, là tout de suite, elle se perdrait ? Pourquoi l'image de Marie, qu'elle n'évoquait jamais devant les autres par prudence, s'était-elle imposée ?

Enrique avait souri machinalement en voyant la magnifique rousse aux yeux bleus devant lui, une gagneuse, les mecs voulaient tous la sauter. Léonora avait murmuré :

— Donne-lui, s'il te plaît, je te rembourserai.

Il avait gloussé :

— T'en mêle pas, ma jolie. C'est une tocarde. Elle est défoncée les trois quarts du temps et le reste, elle gerbe et elle se pisse dessus.

— La faute à qui ? Donne-lui. Une dernière fois.

La rage, une rage qu'il ne méritait pas. Léonora avait insisté :

— J'ai dit : donne-lui.

Le visage du mac s'était crispé. Une fille lui donnait un ordre en public. D'un autre côté, il n'allait pas la défigurer d'un coup de poing. Il avait agrippé Léonora aux cheveux, tordant la masse frisée jusqu'à lui faire ployer le cou et monter les larmes aux yeux.

— Ta gueule ! Tu m'ordonnes rien.

La main de Léonora était remontée, saisissant les testicules, serrant, serrant à s'en faire mal. Il avait hurlé. Pourtant, lorsque Judith s'était relevée et l'avait plaqué contre une table, enfonçant ses deux pouces dans la trachée de l'homme, il s'était tu. Léonora avait dû arracher la femme du joli pantin qui suffoquait, ses yeux se révulsant.

Judith lui avait fait les poches, récupérant plusieurs sachets de suicide synthétique, puis elles avaient fui du bar.

*

* *

La sonnette de l'entrée la fit sursauter. Elle ouvrit sans hâte. Ah oui... Casadei. Merde, l'insistance de ce type l'empêchait de s'intéresser au contenu de l'ordinateur de Marie !

Il était si beau. Une version blonde, bleue, cultivée et polie, civile, du faux *latin lover* de la Combat Zone. Un feu d'artifice. Cet homme aussi maniait la séduction avec grand art.

Marie, petit ange. Tu n'as sans doute pu lui résister que quelques minutes. En as-tu seulement eu envie ? C'est si flatteur les séducteurs, n'est-ce pas ? Une femme a toujours l'impression qu'ils ne tissent leurs artifices que pour elle, elle seule. S'y mêle toujours ce grand fantasme féminin qui a encore tant de beaux jours devant lui : le fantasme rédempteur, le « avec moi, il changera, ce sera différent. Il découvrira le grand amour, celui qui persiste une vie entière ». Mais après tout, c'est aussi l'honneur des femmes de croire qu'elles peuvent changer le monde sans le mettre à feu et à sang.

Pas celui de Léonora. Elle se foutait du monde. Du reste, elle se foutait maintenant de tout... Sauf des factures qui s'alignaient dans sa tête.

Francis Casadei rit :

— Je n'ai pas trouvé ce que je voulais, mais je me suis dit que ce margaux vous plairait.

Elle répondit d'un ton plat en lui ôtant les deux bouteilles des bras :

— C'est un choix judicieux, en effet.

Deux bouteilles à deux. Un gros buveur ou un faux généreux qui voulait faire impression ? Elle reprit :

— Je vous propose des pâtes avec une sauce à la tomate et aux petits légumes. Il y a du parmesan.

— Génial, j'adore les pâtes... remarquez, ça tombe sous le sens pour un presque Italien. La consternation, c'est que je suis infoutu de les faire cuire. Une calamité dans une cuisine. Par contre, j'ouvre très bien les bouteilles de vin.

Marie lui avait assuré le contraire. Léonora se souvint : « Il fait des pâtes sublimes... »

Pourquoi devait-il aussi mentir au sujet d'un détail aussi bénin ? Elle demanda :

— Vous êtes né au États-Unis ?

— Oui, dans le New Jersey. Mais mon père a débarqué de Naples lorsqu'il avait tout juste dix-sept ans. Je suis une F1, comme on dit dans le jargon de l'immigration. Une première génération.

— Et votre mère ?

— Maman est d'origine allemande. Et vous ?

— Française naturalisée américaine.

— Française d'où ?

— De France.

Il sourit, un peu attristé. Amusant. Léonora avait déjà répertorié une bonne partie de sa panoplie de sourires. Celui-là, tête légèrement inclinée sur le côté, ombre d'une mèche épaisse sur la joue, yeux plissés, bouche à peine entrouverte, était le sourire : « Cette rebuffade me peine tant, mais je vous pardonne. » Il murmura :

— Une réponse qui signifie que toute autre question sera malvenue ?

Gagné ! Elle avait ciblé la bonne « étiquette à sourire ».

— Pas particulièrement. J'ai été placée dans une famille d'accueil par l'Assistance publique. Je ne sais pas d'où je viens, en toute logique de quelque part en Normandie, mais je n'en suis pas certaine.

— Oh... excusez-moi.

— Pourquoi ?

Il ferma les yeux et hocha la tête avant de répondre en produisant une assez belle imitation de « sourire contrit » cette fois :

— Décidément, je vais de bourde en maladresse, ce soir.

Elle retint de justesse la pesterie qui lui montait aux lèvres, un : « Pourquoi ? Vous souhaitiez être habile ? » trop révélateur, et se contenta d'une politesse :

— Depuis quelque temps, les soirs sont si... si étrangers.

Ils s'installèrent avec leurs assiettes autour de la table basse, Léonora conservant son pouf. Francis Casadei savait aussi manier l'arme de la conversation, alternant judicieusement des banalités savoureuses avec des questions plus aiguës. Léonora mentit avec soin lorsqu'elle se doutait que Marie l'avait précédée à ce jeu ou qu'elle avait éludé. Elle lui posa à son tour les questions les plus bateau qu'elle puisse trouver : comment avez-vous rencontré Marie ? Vous travaillez en France depuis longtemps ? Vous comptez retourner aux États-Unis ? Connaissez-vous la Bretagne ? Préférez-vous le blanc ou les vins rouges ? L'idée était d'apaiser Casadei, de le tenir le plus longtemps possible dans l'illusion qu'il menait le jeu. Elle y réussit à merveille et le vit se détendre tout à fait. Elle remarqua également l'économie avec laquelle il buvait, la prodigalité avec laquelle il remplissait son verre à elle. Abruti. Elle savait boire, elle savait trop boire. Il faut avaler vite, sans humer, sans déguster afin de minimiser l'envahissement du cerveau par l'alcool. Cependant, l'opportunité était trop intéressante pour la laisser inexplorée. Elle mima la fatigue languissante des débuts d'ivresse, la lente récession des inhibitions de bon ton, la tristesse rampante des mémoires blessées :

— Vous aimiez Marie ? Je veux dire vraiment. Répondez-moi franchement.

Parce qu'il tentait de la charmer depuis un moment, peut-être même de la séduire pour la réduire, il commit la gaffe qu'elle attendait, espérait en dépit de la douleur qui ne manquerait pas de l'accompagner :

— Marie est... était lumineuse, si vitale, si spontanée...

— En d'autres termes, vous ne l'aimiez pas vraiment, insista-t-elle en butant sans excès sur les mots.

Il poussa un soupir de consternation, de regret et reprit :

— Ce n'est pas aussi simple que cela. J'étais attiré. J'en suis à cette fameuse époque d'une vie où l'on se rend soudain compte que l'on cherche autre chose. Elle me faisait rire, elle me vidait la tête de plein de trucs. J'éprouvais énormément de tendresse pour elle. Mais si votre question est : « était-ce la femme de ma vie », alors non, ce n'était pas la femme de ma vie... Je suis désolé.

— Pas autant que moi.

Léonora se leva et engagea un CD dans la chaîne laser. La voix grave et puissante de Dee Dee Bridgewater s'éleva avec la sérénité, la certitude d'un don.

— Ah... Dee Dee... j'adore. Écoutez, je ne lui avais rien promis... Marie était si jeune... je me sentais centenaire parfois à ses côtés...

Elle revint s'asseoir sur son pouf.

Futé... Futé puisqu'il devait savoir que Léonora avait tout juste trois ans de plus que lui. Et la haine tassée dans son coin se débrida, explosant comme un cataclysme. Elle le détestait. Elle le détestait pour l'amour vain de Marie, pour la joie de la jeune femme, pour son rêve parfait et si menteur. Si jamais elle parvenait à la preuve, à la certitude qu'il était le quelqu'un qu'elle pistait, elle n'aurait aucune hésitation. Il n'y aurait ni discussion, ni circonstances atténuantes, ni pitié. Rien.

Calmer la haine, la tasser à nouveau.

Elle lui tendit son verre. Cette fois elle allait humer, cette fois elle allait déguster. Cette fois elle avait besoin de se saouler vraiment. Elle lâcha :

— Oui, c'est une voix ultime qui donne aussi le courage de trop boire.

— Ou de faire l'amour.

Elle ne commenta pas, avalant son verre lentement, en inspirant chaque gorgée.

Paris, France, dimanche

Léonora se réveilla assez tard, les tempes serrées d'un revanchard début de migraine. Mais après tout, elle avait voulu cette cuite, voulu que cet homme trop beau, trop menteur parte. Ce qu'il avait fait, enfin, à plus d'une heure du matin, comme à regret.

Après une douche rapide, elle s'installa devant l'ordinateur. Un maigre et inefficace verrou informatique l'arrêta, si évident qu'elle le dénicha à la troisième tentative : Nora. Que son premier essai « Francis » se soit soldé par un échec lui fit monter les larmes aux yeux. Marie avait conservé un des deux diminutifs qu'elle avait attribué à sa mère, afin de se protéger, se garder des autres, des intrus, des malfaisants.

Durant une bonne heure, elle passa en revue tous les messages envoyés ou reçus par sa fille, dont les siens. Ceux-là, elle s'interdit de les relire car ils disaient leurs vies, leur amour l'une pour l'autre dans tous leurs tendres et dérisoires détails. En revanche, elle imprima les quelques mails envoyés par Casadei, les réponses de sa fille. Un effroyable chagrin, si lourd qu'il ne laissait plus de place à la colère, lui vint. Monsieur Casadei faisait assaut de platitudes affables auxquelles Marie avait répondu avec toute l'extravagance, l'imprudence de sa passion.

... Je t'aime tant Francis que je deviens sottement pétocharde. L'impression idiote mais persistante qu'une calamité va me tomber dessus, que tout ceci est trop parfait, trop au-delà de ce qui m'était réservé pour ne pas disparaître... Crétin, n'est-ce pas ? Crétin mais si paniquant par moments. L'idée que je ne te verrai pas de trois jours me rend malade... physiquement même, j'ai un début de sciatique ce matin. Es-tu certain de ne pas pouvoir passer ? Même une petite heure, n'importe quand ?

À quoi Francis Casadei avait répondu par retour :

On s'ôte ces idées sossottes de la tête, jeune fille, et plus vite que ça ! Non, je ne pourrai vraiment pas passer. Je vais être coincé à Cherbourg par une série de workshops en compagnie de gens très ennuyeux qui vont terriblement me faire regretter ton absence...

Merde... Oh merde, Marie ! Mais comment n'as-tu pas vu, pas lu ce qu'il n'écrivait pas ?

Les autres échanges étaient à l'avenant et Léonora se leva pour aller se servir un verre.

À chialer. La pingrerie sentimentale de cet enfoiré était à chialer. Mais l'essentiel n'était plus là. L'essentiel était de découvrir s'il l'avait trompée depuis le début et pour quelle raison ou s'il se servait d'elle comme passe-temps, détente et concentré d'ego.

Léonora parcourut les autres mails. Deux courtes notes évoquant des délais de fabrication, des retards à répétition de Marie, émanaient de ce type qu'elle avait aperçu lors des obsèques, Balin, Daniel Balin, le rédacteur en chef d'un des magazines pour lesquels Marie pigeait : *Urban-Classique*. Elle se souvint d'un homme d'une soixantaine d'années, empêtré, affolé, rien d'autre. Une phrase retint pourtant son attention :

Je ne doute pas de l'importance de cette fameuse enquête dont tu me rebats les oreilles depuis des semaines sans vouloir m'en dire plus, mais moi, ma cocotte, j'ai aussi des priorités. L'une d'entre elles étant de sortir ce foutu canard qui, ne l'oublie pas, te permet de bouffer !

Il fallait qu'elle rencontre aussi cet homme, qu'elle en sache plus.

Elle survola rapidement d'autres messages, envoyés ou émanant de copains : invitations, petits riens, pétitions circulaires, blagues diverses.

Une rapide manipulation la fit pénétrer sur la poubelle de la messagerie. Marie connaissait comme elle le moyen d'effacer définitivement des messages ou les traces de connexions à Internet d'un ordinateur. Ces gros cubes ne sont pas seulement des machines à écrire améliorées, ils sont aussi très bavards pour peu qu'on sache les faire parler. L'incrédulité la figea, annihilant toute pensée cohérente durant quelques fractions de seconde. Non, en réalité, il lui sembla que son cerveau tournait à pleine vitesse, sans la participation de sa propriétaire, vérifiant, doutant, recalculant l'impensable. La corbeille était presque vide à l'exception de trois messages dont deux envoyés à des dates assez anciennes. Pourtant, les trois avaient été supprimés de la messagerie de Marie le même jour, au cours de la même minuscule minute... Le 22 septembre à 2 h 13 du matin. Juste après la mort de Marie. Un éclair effroyablement douloureux lui électrisa le sternum, remontant jusqu'à sa nuque. Une panique fulgurante la jeta dans la cuisine, et elle s'affala au-dessus de l'évier, déchirée de spasmes, incapable de vomir.

Ici. Ici, quelqu'un avait patiemment attendu la fin de l'agonie de Marie, attendu qu'elle se vide de son sang dans la baignoire. Quelqu'un était ensuite entré sur son ordinateur pour en faire disparaître des éléments. Quelqu'un avait eu assez de sang-froid après son meurtre pour intervertir des photos. Elle allait tuer ce quelqu'un, elle allait le descendre, même si elle devait finir ses jours en tule. Même si elle devait mourir à son tour. Surtout ?

Elle ouvrit grand le robinet et trempa son visage, lapant l'eau qui dégoulinait de son front. Oui, elle allait le descendre, même si elle y consacrait le reste de sa vie.

Il lui fallut quelques secondes pour trouver le courage d'afficher les messages. Et puis... Et puis, elle mourut à nouveau, elle le sentit nettement à l'intérieur, comme une hémorragie sans sang. L'intitulé de l'objet du message était « Urgent, ouvre maman ». Son destinataire : elle.

Chérie, Je t'envoie ce mail parce que je ne veux pas encore te réveiller en pleine nuit. Parce qu'il va t'inquiéter et que je ne veux pas te laisser seule, là-bas, de nuit, dans cet état.

Je crois que les choses sont en train de déraper grave. J'ai l'impression d'être surveillée depuis quelques jours. En tout cas, ce type me suit depuis avant-hier. Je vais venir faire une petite promenade de santé (et d'oubli) à la maison. Remarque, le bon côté des choses, c'est que ça prouve que je suis sur la bonne piste et que je ne me suis pas plantée au sujet de l'importance de mon enquête. En fait, ma Léo, si je n'ai pas voulu t'en parler plus tôt, c'est parce que tu risques d'être secouée et de m'interdire de poursuivre. Et je te connais, tu vas dégoţer un paquet d'arguments pour me convaincre. Ecoute ma chérie, il est tard et je dois encore vérifier plein de trucs. Je prends le premier avion que je trouve et je t'appelle de l'aéroport.

Je crois que j'ai un peu la trouille, maman. Tu me manques mon tendre fauve. Je me dis que si tu étais là, je serais moins...

Le message s'interrompait brutalement. Léonora le lut, et le relut, mémorisant chaque mot, cherchant entre les lignes, elle ne savait quoi. La crise de larmes la fit glisser de sa chaise en aluminium, rejoindre la moquette, se tasser sous la table minimaliste. Le gémissement métallique de l'imprimante qui concrétisait l'impensable en lettres d'encre couvrit pour quelques instants le sien, celui qui sortait de sa gorge. Continu, sans respiration. Elle ne respirait plus.

Non... Non, pour Marie. Respirer, respirer à pleins poumons. Se relever. Se battre. Une trêve, d'abord incertaine puis péremptoire, lutta contre sa folle envie de dissolution.

Mon ange, mon amour, mon bébé. Je suis là, maintenant. Je suis là avec toute ma fauverie. Trop tard pour toi... je me déteste, Marie. Je me déteste si totalement.

Mais c'est à peine le début pour quelqu'un. Il est arrivé alors que tu m'écrivais, n'est-ce pas ? Tu as abandonné la messagerie pour lui dissimuler le message, mais il l'a trouvé quand même. Après. Il l'a effacé. Mal.

Les deux autres messages avaient été envoyés par Marc Lemoine, l'ex petit ami de Marie, avant Casadei. Pourquoi, qui les avait supprimés ? Leurs textes semblaient assez anodins pour passer inaperçus. Les lignes d'un amant éconduit, un peu geignard, rien d'autre.

Le premier la menaçait :

Marie, arrête les conneries, et réponds au téléphone, c'est un ordre. Ce mec collectionne les filles, il les utilise. Je ne prétends pas être parfait, mais je te jure qu'entre lui et moi, il n'y a pas photo. Il te jettera comme les autres, comme un mouchoir en papier dès qu'il aura quelqu'un d'autre...

Classique. Le second était plus larmoyant :

J'en ai ras le bol. Il faut que ça cesse définitivement. Je ne parviens pas à me sortir de cette histoire. J'accumule les conneries depuis si longtemps. Marre, marre, marre. Tu ne connais rien à ce mec. C'est un dragueur, un tricheur. Je le sais de source certaine. Marre.

Sans doute devrait-elle aussi contacter ce jeune homme bien qu'elle doutât qu'il puisse l'aider. Il lui avait donné sa carte, qu'elle avait conservée sans trop savoir pourquoi.

Elle allait sortir de la corbeille de la messagerie lorsque deux embryons d'idée se télescopèrent. Elle relut le message et un autre texte se surimposa.

J'en ai ras le bol. Il faut que ça cesse définitivement. Je ne parviens plus à me sortir de cette histoire. J'accumule les conneries depuis si longtemps. Marre, marre, marre. Je ne connais rien à ce mec. C'est un dragueur, un tricheur. Je le sais de source certaine. Marie.

La feuille, la sortie de l'imprimante de Marie que lui avait tendue Raymond.

Fébrile, elle passa dans le dossier Documents et parvint après plusieurs erreurs sur un fichier « Marie ». Le texte, le testament de Marie s'afficha. Elle ramena le curseur de la souris sur l'effaceur de modifications et appuya. La signature de Marie disparue, remplacée par le mot « marre ». Une deuxième pression de l'index gomma le « Je » pour le transformer en « Tu ». Une troisième s'avéra inutile. Le texte avant modification s'étalait sous ses yeux, celui du message de Marc :

J'en ai ras le bol. Il faut que ça cesse définitivement. Je ne parviens pas à me sortir de cette histoire. J'accumule les conneries depuis si longtemps. Marre, marre, marre. Tu ne connais rien à ce mec. C'est un dragueur, un tricheur. Je le sais de source certaine. Marre.

Le quelqu'un avait ajouté, à tout le reste, l'insulte, s'économisant pour couper-coller un message, le transformer à peine pour en faire le dernier signe au monde de sa fille. L'insupportable mépris de cette avarice la calma. Comme s'il fallait une dernière et très ridicule preuve que ce quelqu'un-là ne méritait plus de vivre parce qu'il avait délibérément abandonné tout ce qui fait la récompense, le choix et le mérite de vivre.

Une invraisemblable fatigue lui tomba dessus et elle dut se traîner jusqu'à la chambre de Marie pour s'écrouler sur le lit défait.

Elle se réveilla d'un sommeil comateux deux heures plus tard.

Quelques minutes. Je Vous en prie, quelques minutes avant que tout réintègre ma tête.

Léonora se réinstalla devant l'écran, cherchant, pistant un fichier qui lui permette de comprendre sur quoi enquêtait sa fille. En vain. Elle ne trouva que quelques brouillons ou projets d'articles, l'un sur le niveau de chlore de certaines piscines municipales, l'autre sur l'inquiétante raréfaction des hirondelles de fenêtres, décimées par notre hystérie du faux propre, un autre encore sur la supériorité d'un régime riche en fruits et en légumes. Une recherche plus pointue, dans les viscères secrets de l'appareil ne lui apporta rien de plus. Logique, Marie n'aurait pas eu la légèreté de stocker un document sensible sur un ordinateur.

Elle alterna ensuite entre bourrasques d'hyperactivité ménagère et inertie, hébétude. Il lui semblait qu'elle devenait deux avec une déroutante facilité. Léonora souffrait, saignait, se noyait et l'autre, elle aussi, se cramponnait, remontant la tête hors de l'eau pour inspirer assez et nager encore. Remonter un courant défavorable et assassin pour rejoindre, atteindre quelqu'un.

Elle téléphona à Judith en fin de soirée, lui racontant ses découvertes sur l'ordinateur. Judith geignit :

— Merde... Mais comment on peut... comment on peut trouver assez de monstruosité pour faire ça ! Mais comment ?

— Je l'ignore, mais je vais le découvrir.

Léonora passa ensuite à sa rencontre avec Casadei, ses soupçons, les menues tromperies de l'homme, si infimes qu'elles ne semblaient pas avoir de sens, sauf si on les confrontait à sa présence auprès de Don sur la photo de golf prise au moins trois ans plus tôt. Cette fois, Judith temporisa et Léonora déchiffra l'angoisse de son débit :

— C'est peut-être une coïncidence, Léonora.

— Coïncidence ? Foutaise ! Marie avait planqué ce paquet de photos... le problème, c'est que je ne suis même pas certaine qu'elle y ait détecté la présence de son amour fabuleux... il m'a fallu une loupe. Il portait un début de barbe. Tu sais, la très séduisante « barbe de deux jours » dont je me suis demandée, au début de la mode, comment les hommes parvenaient à la conserver durant des mois. Il existe des rasoirs électriques spéciaux. Peu importe. Ce type fraye dans l'entourage de Don et, trois ou quatre ans plus tard, il rencontrerait Marie lors d'un cocktail parisien par le plus grand des hasards, sans la reconnaître ? Même en l'admettant, il est évident qu'en quelques semaines de relation, Marie a dû lui parler de sa vie à Boston, de son beau-père...

— Tu dois te calmer, Léonora. Tu es sur le sentier de la guerre et avec... avec ta fureur, avec... tout ça... une erreur peut virer au carnage. (Un sanglot cassa sa voix et elle reprit d'un ton presque sec :) Car nous sommes bien en train d'évoquer la mort d'un homme, n'est-ce pas ?

— Non... Non, je parle de la mort d'un tueur. Je parle de la mort du tueur de ma fille, ça n'a rien à voir.

— Tu t'es forgée une liste, n'est-ce pas ? Une liste de suspects avec, en tête, ce Casadei ?

— Oui... Une liste simplette, basée sur les noms que j'ai rencontrés grâce à l'ordinateur de Marie : Casadei, bien sûr, Balin pourquoi pas, Marc parce que je ne connais pas les autres hommes de la vie de Marie. Je n'ai que ces trois noms-là. Je ne sais pas... je n'en sais rien, Judith. Il y a tant de choses de la vie de Marie que j'ignore. C'est comme d'avancer en aveugle dans un endroit que l'on découvre. Tu as beau tendre les mains devant toi, un obstacle t'arrête toujours.

— Je t'en prie, Léonora. Ne fais pas de connerie. Le gâchis est assez irréparable comme cela. La vie est si précieuse, elle est irremplaçable.

Léonora ne put retenir un gloussement sinistre :

— C'est gentil d'essayer, ma belle, mais c'est faux, si faux et nous le savons toutes les deux. Rien n'est moins précieux que la vie en ce monde, rien n'est moins remplaçable. Ça se brade, ça se démolit, ça se saccage par dizaines de milliers chaque jour. Mais ne t'inquiète pas, je ne ferai pas de connerie, pour Marie. J'irai voir la police dès lundi, cet inspecteur, tu sais...

— Je n'ai pas une passion pour les flics... mais c'est mieux.

— Je sais. Je t'envoie les photos tout à l'heure. Je vais te quitter. Prends soin de toi.

— Léonora... je t'aime, tu sais ? Je me doute que ce ne sera pas suffisant sans... enfin je veux dire sans Marie... Mais fais attention à toi. S'il t'arrivait quelque chose, je crois bien que... Enfin, je ne sais pas trop comment je continuerai, ni surtout pourquoi. C'est vrai que la vie humaine n'a pas grande valeur, mais la tienne est si précieuse... pour moi.

— Je sais, ma belle, je sais. Ne crains rien. Moi, je n'ai plus peur.

— Ouais... justement.

Pourquoi au juste, Judith et elle n'avaient-elles jamais sauté le pas pour devenir amantes, même sporadiquement ? Car il était évident que l'inhibition sociale ou sexuelle ne signifiait plus grand-chose pour l'une comme pour l'autre. Léonora avait déjà couché avec des femmes, le genre faisant peu de différence au bout d'un certain nombre de passes. Du reste, plus rien ne faisait de différence. Certains clients traînaient derrière eux une nana plus ou moins convaincue et enthousiaste, leur jeu étant un trio ou simplement mater deux femmes ensemble. Judith ne l'attirait pas, mais personne n'avait jamais attisé de désir chez elle. Le désir est un luxe, un privilège ou une addiction, pas un métier. Pas même son mari, à ceci près que Don ne la dégoûtait pas, contrairement aux autres. Une femme de sexe, mais sans envie de sexe, une vraie blague. Au fond, peut-être tenait-elle trop à Judith pour coucher avec elle ?

Léonora prit ensuite les clichés de l'insigne, le tournant et le retournant entre ses doigts et les expédia par mail à Judith. Enfin, elle alla s'échouer sur le canapé, zappant au hasard des chaînes de télévision.

La nuit lui fit un cadeau en arrivant assez vite, aidée par deux comprimés de somnifère et suivie de peu par un Monsieur Tom qui s'imposa dans le lit pour un câlin.

— Installez-vous, madame Morrison, je le préviens, ce ne sera pas long.

Elle le remercia d'un sourire. Il passa un bref coup de téléphone puis s'absorba dans la lecture de quelque chose et elle vagua dans sa tête. Un commissariat de quartier, plutôt propret mais il s'agissait du 17e arrondissement, côté rupin. Si différent du *precinct* qu'elle avait connu jadis aux confins de la Combat Zone. Pourtant, les flics qu'elle voyait passer et repasser devant elle ressemblaient à ceux de jadis. Une sorte de fatigue hargneuse, de brusquerie soupçonneuse, et puis, tout au fond, un reste de candeur, l'espoir de découvrir, enfoui dans toute cette boue, quelque chose qui mérite qu'on se batte, qui mérite d'être préservé. Mais peut-être deviendraient-ils tous fous sans cela ?

Un hurlement la tira pour un temps de ses souvenirs. Deux types en blouson de cuir et jean traînaient une fille vagissante et écumante. Squelettique mais redoutable de trouille ou de fureur. Elle tenta de les frapper de ses gros godillots de cuir clouté, et parvint à mordre le poignet de l'un des deux hommes qui leva la main pour la gifler et se maîtrisa assez tôt pour se contenter de l'insulter :

— Tu te calmes, connasse ! Martial, tu nous aides là ou merde !

Le flic de la réception gloussa :

— Putain, deux super-mecs pour immobiliser une gonzesse et c'est pas assez !

L'autre rétorqua :

— Appelle le SAMU, elle risque de nous claquer dans les pattes.

Léonora se leva et avança d'un pas dans la direction de la très jeune fille, vautrée sur le sol. Elle devait avoir à peine seize ans. Ses cheveux, hirsutes de gel, noirs de corbeau, formaient une sorte de crête sur le sommet de son crâne. Une de ses lourdes créoles manquait, sans doute arrachée, et un mince filet de sang reliait son oreille à la base de son cou. Du mascara ou du khôl dégoulinait de ses paupières, larges larmes noires qui mouraient au milieu de ses joues blêmes de poudre et de souffrance. Les bras écartelés entre les deux hommes, la jeune fille tenta de se redresser sur ses genoux, et une quinte de sanglots l'étouffa. Léonora avança d'un autre pas. L'autre flic en blouson la fusilla du regard et de l'index :

— Vous, restez où vous êtes ! C'est pas le moment de nous prendre la tête.

— Elle est en manque.

Il hurla et Léonora déchiffra une vraie panique dans sa voix :

— Sans blague, j'aurais pas trouvé sans votre aide ! Bordel, Martial, t'appelles ou merde ! Qu'ils se magnent le cul ! (Se tournant vers son camarade, il précisa :) Laurent, on essaie de la soulever jusqu'au petit bureau de derrière. Elle sera mieux pour respirer sur la banquette.

Lorsque Martial reposa le combiné, il crut bon d'expliquer à Léonora :

— Ils arrivent... Le SAMU. Si c'est pas un malheur. Tous les jours il en défile. Plombés jusqu'aux gencives. Des gamins de 12 ans parfois. Et pourtant, y a pire endroit dans Paris, et en banlieue, je vous dis pas.

*

* *

Non, ne me dis pas. Ne me dis plus rien. Tu ne peux rien me dire que je n'ai vu de mes yeux, et ils sont pires que les tiens.

Skinny Cindy. Une des ex-SICAV d'Enrique. Lorsque Léonora l'avait rencontrée au bar, elle portait déjà la mort gravée dans chaque souffle, sur chaque centimètre carré de peau. Du reste, elle évitait de croiser le regard des autres filles, reste de pudeur car la mort était aussi inscrite dans ses iris. Les autres la nourrissaient à tour de rôle d'un sandwich, la retapaient d'un whisky mais refusaient de lui prêter de l'argent, de devenir les usurières d'une nouvelle dose de mort. Cindy se plâtrait le pli des coudes, et les chevilles d'un mélange de colle et de fond de teint pour dissimuler les marques d'aiguille à ses rares clients. Grotesque. Un regard sur le petit fantôme malmené suffisait. Elle errait depuis si longtemps à l'extérieur de son corps décharné, au-delà de sa tête, que la petite flaque de chair usée qu'ils avaient découverte un jour, coulée entre des bennes à ordures, n'avait surpris personne. Skinny Cindy avait dégueulé son sang sur le couvercle de l'une d'elles, et ça avait bien embêté les éboueurs, qui redoutaient qu'elle ait le SIDA. Ils avaient longuement aspergé les souillures sèches d'un détergent dont se dégageait une vapeur chlorée, et l'un d'eux avait gueulé :

— Putain, elle pouvait pas faire ça ailleurs, cette connasse ! Fallait que ça tombe sur nous.

Léonora ignorait ce que l'on avait fait des infimes restes de Cindy. La fosse commune, sans doute.

Après l'épisode de la raclée humiliante reçue par Enrique, elles avaient donc fui le bar, Léonora traînant Judith derrière elle, la remorquant, paniquée à l'idée qu'il allait les poursuivre ou les faire « corriger » par ses sbires chevelus.

De retour dans la petite chambre que lui louait le souteneur pour une somme prohibitive, Léonora était parvenue à calmer le tremblement de ses muscles et la tétanie qui crispaient ses maxillaires avant de joindre sa *landlady*, une veuve sicilienne généreuse mais sévère, pour lui demander de prévenir Marie qu'elle serait retardée : une urgence au travail qu'elle ne pouvait pas refuser. La propriétaire l'avait rassurée :

— Mais bien sûr, mon petit. Elle va dîner avec moi et ensuite si vous n'êtes pas rentrée, elle couchera ici. Ça me fera un peu de compagnie. Ah là, là, la vie n'est pas simple pour les femmes sans mari. Ne vous inquiétez pas. Il faut conserver votre travail, c'est le plus important. Pour la petite, je suis là. J'y suis passée, vous savez. Toutes les mères s'affolent, c'est dans nos hormones. Mais c'est le Northend ici, encore un peu l'Italie, pas tout à fait l'Amérique !

La désintoxication sauvage qu'elle avait ensuite imposée à Judith avait été un interminable calvaire de deux semaines. Léonora l'avait planquée dans la piaule de Washington Street, certaine que les gémissements et les plaintes du corps martyrisé par le sevrage n'alerteraient personne. Tout le monde se foutait de tout le monde dans cet univers de rats. Sauf Enrique qui devait ruminer sa rage et sa vexation publique. Qu'à cela ne tienne. Léonora irait s'excuser platement, quitte à tout coller sur le dos de Judith. Si elle lui amenait assez d'argent pour qu'il se convainque qu'elle tapinait toujours, elle parviendrait à le bluffer assez longtemps. Ce qu'elle avait fait.

En dépit du courage de Judith, en dépit de sa folle envie de survivre, Léonora avait failli lâcher cette vie au néant à plusieurs reprises. Chaque fois, elle s'était cramponnée pour le regard de Marie. Marie qui, à l'époque ne savait rien de la vie de bitume de sa mère. Finalement, ce n'était pas Léonora qui avait tiré Judith au bord, mais Marie. Marie par son intermédiaire. C'était Marie qui avait bandé les muscles de sa mère pour lui permettre de soulever la grande femme, de la nettoyer de sa merde, de la pisse qu'elle ne parvenait plus à retenir, des vomissures que la douleur du manque faisait couler sur son tee-shirt. C'était Marie qui, grâce aux doigts sans douceur de sa mère, avait fourré des doses de somnifère à tuer un cheval au fond de la gorge de Judith pour l'assommer quelques heures. Quelques heures d'oubli, quelques heures de respiration avant de recommencer le combat. C'était Marie qui l'avait bercée entre les bras de sa mère, contre son ventre pour la calmer, l'apaiser quelques minutes avant de nouvelles crampes, de nouveaux vomissements. C'était aussi Marie qui avait supporté pour sa mère l'odeur de ce corps, de ces cellules qui hésitaient entre la vie et la putréfaction. Sans Marie, Léonora n'aurait jamais pu accepter les relents de cette humanité mourante qui lui donnaient des renvois dès qu'elle ouvrait la porte de la chambre. Elle bouclait Judith en permanence dans la pièce avant de rentrer dans l'appartement du Northend pour la nuit, de peur que la douleur, la terreur, la poussent à s'enfuir, à s'acheter une dose de paradis meurtrier, d'amnésie menteuse.

Un après-midi, les doigts de Judith s'étaient emmêlés aux siens, la réveillant de son coma de fatigue :

— Je crois que c'est fini, ma belle. Je crois que la mort s'est barrée cette fois-ci. Normal, c'est teigneux les rouquines. Tu lui as foutu la trouille, c'est ça ? La mort a pétoché devant la rouquine aux yeux bleus. À un moment, je l'ai senti. Vers la fin, elle avait les boules... Bordel, je suis tellement fatiguée.

— Dors. Il va falloir qu'on se casse d'ici au plus tôt. Je t'hébergerai chez moi quelque temps. C'est dans le quartier italien. Après, on trouvera une autre solution. Repose-toi un peu.

Judith dormait déjà.

*

* *

Une cavalcade. Trois types traînant une civière repliée déboulèrent dans le commissariat. Ils en ressortirent quelques secondes plus tard, poussant un petit paquet de chiffons bariolés, ses cheveux brun bleu dépassant de son coude replié, immobile. La jeune fille était-elle morte ou juste évanouie d'épuisement ?

*

* *

Quelques semaines plus tard, Judith avait emménagé dans le même immeuble que la mère et la fille. Les deux femmes s'étaient en quelque sorte « associées ». Elles chassaient toutes les deux, chacune sur son périmètre, rabattant parfois le gibier vers l'autre. Sans excès, sans imprudence non plus, évitant soigneusement de croiser les chemins d'Enrique et de ses trois tueurs.

C'est grâce à cette « collaboration » que Léonora avait piégé Don. Judith l'avait repéré dans le petit restaurant où il déjeunait tous les midis. À son regard qui insistait avec un intérêt confus sur certaines femmes, elle avait vite conclu qu'il était de leur gibier. Celui de Léonora plutôt. Il fallait à cet homme l'assurance d'une rencontre fortuite, en harmonie avec ses exigences de WASP de la côte est. Léonora savait jouer cela à la perfection et elle mentait bien mieux que Judith. Peu importait qui s'y collerait. Il suffisait que l'une d'entre elles décroche le gros lot pour tirer l'autre à quai.

*

* *

Marie savait... Elle avait appris deux ou trois ans après l'arrivée de Judith juste à côté de leur mignon trois pièces. Peut-être s'en doutait-elle depuis quelque temps déjà. Elle écouta les larmes aux yeux, de tendres rides de chagrin plissant son petit menton, les années de Combat Zone de sa mère, les cicatrices de viande au rabais que portait encore Judith, même si Léonora passa certains détails sous silence. Marie n'ignora plus rien de Skinny Cindy et des deux semaines de calvaire de Judith transformées en cure de désintoxication sauvage, barbare, dans cette piaule de Washington Street.

Au bout de cette narration que sa mère aurait souhaitée plate, clinique, mais qui la faisait hésiter sur chaque mot, la jeune fille avait tout saisi de la mort rose, de la destruction riante, séduisante, elle connaissait leurs mensonges, leurs fausses promesses tentantes, si apaisantes. Léonora s'était chargée de les lui entrer dans la tête, de s'assurer que rien de leur tromperie ne lui échapperait. Il ne s'agissait pas de morale car Léonora se contrefichait de la morale – la morale ne l'avait jamais défendue, jamais protégée – il s'agissait de survie. La sienne, celle de sa fille.

Marie n'aurait jamais pris le risque d'une consommation de stupéfiants. Elle les avait approchés de trop près pour croire à leurs subterfuges, pour leur permettre de la convaincre qu'elle serait plus forte, qu'elle les contrôlerait. C'est la meilleure ruse de ces substances et de ceux qui vous y poussent.

Raymond ne fit pénétrer Léonora dans son bureau qu'un quart d'heure plus tard, peut-être pour insister sur l'ampleur de sa concession. Il avait l'air ennuyé de la revoir, mais elle ne lui en tint pas rigueur : elle avait plus important à obtenir de lui

— Merci de me recevoir, inspecteur. Avant tout, soyez assuré que ce qui va suivre n'est pas le fruit de mon imagination, une tentative désespérée de trouver un coupable ou une explication, de faire payer la mort de Marie. Du reste, j'ai les preuves de ce que j'avance.

Dubitatif, il l'encouragea d'un « je vous écoute » machinal.

Léonora lui raconta tout, d'une voix calme, presque monocorde, et dont la sidérante précision parut crisper peu à peu l'homme qui l'écoutait. Elle se leva, le contourna pour étaler devant lui les photos, les sorties d'imprimante, l'incompréhensible liste, insistant sur le soin apporté par Marie à sa dissimulation – dans une serviette périodique – pointant de l'index chaque détail comme si elle soupçonnait cet homme de mettre sa parole en doute.

Lorsqu'elle eut fini, elle s'écroula sur sa chaise et attendit. Elle aurait pu attendre des heures, des jours entiers, du reste, il lui sembla que c'était le temps qu'il apportait à lui répondre. Il avança le torse au-dessus de son bureau et croisa les doigts sur les feuilles imprimées. Cette femme le troublait au-delà d'une simple attraction de mâle à femelle. Il y avait chez elle une détermination, une dureté si attirante, si pathétique aussi. De surcroît, s'il avait redouté un déballage hystérique quelques minutes avant son entrée dans son bureau, la lecture qu'elle venait de lui imposer lui avait rappelé la faible sonnette d'alarme qui avait retenti lorsqu'il avait lu le rapport concernant la découverte du corps de Marie Louvier suivi du rapport d'autopsie. Un truc ne collait pas dans cette histoire, mais c'était trop flou, trop loin. Il lâcha dans une exhalation :

— J'ouvre à nouveau le dossier et je le requalifie en homicide volontaire. Ça nous laisse les coudées plus franches. Ceci, dit-il en désignant d'un geste vague les papiers étalés sur son bureau... ceci est amplement suffisant pour appuyer un surclassement. C'est le jargon. Disons qu'à partir de maintenant, nous avons tous les pouvoirs. C'est ce que vous souhaitez, n'est-ce pas ?

— Oui. Puis-je prendre connaissance du rapport d'autopsie ?

— Non.

— Comment cela ?

— La loi l'interdit.

— Quoi ? Mais c'est aberrant ! Il s'agit de ma fille et on l'a assassinée.

— Je ne fais pas la loi, madame Morrison, je me contente de l'appliquer... Cependant, votre avocat peut avoir accès à tout le dossier. Je vous conseille d'en trouver un et de vous porter partie civile.

— D'accord. (Elle rectifia :) Je ne connais pas d'avocat en France...

Il hésita, conscient qu'il débordait largement de ses fonctions et qu'il risquait de prendre un calamiteux retour de manivelle. Curieusement, cette inquiétude le satisfaisait. L'idée que parfois, l'obstination d'un être peut rééquilibrer l'équilibre des fameux plateaux de la Justice, pourvu que cet être soit déterminé à aller jusqu'au bout, quelles qu'en soient les conséquences, quel que soit le sacrifice. Et la femme assise devant lui était de cette race.

— Je peux vous indiquer deux ou trois noms. Ceux-là même que j'espère éviter : les chieurs compétents.

— J'apprécie vraiment. (Elle hésita à peine :) Et Francis Casadei ?

— Ah, mais nous allons nous faire un plaisir de revoir ce monsieur. Cela étant... je me méfie toujours des premières impressions.

D'un ton faussement aimable, presque amusé, elle rétorqua :

— Vraiment ? Cette histoire du flair de flic serait donc une fable ?

— Non... Non je voulais dire que je me méfie toujours des premières impressions des autres, pas des miennes.

Était-ce une vacherie ou une boutade ? Léonora s'en foutait. Elle lui avait tendu les nouvelles cartes et était parvenue à le convaincre de s'y consacrer. Le reste était sans importance.

*

* *

Un épouvantable découragement lui tomba dessus lorsqu'elle sortit du commissariat. Que devait-elle faire maintenant ? Dans quelle direction avancer ? Car il était exclu qu'elle se contente d'attendre, même si elle l'avait laissé supposer à Raymond. Il convenait qu'il gobe qu'il était son unique recours, jamais qu'il se doute qu'il n'était qu'un moyen, une arme. Certes, il ne lui dirait rien des progrès de son enquête. Léonora connaissait assez les flics américains pour pressentir que leur contrepartie française n'était guère différente. Mais Raymond avait le pouvoir de traquer le quelqu'un, de l'affoler. Et le quelqu'un, contrairement à ce qu'il avait si froidement calculé – des minutes durant, alors qu'il tranchait les veines de Marie, appuyant sur son ventre pour enfoncer son corps sous l'eau qui rougissait – comprendrait que les chiens étaient lâchés, reniflaient sa piste. Le quelqu'un serait poussé à la réaction et Léonora agirait.

Léonora pila au beau milieu de la rue de Tocqueville. Pourquoi n'avait-elle pas mentionné, montré l'insigne protégé dans son porte-monnaie ? Qu'est-ce qui l'avait retenue ? Un simple oubli, un acte manqué ou une prescience confuse ? Les pneus d'une voiture crièrent sur l'asphalte. Une voix d'homme vociféra :

— Connasse, t'attends les soldes ?

Elle jeta un regard vague au chauffeur de taxi, sans trop comprendre l'insulte.

Et si Casadei était l'inexcusable coupable de cette monstruosité, pourquoi n'avait-il pas poussé l'avantage amoureux avec Marie ? Pourquoi ce mail d'une affligeante amitié alors que sa fille espérait sa passion ? Il aurait été tellement plus efficace de sa part de faire croire à la jeune fille qu'il l'aimait à la mesure de ses rêves. Aux autres, dont Raymond, aussi.

Or Casadei était intelligent, très intelligent, Léonora n'en doutait pas.

*
* *

Elle n'avait pas lâché le petit autocollant jaune collé à l'intérieur de sa main lorsqu'elle referma la porte derrière elle. Raymond avait inscrit trois noms, suivis de numéros de téléphone. Elle laissa tomber son sac à terre dans l'entrée et s'avança vers le téléphone. Merde, qu'avait-elle fait de ses lunettes ? Elle rebroussa chemin, vida son sac par terre. Rien. Une rapide visite à la cuisine, dans la chambre de Marie, dans le salon et même dans la salle de bains se solda par un échec. Tant pis, elle chercherait mieux plus tard. Aidée de la loupe, elle déchiffra l'autocollant, choisissant instinctivement le seul nom féminin. Une secrétaire charmante la renseigna : Me Claire Laurencin plaidait en province, elle ne rentrerait que le surlendemain. Elle composa le numéro du premier homme de la liste, un certain Arnaud Delavoix-Régnard... Un vrai nom d'avocat, Delavoix ou Régnard isolés n'ayant pas la sonorité sérieuse et cossue de leur association. Léonora se recommanda de l'inspecteur divisionnaire Raymond pour vaincre les résistances d'une autre secrétaire. Une voix d'homme lui répondit enfin, une voix de brun, d'abord un peu goguenarde :

— L'inspecteur Raymond ? C'est un gag ?

— Non... C'est un meurtre déguisé en suicide, celui de ma fille.

— Excusez-moi. C'est juste... Que mes rapports avec Raymond ne sont pas de ceux dont on attend une publicité.

— C'est ce que j'ai cru comprendre. Pourriez-vous me recevoir ? Au plus vite. L'inspecteur surclasse le dossier et je compte me porter partie civile afin d'avoir accès aux rapports d'autopsie et de police. J'ai, de surcroît, pas mal de choses à vous expliquer.

Elle raccrocha sur un rendez-vous à dix-huit heures. En réalité, elle se contrefichait de ce que penserait ce type, de ce qu'il entreprendrait. Son seul intérêt à ses yeux résidait dans le fait qu'il était habilité à lui procurer le rapport de l'autopsie de Marie.

Il lui restait pas mal de temps jusqu'à cette entrevue. Elle s'installa à nouveau devant l'ordinateur. Merde, les lignes flottaient devant ses yeux, se composant et se décomposant en sinusoïdes indéchiffrables. Elle se releva et passa l'appartement en revue à la recherche de ses lunettes, en vain. Où avait-elle pu les semer ? Au commissariat ? En rentrant, elle avait acheté quelques boîtes pour le chat. Dans l'épicerie ?

*
* *

Ses continuelles recherches de lunettes faisaient rire Judith et hurler Marie. La première conseillait toujours :

— Mais achète donc un cordon de cou !

À quoi Léonora répondait invariablement :

— Non, ça fait mémé ! Je préfère les perdre.

*
* *

Léonora en avait donc disséminé cinq paires dans la maison de Portland et au restaurant. Manque de chance, elle n'en avait emporté qu'une seule. Son hypermétropie doublée d'astigmatisme n'était pas assez handicapante pour qu'elle soit contrainte de les chausser toujours, pas même pour conduire. En revanche, elle était incapable de lire sans leur aide. Les lentilles... Celles qu'elle avait aperçues dans le placard de la salle de bains. Marie avait hérité des défauts de vision de sa mère, en plus prononcé. Léonora avait, elle aussi, tenté de s'adapter à ces imperceptibles membranes mais l'idée de devoir approcher son index de ses globes oculaires la tendait d'appréhension, et elle fermait toujours les paupières au plus mauvais moment. Tant pis, il allait falloir faire avec.

Elle dévissa les bouchons des petites cupules jointives qu'elle trouva dans le placard. Les deux minuscules vasques étaient vides, à l'exception du liquide de désinfection. Merde... Dans une petite boîte en plastique transparent, stockée juste à côté de la bombe de solution de rinçage pour lentilles, elle dénicha deux plaquettes protégées d'un film aluminium : des paires d'avance. Bien sûr, Marie avait tout prévu. Elle en débarrassa une de son film protecteur et renversa la lentille au creux de sa paume...

Oh Marie... Marie, ma Marie... une fragile tache bleue se recourbait dans sa main. Marie avait adopté des lentilles de couleur. Bleu saphir, comme les yeux de sa mère, son rêve, sa récrimination d'enfant et d'adolescente.

*

* *

Le porc avait les yeux marron. Léonora avait décidé dès le début, que c'était la seule chose qu'il léguerait à SA fille à elle, d'elle, et qu'elle n'avait rien à foutre de l'identité du propriétaire de ce pathétique spermatozoïde qui l'avait violée, qui la violait presque tous les soirs depuis la mort de Josefa, comme s'il n'avait attendu que cela depuis des années. Et même si c'était un invraisemblable bluff, ça lui avait permis de survivre et de comprendre immédiatement que ce bébé était sa nouvelle vie, la seule qu'elle souhaitât.

*

* *

Il fallut à Léonora toute sa volonté, toute son auto persuasion et une bonne vingtaine de tentatives pour parvenir à appliquer les minces membranes sur ses yeux. La très éphémère imprécision liquide qui brouillait sa vue disparut et son reflet dans le miroir se précisa aussitôt. L'effet était saisissant : bleu violent sur bleu violent. Un regard de science-fiction.

Son cerveau vit sa main se tendre, attraper la petite boîte blanche formée de deux compartiments ronds, entreprendre de revisser le premier bouchon. Mais son cerveau n'intervint pas, spectateur lointain de ses gestes. Car depuis une demi-seconde, ses neurones étaient concentrés sur une seule question : où étaient passées les lentilles qu'auraient dû contenir les cupules ?

Merde... Où étaient ces foutues lentilles ? Marie les avaient-elles jetées ? Ces lentilles colorées ne se portaient qu'un mois, de jour et... Jamais sous une douche ou dans l'eau d'une piscine... d'une baignoire. En ce cas, elle se serait également débarrassée de leur petite boîte de rangement dont la longévité n'excédait pas celle des fines membranes. Alors pourquoi les cupules étaient-elles toujours là, pleines de solution désinfectante, prêtes ? Le rapport d'autopsie. Elle devait absolument savoir si le... enfin si Marie portait toujours ses iris saphir lorsque... lorsqu'on l'avait retrouvée. Elle regarda sa montre avec une nervosité hystérique. Encore quatre heures avant son rendez-vous et ensuite il faudrait attendre le transfert du rapport chez l'avocat.

Réfléchir. Réfléchir à la perfection. Arranger entre elles les pièces de cet intolérable puzzle quitte à former d'incohérentes figures. Elle les trierait ensuite. Une silhouette, l'ébauche d'une image commençait à se former. Léonora sentait que la solution se recomposait peu à peu. Elle résistait encore, mais Léonora la traquait et elle ne lâcherait pas.

Une sonnerie interrompit ses échafaudages intellectuels. Elle se dirigea vers le poste de téléphone, mais les notes aigrelettes s'éloignèrent... Merde, son mobile. Elle le sortit à la hâte de son sac. Judith débita :

— Comment vas-tu ? Tu as du nouveau ?

— Je rentre du commissariat et j'ai rendez-vous tout à l'heure avec un avocat grâce auquel j'espère avoir accès au rapport d'autopsie.

Elle entendit nettement la déglutition pénible de l'autre côté de l'Atlantique :

— Tu crois que... Enfin, je veux dire... lire ça ?

La réponse fusa et Léonora parvint à grand-peine à en contenir la rage :

— Oh oui, ma belle, je sais que je peux ! Je peux tout, maintenant.

— Bon... j'ai pas mal travaillé, chérie. Ça n'a pas pris beaucoup plus de sens dans mon esprit mais peut-être que toi, tu comprendras quelque chose. Tu veux que je te l'envoie par mail sur l'ordinateur de Marie ou je te fais une synthèse maintenant ?

— Les deux, s'il te plaît.

— D'accord, on y va. En résumé. Je t'expédierai les détails plus tard. La corde. C'est, dans la plupart des cultures, le symbole de l'ascension, son moyen et son désir. Nouée, elle implique le lien, parfois secret et magique.

— Elle est nouée autour des trois flèches, juste sous l'étoile.

— Oui, c'est ce que j'ai vu sur la photo. J'ai réussi à pas mal l'agrandir par informatique. Pour en revenir à la corde, on la trouve un peu partout depuis les Mayas où elle représente la semence divine tombant du ciel, jusqu'aux francs-maçons, où ses nœuds deviennent lien entre les frères et les sœurs, en passant par les Japonais, les Égyptiens et même dans le Coran. Passons aux flèches : elles symbolisent la pénétration, l'ouverture, la pensée qui introduit la lumière en toutes choses. C'est un attribut de puissance et de rectitude, mais c'est également l'intuition, la rapidité. Typiquement, le sagittaire, quoi. Comme pour la corde, on retrouve le symbole dans presque toutes les cultures qui ont utilisé des flèches comme arme. Il existe même un art divinatoire qui s'appelle la bélomancie, surtout pratiquée par les Arabes comme oracle. Le rubis, c'est la pierre de sang, ça tombe sous le sens. C'était l'emblème du bonheur dans l'antiquité, pourvu qu'il soit très rouge. Il était censé résister au venin et protéger de la peste et écartait la luxure et les mauvaises pensées. La pierre symbolise aussi les yeux qui voient dans la nuit... J'ai toujours bien aimé les rubis, moi...

— Tu aimes toutes les pierres précieuses et brillantes, ma jolie, tu es une vraie pie.

Judith gloussa :

— Oui, c'est vrai... J'ai gardé le gros morceau pour la fin : l'étoile à cinq branches. Inutile de te dire que là encore, on la retrouve partout. Ça peut être l'étoile polaire. Dans ce cas, elle implique que toutes choses tournent autour de l'étoile, c'est le centre, le repère cosmique. Concernant l'étoile à cinq branches, Daniel l'évoque dans la Bible comme métaphore de la vie éternelle des Justes. Elle symbolise l'Homme régénéré, porté par la Lumière, du reste, dans le Tarot, c'est son centre... de la lumière je veux dire. Les Indiens pensaient qu'elles étaient la nourriture du soleil. Bon... mais j'en ai photocopié des pages et des pages à la bibliothèque. Je vais te les scanner... Sur l'insigne dans sa globalité, je n'ai rien trouvé de similaire ou de seulement comparable... Ça te suggère quelque chose ?

— Pas vraiment, non, soupira Léonora, déçue. Ça pourrait être tant de trucs différents. Les insignes sont des moyens de reconnaissance, des signes d'appartenance. Alors entre une profession particulière et une secte, le choix est large.

— Ouais, j'ai songé, moi aussi, à une secte. Marie aurait pu enquêter sur un truc de ce genre.

— Sur cela et tant d'autres sujets... Cependant, ce qui me trouble, c'est que la broche n'évoque aucun symbole religieux particulier. Je vais réfléchir... À part cela, comment les choses se passent-elles au restaurant ?

— Bien. Mais tout le monde s'ennuie de toi, et les habitués demandent de tes nouvelles. C'est très lourd sans ton terrorisme boulimique de boulot, plaisanta Judith avant de rectifier : heureusement que Stanley se défonce encore plus que d'habitude. Je le freine un peu parce qu'il a des propensions à jouer les petits chefs, sauf avec toi, mais c'est parce qu'il est amoureux. Il traîne comme une âme en peine entre les services et passe son temps libre à me harceler de questions : est-ce que tu vas bien, est-ce que tu as besoin d'un coup de main, et qu'est-ce que tu fais, et quand rentres-tu... Tu vois le topo.

Léonora sourit à ce commentaire.

*

* *

Le long coup de téléphone avec l'amie lui avait permis de grignoter un peu de l'attente qui la séparait encore de son rendez-vous chez l'avocat. Elle devait organiser le désordre de sa tête. Tant d'informations s'y télescopaient, changeant de sens et d'importance sans qu'aucune ne s'impose comme évidence. Léonora avait parfois presque l'impression de « voir » derrière ses rétines l'enchevêtrement des influx nerveux qui sillonnaient ses neurones à toute vitesse, en allumant certains, en éteignant d'autres.

*

* *

Le cabinet de Me Arnaud Delavoix-Régnard était situé, comme il se doit, dans le 8e arrondissement, rue d'Anjou, pas très loin de la place de la Madeleine. Une secrétaire blonde et murmurante la fit patienter dans une minuscule salle d'attente. Don le lui avait un jour expliqué en riant : avoir toujours l'air absorbé et débordé, que l'on soit médecin, avocat, banquier ou plombier. Accueillir sur-le-champ un patient ou un client est une erreur stratégique, prendre sans hésitation un nouveau rendez-vous, une calamité psychologique démontrant un agenda bien trop vide. Il avait même poussé la boutade jusqu'à lui confier un secret de boutique : il lui arrivait parfois de soupirer longuement au téléphone, mimant le découragement des accablés de responsabilités en réponse à la demande d'entretien d'un gros client. Après une hésitation parfaitement chronométrée, il commentait d'une voix navrée en fixant la page vierge de son agenda : « Mince, mince... Je n'ai plus un seul créneau de disponible ce jour-là... sauf... bon écoutez, pour vous, je vais me débrouiller... que diriez-vous de passer à telle ou telle heure ? » Du coup, Léonora avait traité avec une certaine suspicion toutes les déclarations d'embarras de planning de ses médecins ou de ses fournisseurs.

L'attente ne se prolongea que quelques minutes et un homme très grand fonça dans la salle, la main tendue devant lui. Il était beaucoup plus jeune qu'elle ne l'avait imaginé, une trentaine d'années peut-être, pourtant, ses cheveux se clairsemaient déjà en tonsure. Long, si long et si mince, presque maigre, qu'il se voûtait vers la femme pourtant grande qui se levait.

— Bonjour madame Morrison-Louvier. Pas trop long, j'espère ? Une conversation téléphonique plus complexe que prévue.

Un nerveux. Un nerveux qui tentait de dissimuler une impatience générique sous la précision et la célérité de ses gestes, de sa démarche, de son débit.

— Non, du tout. Surtout, merci de me recevoir aussi vite.

Il la précéda dans son bureau et désigna un fauteuil baquet en cuir grenat en s'installant en face d'elle. Il s'agissait d'une belle pièce, haute de plafond, typique des immeubles haussmanniens qui peuplaient le quartier, du moins si l'on excluait l'encombrement presque étouffant de l'espace. Des piles de gros dossiers beiges un peu partout, une robe d'avocat – lourde de son sérieux et de ses plis – suspendue à un portemanteau tarabiscoté, une profusion d'annuaires, de bottins, entassés dans un coin de l'immense bureau en bois sombre. Si différent des grands cabinets d'avocats américains auxquels Léonora était habituée, tout de chrome et luxe, de cuir et sérieux, d'urgences mais ordonnées. Une odeur, assez agréable, de tabac blond flottait dans l'air. Un fumeur, bien sûr, sans doute grand consommateur de café, les deux civiles addictions allant de pair et s'associant le plus souvent à une inextinguible fringale de travail. Avait-il grillé une cigarette juste avant de la recevoir ? Peut-être. Il sourit et déclara, plus pour la mettre à l'aise, que par réel intérêt :

— En y repensant, le conseil que vous a donné ce bon Raymond m'étonne toujours.

Elle lui rendit son sourire et lui confia :

— La formulation était un peu leste mais le compliment devrait vous toucher : il m'a dit que vous faisiez partie des quelques « chieurs compétents qu'il espérait éviter ».

— « Chieur compétent ». Ce devrait être une métaphore de notre profession... Pas toujours le cas... regrettable... Je vous écoute, madame Morrison.

Elle s'était préparée, répétant son entrée en matière jusque dans le taxi qui la conduisait ici. D'instinct, elle sentait que cet homme n'avait nulle envie de la voir s'étendre sur sa vie et encore moins sur le cauchemar vibrant de ces derniers jours. Il voulait des faits, des pistes, des suggestions. Cette certitude la rassura. Elle n'omit rien, pas même la découverte de l'insigne, cette fois. Étrange de s'entendre raconter ce concentré de souffrance avec le détachement d'une voix extérieure. La voix disciplinée d'une Léonora *off*, expliquant en détail les circonstances entourant la mort d'une jeune femme. Sa fille. Cependant, le choix avait été simple et à la fois inconcevable : glisser dans le brouillard et dans le désordre inefficace de la douleur ou disséquer platement les tenants et les aboutissants d'une affaire comme les autres pour l'homme qui l'écoutait. Léonora avait opté pour la deuxième proposition. Elle termina en insistant sur sa plus récente incompréhension, les lentilles. Où étaient passées les lentilles de Marie ? Il résuma :

— D'où la nécessité de récupérer au plus vite le rapport d'autopsie, le légiste ne les aura pas laissées passer si elle les portait toujours. (Il hésita, plongeant son regard vivace dans les yeux si bleus qui le fixaient, le rassuraient qu'ils pouvaient tout voir, tout supporter. Il lâcha, convaincu :)... Cela poserait le problème de bien différente manière...

Léonora soupira, rassérénée par son intelligence, et lui abandonna la synthèse de cette épouvantable charade :

— Car nous sommes bien d'accord, madame Morrison... si Marie portait toujours ses lentilles lorsqu'on l'a découverte, c'est que son bourreau l'ignorait. En d'autres termes, il ou elle n'était pas assez... comment dire... intime avec votre fille ou depuis pas assez longtemps.

Elle lui fut reconnaissante d'avoir employé ce mot de « bourreau », un vilain terme, si sale en dépit de sa légitimité historique.

— C'est là où je voulais en arriver, acquiesça-t-elle. Et il s'agit d'un « il » si on en croit la voisine de palier de ma fille.

— Juste. À moins bien sûr que l'on suppose que, sous le coup du désespoir qui devait la précipiter vers le suicide, Marie n'a pas pris la peine d'enlever ses lentilles.

— Ce serait si mal connaître ma fille. Même... même si... elle n'aurait jamais supporté l'idée que quelqu'un... au-delà... au-delà de sa mort, découvre sa supercherie, s'en moque peut-être. Marie était si organisée, si ordonnée, si digne. Elle détestait les gens qui ne voient que le bout de leur nez, sans peser toutes les conséquences des actes qu'ils produisent... Elle évoquait sans cesse la scandaleuse, la coupable, myopie mentale de l'espèce humaine... D'autant plus savoureux que nous sommes l'une et l'autre bigleuses comme des taupes... Elle était... Vous dites secondarisée, maintenant, je crois. Combien de temps ? Pour le rapport d'autopsie.

— Deux ou trois jours. Le temps que vous vous portiez partie civile, que Raymond surclasse le dossier, que la demande parvienne à son destinataire.

— Ah, mon Dieu...

— Je sais.

— Au sujet de Stéphanie Marolle...

— Pas grand-chose à faire de ce côté-là. Bien sûr, les flics peuvent lancer un appel à témoins, mais si elle décide de ne pas y répondre, ça ne changera rien. Vous avez l'air contrarié ?

— Je... c'est peut-être idiot... mais je suis un peu inquiète.

— Vous pensez qu'il a pu lui arriver quelque chose de fâcheux ?

— Étant entendu la tournure que prend cette affaire, ce n'est pas exclu.

— Malheureusement, madame Morrison, nous ne pouvons rien faire. Au pire, mademoiselle Marolle est une simple voisine de palier de votre fille, au mieux c'est un témoin.

Elle le quitta moins d'une demi-heure plus tard. L'optimisme confus et incongru que cet homme avait été capable d'instiller la surprit.

Paris, France, nuit de lundi à mardi

Elle avait pas mal traîné depuis son retour de chez l'avocat, vidé la moitié de bouteille de margaux qui restait de sa soirée avec Casadei.

Le sommeil la fuyait. Elle hésitait encore à le provoquer à coup de somnifères. Elle s'y résoudrait, bien sûr, mais un peu plus tard. Demain, elle appellerait Marc Lemoine et Daniel Balin. Demain, elle apporterait la photo de Marie – celle qui trônait sur le bureau retour d'Égypte – chez ce photographe qu'elle avait repéré tout en haut de la rue de Tocqueville, afin de la faire agrandir en poster. Marie et l'âne. Le cliché le méritait, en dépit d'une qualité très amateur. Mais il la faisait rire, repoussant durant quelques instants tout ce qui n'était pas les gloussements, la folie joyeuse et la générosité téméraire de Marie. Demain, elle attendrait. Et après-demain encore et peut-être même le surlendemain. Elle attendrait le rapport d'autopsie.

Le manège prudent mais nerveux de Monsieur Tom l'intrigua. Il abandonna d'un bond ses genoux et fila vers la porte d'entrée, poussant du museau vers l'interstice colmaté par la moquette. Comme un chien, flairant une présence de l'autre côté.

Léonora s'avança, sans bruit, se rapprochant de la porte. Un glissement. Elle tira le verrou supplémentaire avec un luxe de précautions, songeant qu'elle était dingue de tenter de découvrir qui frôlait le panneau de l'autre côté, et posa la main sur la clenche de la serrure. Elle ouvrit d'un coup.

Une fille. Une fille qui bondit en couinant. Stéphanie Marolle. La jeune femme, les yeux agrandis de surprise, la bouche ouverte de panique, recula précipitamment.

— Je... je...

Stéphanie Marolle se précipita vers la porte de son appartement restée ouverte. Léonora parvint à l'agripper juste à temps par un pan de sa veste et la tira sans ménagement. La jeune femme trébucha, manquant s'affaler et se retourna, prête à se rebiffer, en hurlant :

— Espèce de dingue... Lâchez-moi !

La gifle partit, mauvaise, violente. Stéphanie Marolle vacilla avant de tomber lourdement sur son paillasson. Léonora n'en avait rien à foutre, et si la fille résistait encore, elle n'hésiterait pas à la cogner. Vraiment, cette fois. Elle la souleva de terre par le col de son vêtement et siffla, venimeuse contre son oreille :

— Tu vas me parler... Et tu vas me parler tout de suite ! N'aie aucun doute : je suis capable de te tabasser s'il le faut... Ne m'y contrains pas.

— Mais je... je n'ai rien à vous dire. Lâchez-moi, vous me faites peur.

— Tu as raison d'avoir peur de moi.

La poigne sans aménité de Léonora s'abattit sur son bras et la traîna vers l'intérieur de l'appartement de Marie, luttant contre l'inertie peureuse de l'autre, qui pleurnicha :

— Non, non... laissez-moi, mais lâchez-moi, enfin !

— Non. J'attends depuis assez longtemps.

Léonora referma la porte, la boucla avant de s'appuyer de tout son poids contre elle pour parer à une tentative de fuite de son invitée récalcitrante. Stéphanie Marolle sembla reprendre un peu de son contrôle et jeta :

— Je n'ai rien à vous dire !

— Oh que si.

— Mais vous n'avez pas le droit !

— Sans blague ? Eh bien, regarde-moi faire, cocotte !

— Je vais porter plainte... Dès demain.

— Pour quel motif, mademoiselle Marolle ? Invitation forcée ou complicité du meurtre de ma fille ?

La jeune femme se décomposa et balbutia :

— Mais vous êtes folle... Complicité, mais quelle complicité ?

— Celle du silence. La complicité du silence, c'est la plus généralisée. On lui doit sans doute davantage de morts que toutes les autres réunies.

La joue pâle de Stéphanie Marolle sur laquelle l'empreinte des doigts de Léonora commençait de boursoufler en pourpre, trembla sous l'accusation, sur les images qui remontaient dans sa tête. Elle inspira avec lenteur et déclara :

— On peut s'asseoir ?

D'une certaine façon, la charge menaçante de Léonora semblait lui avoir ôté un insupportable poids des épaules. Le poids de l'indécision, celui de la peur sans identité qui naît de notre incapacité à faire le premier pas, lorsque chaque alternative fait également peur ou répugne à l'identique. Par prudence,

Léonora ferma la serrure avant de fourrer la clef dans sa poche. Elle précéda la jeune femme dans le salon en proposant :

— Je nous sers un verre ?

— Oui, ce ne sera pas de refus.

— Que préférez-vous ?

— Je m'en fous... un truc fort sous un gros volume.

— Comme moi.

Léonora lui tendit un verre rempli de bourbon comme une chope et s'installa sur le canapé à ses côtés. Stéphanie avala un bon quart de l'alcool sans sourciller et annonça :

— Vous m'avez fait drôlement mal. J'ai cru que vous alliez me casser les dents. C'est moi, les appels anonymes... J'étais sûre que vous étiez revenue des États-Unis. J'appelais avec la ferme intention de discuter et au dernier moment, je me dégonflais. Je... J'ai reçu des appels anonymes moi aussi... Ils ont commencé quelques heures après que j'ai tenté de vous joindre aux États-Unis. Des vrais, cette fois. J'ai eu la trouille et je me suis sauvée dans une maison que possèdent mes parents, en Bretagne. Ce n'est pas très glorieux, n'est-ce pas ?

— Mais assez compréhensible. On parlait, on vous menaçait ?

— Non, sauf une fois. Les autres coups de téléphone étaient muets.

— Et cette fois, que vous a-t-on dit ?

Stéphanie Marolle leva le regard vers elle, et Léonora eut mal des larmes qui s'accumulaient au bord de ses paupières. Merde, elle avait l'âge d'être sa fille, mais elle ne connaissait rien de ce que Marie avait appris. Une proie potentielle et si aisée. Le produit d'une gentille éducation de gens bien qui finit par faire accroire que le monde est doux et rempli de bonnes intentions. Marie et Léonora savaient qu'il s'agissait d'un conte à dormir debout. Une habile escroquerie destinée à endormir la masse de ceux que d'autres se chargeaient de plumer, d'exploiter ou d'anéantir. Et pourtant, cela n'avait pas suffi : Marie s'était quand même fait piéger.

La jeune femme avala une autre longue gorgée et commença d'une voix rauque :

— C'était une voix d'homme, déformée. Il a dit : « Stéphanie, ne te mêle pas de ce qui ne te regarde pas. Tu vas avoir des ennuis, de gros ennuis du genre dont on ne se remet pas. »

— Classique.

— Ouais, sans doute... ajouta la jeune femme d'un ton aigre. Mais ça marche. Je n'ai pas fermé l'œil de la nuit, je guettais le moindre bruit. J'ai fait mes valises et je me suis enfuie.

Léonora demanda doucement :

— Pourquoi être revenue, en ce cas ?

Sans doute Stéphanie ne sentit-elle pas que les larmes qu'elle retenait depuis un moment dévalaient le long de ses joues puisqu'elle ne fit aucun geste pour les essuyer. Léonora détailla la descente de l'une d'elles, son périple d'abord lent, puis de plus en plus rapide, sa glissade le long du petit nez fin, le contournement de la bouche rehaussée d'une fine couche de rouge à lèvres, sa chute et son agonie sur le genou de la jeune femme. Elle tendit la main et caressa la joue de Stéphanie qui murmura :

— Pardon.

— Non, pardon à vous... je suis désolée pour tout à l'heure. Je me suis laissée emporter, j'avais si peur que vous refusiez de me parler.

— C'est pas grave. Cette gifle était même salutaire. Mais quel revers ! Marie m'a raconté un truc que vous lui aviez enfoncé dans le crâne, paraît-il : Il est beaucoup moins dangereux et destructeur d'être courageux lorsqu'on n'est pas tout à fait une larve. Parce que, dans le cas contraire, on se déteste à vie d'avoir été lâche. C'est pour cela que je suis revenue. Il fallait que je vous rencontre, même si l'idée me terrorisait.

Léonora sourit en baissant les yeux :

— Oui, c'est ce que je lui avais enseigné, et c'est exact. Du moins lorsqu'on n'est pas tout à fait lâche, parce que les lâches s'accommodent assez bien de leur pétocherie, ils se trouvent même d'excellentes excuses.

— Oui, mais Marie est morte...

— C'est vrai, pourtant, elle continue.

— Et elle ne se déteste pas, compléta Stéphanie comme si elle prenait soudain la mesure d'un phénomène dont elle n'avait jamais soupçonné l'existence.

— Et elle ne se déteste pas, répéta Léonora. Et nous l'aimons tant et pour toujours. Que s'est-il passé cette nuit-là, Stéphanie ?

La jeune femme prit une grande inspiration et renifla avant d'expliquer :

— J'étais rentrée assez tard, peu avant minuit. Il y avait de la lumière chez Marie. J'en suis certaine parce que je vérifiais toujours en arrivant devant l'immeuble. Parfois, elle m'entendait fourrager dans la serrure et elle ouvrait. On buvait un verre et on papotait un peu. Sauf, bien sûr, lorsqu'elle avait des invités, enfin, bref, un petit ami. Je me suis déshabillée et je m'apprêtais à me coucher. J'ai distinctement entendu une voix d'homme. Ma chambre est mitoyenne de ce salon. Il faut vous dire qu'à l'origine, il s'agissait du même très grand appartement. Les anciens propriétaires l'ont coupé en deux pour le vendre plus facilement. Toujours est-il que la paroi n'est pas porteuse et assez mince. (Elle eut un petit rire triste et précisa :) C'est du reste comme cela que j'ai rencontré Marie. Elle ignorait cette perméabilité sonore. Elle avait l'habitude de travailler en musique jusqu'à deux ou trois heures du matin. Une nuit, excédée par le bruit qui m'empêchait de dormir, j'ai déboulé chez elle. On a commencé par s'engueuler et puis on a sympathisé.

— Cette voix d'homme... il s'agissait d'une dispute ? Vous l'avez reconnue ?

— Non, une conversation tout ce qu'il y a de normal. Je ne sais pas qui parlait. Le ton était civil. Si les sons me parviennent, ils sont quand même étouffés. Nous pouvons reproduire l'expérience, vous verrez. On distingue clairement s'il s'agit d'une voix d'homme, de femme ou même d'enfant.

— D'accord. Allez-y. Où dois-je me placer ?

— N'importe où dans le salon. Je passe dans ma chambre.

La jeune femme se leva, précédée par Léonora qui déverrouilla la porte. Celle-ci patienta ensuite dans le salon quelques instants avant d'entendre des bribes de phrases « Léonora... moi. Je... quoi... sujet... Tom ».

Lorsque Stéphanie revint quelques secondes plus tard, elle demanda :

— Alors ?

— Alors oui, on distingue sans peine le genre de la voix. Beaucoup plus mal le contenu de la conversation.

— Et encore, j'ai un peu forcé sur les décibels. Il faut vous dire qu'en plus, je n'ai pas vraiment prêté attention. J'étais convaincue qu'il s'agissait d'un ami.

— Francis Casadei ?

— Non, vraiment, je ne pourrais pas m'avancer sur l'identité de cette personne. Un homme, c'est tout. Vous le connaissez ? Francis Casadei, je veux dire.

— Oui, je l'ai rencontré.

Stéphanie ne put s'empêcher de lâcher :

— Il est canon, hein ?

— Très bel homme, en effet, admit Léonora. Cela étant, je ne lui confierais pas ma vie.

— Ah... ben moi, j'hésiterais pas mal avant de la lui refuser. Marie en était dingue. C'est la première fois que je la vois devenir crétine au sujet d'un mec. Il est vrai qu'il ne manque pas d'atouts.

— Je sais, elle m'avait téléphoné...

La question qui lui avait échappé revint à l'esprit de Léonora :

— Que disiez-vous au sujet de Tom, depuis votre appartement ?

La jeune femme que l'évocation de Casadei faisait sourire se rembrunit aussitôt :

— J'avais un rendez-vous professionnel précoce le lendemain matin. Je travaille dans une compagnie d'assurances. Je suis juriste. C'est la pleine mode des petits déjeuners de *brainstorming* en ce moment, dans la mouvance « cadre disponible et dévoué à l'entreprise ». Évidemment, nul n'ose s'y soustraire, moi la première. Ensuite, je devais foncer jusqu'au lendemain soir en Suisse. Nous y avons notre maison mère. Peu importe... Toujours est-il que lorsque je suis sortie de mon appartement, Tom miaulait derrière la porte de sa maîtresse. Marie surveillait son vieux matou comme le lait sur le feu. Elle disait toujours qu'il n'avait pas inventé l'eau tiède et qu'elle craignait qu'il soit incapable de retrouver son chemin s'il se perdait.

— Monsieur Tom était à la porte ?

— Oui, pas mal affolé. Il me connaît bien, on est des potes, maintenant. Je l'ai fait entrer chez moi en me disant vaguement qu'elle avait dû partir avant moi sans s'apercevoir que le chat lui filait entre les jambes... Rosa possède un double de mes clefs... que je suis bête, vous le savez. Marie pouvait donc récupérer Monsieur Tom quand elle le souhaitait. Maintenant, je me dis que le matou est sorti après... cette nuit-là, quand il a rouvert la porte... après. Le chat devait être planqué quelque part, terrorisé. Il s'est sans doute précipité dehors. Ah oui... j'ai un sac de croquettes tout neuf et une litière que Marie m'avait donnés... Oh merde...

Elle se tassa sur elle-même et fondit en larmes. Léonora se rapprocha d'elle, et caressa ses cheveux, comme elle le faisait avec sa fille. Pourtant, la douleur, le chagrin des autres lui devenaient si étrangers, comme si Marie avait été son seul passe-partout pour pénétrer parmi les autres humains, pire pour s'y mêler ou s'y intéresser. La compassion qu'elle ressentait pour la jeune femme secouée de sanglots n'avait qu'une raison : sa peine concernait Marie. Léonora attendit. C'était ce qu'elle faisait de mieux en ce moment. Enfin, l'autre s'apaisa et bafouilla :

— Excusez-moi, je vais chercher un bout d'essuie-tout dans la cuisine.

Lorsqu'elle revint, ses jolis cheveux dorés coupés au carré étaient trempés. Sa peau fine de blonde, déjà irritée par la gifle, se couperosait sous l'afflux récent des larmes. Elle se planta devant Léonora :

— Voilà. Ce n'est pas grand-chose.

— Si. Je vous remercie, Stéphanie. Je vous remercie pour Marie de votre courage. (Elle hésita puis obéit à l'impulsion qu'elle venait de repousser quelques instants plus tôt :) Si vous en avez encore la possibilité, il n'est peut-être pas plus mal de retourner en Bretagne. Quelque temps. J'aimerais juste que vous me laissiez un moyen de vous joindre, au cas où... Je ne le communiquerai à personne, sauf à l'inspecteur Raymond, si du moins vous ne vous y opposez pas.

La lèvre inférieure de la jeune femme trembla :

— Vous croyez que... qu'il pourrait m'arriver...

— Je n'en sais rien. Mais je m'en voudrais terriblement si c'était le cas. Et puis, des petites vacances au grand air, c'est toujours agréable.

La ridicule plaisanterie ne dérida pas Stéphanie qui insista :

— Mais, et vous ?

— C'est gentil... Mais je ne risque rien.

— Comment le savez-vous ?

— Je le sens, et puis la police a réouvert le dossier et j'ai pris un avocat. De toute évidence, le meurtrier ne souhaitait pas que l'on découvre que la mort de Marie était... autre chose qu'un suicide. Il s'est donné beaucoup de mal. Ce serait très bête de se dévoiler en m'attaquant maintenant.

Léonora mentait, mais quelle importance ? Elle raccompagna Stéphanie jusqu'à la porte de son appartement. Elles se regardèrent, la jeune femme se jeta contre elle et la serra convulsivement dans ses bras, l'embrassant dans le cou en murmurant :

— Je suis tellement, tellement triste, anéantie... Je repars demain, il y a un train vers six heures du matin, je crois. Prenez soin de vous, Léonora. Marie était quelqu'un de... de lumineux. C'est terrible comme les êtres de lumière nous font défaut lorsqu'ils disparaissent. Et pourtant, tant qu'ils sont autour de nous, nous nous rendons si peu compte que nous baignons dans leur chaleur.

— Je sais. Merci, Stéphanie, pour tout.

La jeune femme allait refermer la porte lorsqu'elle se ravisa :

— Autant que je vous rende les « petites affaires » de Monsieur Tom. J'ignore quand je rentrerai.

Paris, France, mardi

Il était presque huit heures lorsque Léonora se réveilla, l'épaule suante du contact tendre et paresseux de Monsieur Tom, qui n'avait pas décollé de son aisselle de la nuit.

Elle regretta aussitôt de ne pas avoir entendu le départ de Stéphanie. Elle aurait dû lui proposer de l'accompagner en taxi jusqu'à la gare.

Elle ne découvrit le petit mot glissé sous la porte qu'en revenant de la cuisine, chargée du plateau de son petit déjeuner. Elle dut plisser des yeux et s'y reprendre à plusieurs reprises avant de déchiffrer la haute écriture régulière de la jeune femme :

Chère Léonora

J'ai écouté derrière la porte avant de partir mais vous n'étiez pas debout. J'ai passé ces quelques heures de nuit à repenser à notre conversation, à Marie et à vous. J'ai un chagrin terrible, d'autant plus que je sais qu'il ne peut rien avoir de comparable avec le vôtre. Je voudrais pourtant vous remercier de m'avoir contrainte à un peu de courage. Je n'en ai pas l'habitude. Sur le coup, ça fout les jetons, mais après, aussi limité soit-il, on s'aime un peu d'avoir pu le trouver en soi. N'hésitez pas à me joindre si vous avez besoin de moi... Et je vous en prie, Léonora, prenez soin de vous. Si vous ne le faites pas pour vous, faites-le pour Marie. Je vous embrasse.

Suivaient une adresse dans le Finistère et un numéro de portable.

Léonora déjeuna avec un luxe de lenteur. Sa fille répétait qu'il était illusoire d'espérer mettre la main sur un journaliste de magazine avant dix heures du matin, sauf lors des bouclages. Ces gens-là travaillaient beaucoup, mais surtout le soir.

*

* *

Elle était douchée, habillée et re-lentillée – n'ayant toujours pas retrouvé ses lunettes – lorsqu'elle décrocha le téléphone pour former le numéro de Daniel Balin, celui qui s'étalait en-tête de son mail, juste sous le nom de la revue : *Urban-Classique*. Cette précision mentale l'étonna. Comment n'y avait-elle pas songé plus tôt ? Elle n'avait retrouvé aucun agenda, aucun répertoire dans les affaires de Marie, ni même sur son ordinateur. Inconcevable de la part d'une journaliste qui passait le plus clair de son temps à joindre les gens par téléphone. Le quelqu'un les avait dérobés. Rien à foutre. Cela non plus ne l'arrêterait pas.

Elle se présenta sous le nom de « Louvier-la mère de Marie » à une secrétaire qui lui passa aussitôt le boss. Sans doute hâtivement au goût de celui-ci, puisqu'il bafouilla :

— Ah, madame Louvier... Oui, la mère de Marie... Nous nous sommes...

— Oui, en effet. Je vous remercie pour votre présence aux obsèques. Comment aviez-vous appris...

— Par la gardienne, indirectement. Marie lui avait parlé de son employeur principal, notre magazine. Les flics nous ont prévenus aussitôt. Ils cherchaient votre numéro de téléphone, un endroit où vous joindre.

Le répertoire manquant, celui dans lequel Marie devait consigner les coordonnées de ses contacts, même s'il n'était pas évident qu'elle y eût inscrit celles de sa mère qu'elle connaissait par cœur.

— Je souhaiterais vous rencontrer, monsieur Balin. La police vient d'ouvrir à nouveau le dossier.

La voix embarrassée de gêne de l'homme lui parvint :

— Ouvrir à nouveau le dossier ?

— Oui. Ils appellent cela surclasser en homicide volontaire.

— Oh merde... Il ne s'agissait pas d'un suicide, c'est bien cela ?

— Non. Il s'agissait d'un meurtre froid, très bien planifié et prémédité.

— Putain, je m'en doutais ! Depuis le début. Dites-moi ce qui vous arrange... je me débrouillerai... Je peux même me déplacer si vous voulez.

— Non... merci... ça me fera prendre l'air. Je suis libre à votre convenance.

— Dans une heure ? Nous sommes situés dans le 15e.

— C'est parfait. Je saute dans un taxi.

*

* *

Les bureaux d'*Urban-Classique*, le mensuel pour lequel Marie pigeait, étaient hébergés dans un immeuble du début du XXe siècle. Il s'agissait en réalité d'un appartement, d'une enfilade de quatre pièces qu'il fallait traverser pour parvenir jusqu'au sanctuaire de Daniel Balin. Le bordel dévorant et triomphateur qui régnait un peu partout surprit Léonora, qui s'était formé une idée largement plus « glamour » du monde des médias. Dès qu'il l'aperçut, passant la tête par l'embrasure de la porte, il se précipita vers elle, mains tendues. Lui non plus, elle ne lui aurait pas accordé d'emblée le rôle du rédacteur en chef d'un magazine qui, sans être intimidant, se voulait « branchouille » et plutôt haut de gamme. Balin était de taille moyenne, petite même pour un homme, et affichait une bonne soixantaine un peu morose. Ses rares cheveux fins étaient plaqués vers l'arrière de son crâne par une petite livre de gel dont la légère senteur de chèvrefeuille évoqua à Léonora un shampooing de dame.

— Je vous offre un café, proposa-t-il en désignant une cafetière menacée par la pile bancale de revues entassées contre elle.

L'opacité marronnasse du réservoir témoignait d'un dépôt de tanins de plusieurs semaines, sans nettoyage. Léonora refusa d'un mouvement de tête. Daniel Balin récupéra un gobelet blanc sur son bureau, vérifia le fond comme s'il craignait de l'avoir transformé en cendrier un peu plus tôt, et se servit tout en ajoutant :

— Asseyez-vous, je vous en prie... Je peux vous appeler Léonora ? Marie vous citait tant que j'ai presque l'impression que nous nous connaissons.

— Bien sûr. C'est gentil.

Il se laissa choir sur son fauteuil et, évitant le regard de la femme installée en face de lui, murmura :

— Merde... je suis... je suis si secoué, si choqué par ce...

— Meurtre.

— Non, ce n'est pas cela... Si bien sûr, mais c'est au-delà, en quelque sorte. Je suis si choqué par la disparition de Marie. Elle était si vitale et elle en voulait... Par moments, elle me prenait la tête. Jamais assez loin, toujours trop lent... Elle avait une pêche qui me rappelait ce que j'avais été trente ans auparavant... Ça agace pas mal mais ça émeut.

Léonora attendit, l'encourageant du regard. Au fond, peu lui importait ce que cet homme conserverait de Marie, puisque Marie n'était qu'à elle. Mais elle sentait qu'il se vidait là du poids de ce qu'il n'était pas parvenu à lui dire dans cette petite chapelle. Elle s'en voulut aussitôt de son absence de générosité. Pour être généreux, il faut avoir à donner. Il faut aimer les autres ou s'aimer assez pour apprécier la satisfaction d'un geste de don. Il ne lui restait rien de tout cela.

Elle n'entendit que la fin de sa phrase :

— ... J'ai eu ce doute dès que nous avons été prévenus. J'ai immédiatement fait le lien avec cette foutue enquête qu'elle poursuivait depuis des mois. C'est peut-être le réflexe parano d'un ancien journaliste d'investigation...

— Seuls les paranoïaques survivent.

— S'ils ne se font pas dévorer par leur paranoïa.

— Juste, admit Léonora. C'est ce que je cherche, la police aussi. C'était l'objet de mon appel. J'ai retrouvé un mail de vous sur sa messagerie électronique. Marie vous avait-elle confié quelque chose au sujet de son travail ?

— Non... vous plaisantez. Vous ne connaissez pas les journalistes, ceux de la trempe de Marie, j'entends. Ils sont pires que des terriers lorsqu'ils lèvent un gibier. Ils s'accrochent par tous les bouts, pas moyen de leur faire lâcher prise. Ajoutez à cela, la parano de la concurrence déloyale, un confrère en manque de jus qui s'intéresserait de trop près à vos plates-bandes. Je me creuse les méninges depuis votre coup de fil. Deux petits trucs me sont revenus, des infos lâchées sur un coup d'enthousiasme par votre fille et qu'elle a eu aussitôt l'air de regretter... Il ne s'agissait pas, de sa part, d'un manque de confiance vis-à-vis de notre collaboration, c'est davantage une tournure d'esprit qui vient avec le boulot...

Léonora songea que c'était également une des rares armes efficaces qu'on leur eût laissé à toutes deux dans le passé, mais ne commenta pas. Daniel Balin poursuivit :

— ... Marie s'installait souvent à mon bureau lorsque j'étais absent... Nous souffrons d'un manque d'espace chronique. Ce jour-là, je suis rentré d'une interview plus tôt que prévu. Elle a refermé le dossier sur lequel elle bossait. Elle avait les larmes aux yeux. Je lui ai demandé ce qui n'allait pas. Elle a juste répondu : « C'est monstrueux ce que l'on peut se planter sur le compte des gens... même lorsqu'on est plutôt du genre méfiant. » À la réflexion, je suis certain qu'il s'agissait de cette enquête, et de quelque chose de personnel.

— Vous n'avez aucune idée sur l'identité de la personne à laquelle elle faisait allusion ? Un homme, une femme ? Ici ou aux États-Unis ?

— Non. Elle s'est tirée très vite sur un prétexte vaseux.

— Et la seconde piste ?

— C'était... plus récent, quelques jours, une semaine au plus, avant... sa mort. Elle avait l'air passablement secoué lorsqu'elle est arrivée ce matin-là. On était en train de boire un café et soudain, elle a balancé : « Daniel, tu crois à l'instinct ? » J'ai répondu : « Ouais, enfin je ne sais pas très bien ce qu'on nomme "instinct", mais je crois que certaines personnes sont plus réceptives aux signaux que d'autres, pourquoi ? » Elle a hésité et fini par dire : « Comment est-il possible alors de tomber amoureux de quelqu'un qui vous mène salement en bateau ? » À quoi j'ai persiflé du haut de mon expérience assez vaste en la matière : « Mais cocotte, c'est la base idéale des entubages les plus célèbres et les plus efficaces. Ces quelqu'uns-là sont des pros en matière de faux signaux. Ils te font gober l'éternelle trinité du grand amour "amour-confiance-respect" pour mieux te manger-mon-enfant. Un grand classique de l'endormissement volontaire qui a encore beaucoup de beaux jours devant lui. » Il était évident qu'elle faisait allusion à elle-même. Ce bel Italo-Germano-Américain à yeux bleus dont elle nous gonflait les oreilles depuis des semaines m'est venu à l'esprit.

— Casadei. Francis Casadei ?

— C'est cela. Pour ne rien vous cacher... j'ai été pas mal écœuré qu'il ne soit pas présent le jour de... la crémation. Alors que Marc, qui s'était fait jeter comme une vieille chaussette deux mois avant, pleurait toutes les larmes de son corps.

— Pour ne rien vous cacher, moi aussi. Qu'en disait-elle du bel Italo-Germano-Américain ?

— Oh... elle en était dingue...

— Oui, je sais, mais quoi d'autre ?

Léonora comprit qu'il hésitait, comme s'il craignait de révéler un secret ou de porter préjudice à Marie. Elle le rassura :

— Croyez-moi sur parole... les fausses pudeurs me passent très au-dessus de la tête, et rien de ce qu'a pu dire ou faire Marie ne m'est étranger.

— Elle l'a rencontré à un cocktail. Je crois qu'elle est tombée raide amoureuse dans la minute. Allez, disons dans les cinq. Sur le coup, elle a pensé qu'il pouvait se révéler utile étant entendu ses occupations professionnelles, mais... le cœur ou les hormones, je ne sais pas, ont pris le dessus. J'ai eu droit à tout. À mon âge, on a tendance à oublier combien les gens amoureux peuvent être obsédés, si envahis, occupés par leur amour qu'ils en deviennent répétitifs et chiants... surtout lorsque l'on est soi-même vide et donc sujet à l'envie.

— Au mien aussi... Pardon de vous avoir interrompu.

Il sourit de cette infime connivence et reprit :

— Ouais... on est donc d'accord sur le fait qu'il ne s'agit pas d'un problème d'âge, mais de vide. Toujours est-il qu'elle n'en pouvait plus. Peut-être parce qu'il est américain, M. Casadei n'avait pas l'air pressé de la bousculer vers la chambre à coucher. Marie n'arrêtait pas de seriner : « Ah non, il vient ce soir et là, juré, je l'étale ! Je ne peux pas continuer comme ça ! » De toute évidence, c'est ce qu'elle a fini par mettre en pratique. Je me suis au fond toujours rassuré en songeant qu'il n'y avait que dans les romans où une nuit de baise pouvait provoquer autant de remous dans l'existence d'une femme. Sans doute parce que ça ne m'est jamais arrivé – je veux dire, en tant que provocateur de remous. Un aveu pas trop valorisant pour moi. Mais le lendemain, elle était... sur un nuage. Je ne l'ai jamais vue comme ça. Vous voyez, le genre serein et régnant. Marie était tout sauf sereine. Ça ne s'est pas démenti par la suite. Bref, elle l'avait vraiment dans la peau, dans tous les pores de la peau.

— Et lui, que savez-vous de lui ?

— Pas grand-chose. Un banquier, d'affaires. Il travaille pour une banque privée. Un spécialiste des fusions internationales... ou ventes par dépeçage. Un des meilleurs poissons-pilotes des grands requins qui sillonnent l'océan de la finance planétaire... mais c'est le vieux gaucho qui parle, là.

Léonora sourit à cette allusion.

*

* *

Daniel Balin tint à la raccompagner jusqu'à la borne de taxis de la rue du Commerce, située à deux cents mètres de l'immeuble. Le long du chemin, il plaisanta, sinistre :

— C'est dingue... Marie m'avait tant parlé de vous, je crois même que j'ai vu des photos... Mais je ne vous imaginais pas comme cela. Vous êtes très grande, très belle aussi. Marie était très jolie, mais si différente. Même depuis qu'elle s'offrait de beaux yeux saphir jetables.

— Vous étiez au courant ?

— Je connais Marie depuis longtemps. Elle m'avait fait jurer le secret, sous peine d'atroces représailles ! Je crois qu'au fond, elle souhaitait vous ressembler, devenir une jumelle. (Une note de chagrin remplaça sa fausse jovialité lorsqu'il conclut :) Elle vous aimait tant, Léonora. Il ne se passait pas de journée sans qu'elle ne vous évoque : « Comme dit ma mère... » ou « Ça rendrait Léonora dingue ! » « Si il ou elle tombait entre les pattes de ma Léo, il ou elle passerait un sale quart d'heure » ou « Ma mère rigolerait si... ».

Il lui proposa à nouveau un verre ou un café dans un troquet voisin, qu'elle refusa. Il griffonna à la hâte un numéro de portable sur l'envers d'un ticket de métro repêché dans sa poche de pantalon, et le lui tendit en insistant :

— Si vous avez besoin de moi... surtout n'hésitez pas. Vous n'imaginez pas le nombre de cordes que j'ai à mon arc lorsqu'il s'agit d'obtenir des infos ou de tirer les vers du nez.

— Je n'en doute pas. Merci encore.

Rosa l'entendit rentrer et se précipita vers elle :

— Léonora, ça fait deux jours que je me dis que je vais monter vous rendre une petite visite mais je n'ose pas. Stéphanie m'a glissé un petit mot sous la porte de la loge. Elle est passée, c'est cela ?

— Oui, hier soir ou plutôt dans la nuit.

Rosa tint absolument à lui offrir un verre de porto qu'elle accepta. Elle édulcora avec soin sa rencontre avec Stéphanie avant de la lui livrer.

Paris, France, mercredi

Ces deux derniers jours avaient été interminables, pourtant Léonora s'interdisait d'y penser, redoutant qu'ils se prolongent d'une autre journée.

Elle récupéra la carte que lui avait tendue Marc Lemoine le jour des funérailles de Marie et qu'elle avait glissée dans son portefeuille, machinalement. Du reste, elle ne l'avait qu'à peine effleuré du regard ce jour-là. Elle lut : Marc Lemoine, conseil en relations publiques. Elle tomba sur un répondeur et hésita après le bip. Elle se décida enfin :

— Euh... je suis Léonora Morrison-Louvier, la mère de...

On décrocha aussitôt, et une voix qu'elle reconnut répondit :

— Madame Louvier... Excusez-moi, j'étais plongé dans un projet urgent, je n'ai plus que quelques petites heures devant moi avant un rendu en Belgique et je filtre les appels. Êtes-vous en France ?

— Oui... je suis revenue. J'aurais souhaité vous rencontrer, Marc. À votre convenance, je suis très disponible.

— Mais bien sûr... Si je peux faire quoi que ce soit... Du reste je vous l'avais proposé...

— C'est gentil. Non, j'avais juste envie de bavarder. Je vais me porter partie civile.

— Ah bon ?

— Oui, je ne crois pas à la théorie du suicide. J'ai du reste des éléments pour étayer mes doutes. La police ouvre à nouveau l'enquête.

— Je... Eh bien pour tout vous dire, cela me soulage. C'est crétin à dire, mais ça ne cadrait pas avec Marie. Écoutez, je dois vraiment partir pour Bruxelles, mais je vais écourter mon séjour là-bas et rentrer demain, en fin de soirée. Donnons-nous rendez-vous quelque part ou chez moi ou même je peux passer. C'est sans doute ce qui serait le moins dérangeant pour vous, et je suis motorisé.

— C'est vraiment gentil de votre part, Marc. Eh bien je vous attends. Vers quelle heure ?

— Le temps de passer chez moi me changer et déposer mes sacs... vers dix-neuf heures ?

— C'est parfait.

— Si j'avais un retard, je vous laisserais un message.

— Merci encore, Marc.

Un appel de Me Arnaud Delavoix-Régnard clignotait sur le répondeur de Marie lorsqu'elle rentra de courses.

— Madame Morrison-Louvier, je viens à l'instant de recevoir par pli spécial les deux rapports. Pourriez-vous me rappeler ? Il est 12 h 30... Je pars à 13 heures. Un déjeuner professionnel. Je serai de retour à l'étude aux environs de 15 h 30.

Léonora consulta sa montre. Merde... Elle composa quand même le numéro de son avocat et tomba sur sa secrétaire qui l'assura que Me Delavoix-Régnard la rappellerait dès son retour.

Léonora fit réchauffer la paella surgelée qu'elle avait achetée sans trop s'y attarder. L'odeur lourde de fruits de mer et de poulet gras lui porta au cœur. Rien à foutre. Ça se mangeait, elle allait le manger.

En dépit de son animosité épidermique pour le beau blond à prunelles bleu gris, elle allait le revoir. Pourquoi ce type qui ne devait pas manquer de candidatures et d'opportunités s'était-il laissé bousculer par Marie, acceptant de tomber dans ses bras et dans ses draps alors que, de toute évidence, il n'y aurait pas songé tout seul ? De fait, ce que lui avait dit Daniel Balin allait dans le sens du mail qu'elle avait lu, et des confidences prudentes mais manipulatrices du sieur Casadei. Elle n'aimait pas ce type. Vraiment pas, et s'en méfiait. Pourquoi ? Sentait-elle quelque chose ? S'agissait-il là encore d'instinct ? Instinct, mon cul, car que foutait-il sur cette photo de Don ? Du reste, la même lancinante question se reposait encore et encore : pour quelle raison Marie avait-elle dissimulé ces photos anodines de son beau-père ?

Monsieur Tom s'installa contre sa cuisse sur le canapé, reniflant, l'air vague, le contenu de son assiette, sans velléité d'exiger un partage. De deux choses l'une : pour un chat, Monsieur Tom était anormalement bien élevé et respectueux de la propriété comestible des humains ou bien elle était fondée à se méfier de cette paella !

Une heure plus tard, en l'absence de tous symptômes d'intoxication alimentaire, elle diagnostiqua que Monsieur Tom, en vieux matou que rien ne remboursait de l'abandon dont il avait été la petite victime sidérée, de sa frustration passée de tendresse, était davantage intéressé par les câlins réparateurs que par son estomac. Une leçon, mais les animaux nous en réservent quelques-unes de taille lorsqu'on prend la peine de les écouter.

Il était presque seize heures lorsqu'elle parvint enfin à joindre Me Delavoix-Régnard.

À son débit, encore plus saccadé et nerveux que dans son souvenir, elle déduisit qu'il était pressé et surtout pas mécontent de sa célérité à se procurer les pièces qu'elle avait réclamées. Consciente qu'un intelligent compliment vous garantit souvent la reconnaissance d'ego de celui qui le reçoit, elle débuta par un :

— Je suis bluffée par votre efficacité, maître. Je me préparais à patienter – avec difficulté – encore une journée.

Flatté, il concéda d'un ton qu'il espérait modeste :

— Oui... Ça, je ne peux pas dire... c'est allé assez vite !

Le rapport de Raymond qu'il lui lut en omettant parfois péniblement les ponctuations, ne lui apprit rien. Les flics avaient tout d'abord conclu au suicide tant il était exact que tout ce qui entourait la mort de Marie le laissait supposer. Ce n'est que lorsque l'avocat se lança dans la lecture du rapport d'autopsie qu'elle dut s'asseoir.

— Je passe tout le paragraphe de constat d'identité, et de découverte du corps, si ce n'est qu'il précise que Mme Da Costa l'a trouvé aux environs de 9 h 20. La suite : « Marie, Josefa, Louvier, sujet féminin de race blanche. 25 ans. Taille : 1 m 61, poids : 50 kg. Cheveux courts, modérément frisés, châtain moyen foncé, yeux noisette. La C6 est une prothèse. Pas de diastème... »

*

* *

Non, Marie n'avait pas hérité de cet écartement qui séparait les incisives frontales de sa mère. Ces fameuses dents de la chance. « Il » ne les possédait pas.

Quant à cette C6, il devait s'agir de cette canine, rançon d'un moment d'amour et de hâte.

C'était au printemps. Elles habitaient encore Boston. Un après-midi, pour lui faire une surprise, Léonora était allée la chercher à la sortie de l'école, ce que son « travail » ne lui permettait que rarement. Elle arrivait au coin de Hull Street lorsque sa fille, plongée dans une intense discussion avec une de ses petites camarades, l'avait aperçue. Marie avait foncé vers elle en criant de joie. L'avant de sa semelle de sandale s'était pris dans la grille d'une bouche d'égout. Elle s'était affalée de tout son long. Léonora s'était ruée vers la petite fille pour la relever. Elle saignait du nez mais ce n'est que lorsqu'elle avait découvert qu'un bout en biseau de sa dent manquait qu'elle s'était mise à hurler.

Léonora avait promis. On ferait changer cette dent, pour en placer une encore plus belle, dès que la chose serait possible. Il avait fallu résister ensuite des années aux pressions de Marie, le dentiste ayant expliqué qu'une mâchoire se transforme jusqu'après l'adolescence.

*

* *

— Vous m'écoutez, madame Morrison-Louvier ?

— Oui.

— Euh... j'hésite... la suite est très... médicale, anatomique.

— Vous voulez dire « graphique » et sans précaution de langage ?

— C'est cela.

— Allez-y, j'encaisserai, je vous le promets.

— Bien... J'y vais :

« Lorsque nous l'avons reçu à l'Institut médico-légal, le sujet portait des lentilles de contact colorées, bleues, correctrices, qui seront ajoutées à l'ensemble des pièces exogènes dont la liste est donnée en annexe... »

L'avocat s'interrompit, jugeant utile de préciser :

— Il s'agit de tout... ce qui n'appartient pas directement au corps.

— C'est ce que je pensais, en effet.

— Je poursuis :

« L'extraction des dites lentilles a été délicate en raison de la déshydratation des cornées.

Un couteau de cuisine, à lame mince, laser, évoquant les ustensiles utilisés pour la découpe des articulations de volaille, a été retrouvé sur le bord de la baignoire. Il était partiellement recouvert de sang. Le groupe de ce dernier est compatible avec celui de Marie Louvier. Une empreinte génétique est en cours afin de confirmer cette première constatation. Les différentes empreintes retrouvées principalement sur le manche et, dans une moindre mesure, sur la lame appartiennent toutes à la décédée.

L'exsanguination profuse ayant résulté des longues entailles pratiquées sur les veines radiales et cubitales superficielles des faces antérieures des deux poignets a été considérablement favorisée par la station prolongée dans une eau tiède. De surcroît, il est vraisemblable à cette heure (sur la foi du rapport de police et des éléments retrouvés sur les lieux) que le sujet ait ingéré une forte dose d'alcool associé à des barbituriques et d'autres substances dont certaines sont connues comme hémorragiques directs (comme l'aspirine) ou pour contribuer à l'hémorragie (comme certains stupéfiants ou substances à action pharmacologique licite) en augmentant le rythme cardiaque. Les résultats toxicologiques demandés devraient permettre de conclure sur ce point. Cette exsanguination semble la cause du décès, lequel a dû intervenir (sur la base de la température rectale rapportée aux conditions environnementales, des premiers témoignages relevés sur les lieux, etc.) entre minuit et deux heures du matin approximativement. Cependant, de l'eau retrouvée dans les poumons, dans laquelle on note une présence non négligeable de cellules sanguines, tempère ce diagnostic et ne peut pas permettre d'exclure une participation de l'asphyxie par noyade à l'anoxie engendrée par l'effusion de sang.

Les entailles portées aux poignets sont cohérentes avec l'hypothèse d'un suicide, le sujet étant droitier. Le contenu stomacal ne laisse deviner aucune prise alimentaire solide récente. La recherche de marques de prise, bien que rendue difficile par la station prolongée dans l'eau, est négative. Aucune contusion ou hématome ne vient remettre cette appréciation en doute... »

L'avocat s'interrompit à nouveau en précisant :

— En d'autres termes, il n'y a pas eu lutte. Marie ne s'est pas défendue.

— Avec ce qu'il lui avait fait ingérer avant, le contraire m'étonnerait, répondit-elle d'un ton glacial. Cela étant, je pense qu'au contraire, Marie a tenté de résister comme elle a pu, inefficacement bien sûr, avant de basculer dans la camisole chimique qu'il lui avait fait avaler de force. C'est la raison pour laquelle la bouteille de vodka s'est renversée sur le tapis de bains. Mais il n'avait pas besoin de contenir ma fille, il savait que quelques secondes plus tard, elle s'écroulerait.

— J'y viens... les résultats toxicologiques reçus deux jours plus tard et agrafés au rapport.

Elle l'entendit pousser un « ouh là » étouffé. Il embraya :

— Elle avait 2,3 g d'alcool par litre de sang.

— C'est beaucoup ? Je n'ai pas l'habitude de ce système. Nous ne calculons pas avec les mêmes unités.

— C'est vraiment beaucoup, surtout pour une femme ! Selon moi, mais je ne suis pas expert, ce n'est pas encore le coma éthylique, mais une grosse cuite. Grosse, grosse. Du genre qui vous prive de vos réflexes et d'une appréciation raisonnable du danger. Je continue :

« Présence de MDMA – une amphétamine – et de barbituriques, pour ces derniers en concentration sanguine évoquant une prise récente. Présence de dérivés de l'acide salicylique évoquant une prise pouvant remonter à une heure avant le décès.

— Dérivés de l'acide salicylique ?

— L'aspirine.

— Existe-t-il en France ces formes d'aspirine qui n'ont plus de goût amer ?

— Oui, les aspirines à croquer, entre autres. Je suis grand consommateur.

— On aurait donc pu lui faire avaler cette substance sans qu'elle s'en aperçoive.

— Sans doute...

Léonora l'entendit ponctuer le silence qui suivit de petits bruits de lèvres, comme lorsque les enfants jouent à imiter les poissons. Il ajouta enfin :

— La liste des pièces exogènes ne contient rien à l'exclusion des lentilles... Marie est arrivée... nue à l'Institut médico-légal. Madame Morrison-Louvier... voulez-vous que je vous dise : le sérieux d'arpenteur de certains meurtriers me donne froid dans le dos.

— Oui... hallucinant, n'est-ce pas, de penser que cette personne avait tout prévu, probablement apporté toute sa boîte de pharmacie avec elle ? Comment anesthésier Marie, comment la faire passer pour une junkie dépressive, comment la tuer. Comment ne rien risquer.

— Au demeurant et de façon cynique, c'était un plan très bien conçu. Si cette Stéphanie Marolle ne vous avait pas appelée, nous passions tous à côté.

— Oh, je n'aurais jamais cru au suicide de ma fille, ni à sa toxicomanie. Mais, ainsi que me l'avait rétorqué Raymond lorsque nous nous sommes rencontrés la première fois, « c'est ce que pensent tous les parents, les mères surtout ». Comment le convaincre de rouvrir le dossier avec cela... Je vous remercie, maître.

Une bouffée d'adrénaline la faisait trembler lorsqu'elle raccrocha. Elle se dirigea vers le bar afin de parvenir à la contenir encore. Pas le moment. Le moment n'était pas encore venu. Mais son hypothèse était confirmée : la personne qui avait abattu Marie avec un tel luxe de précautions ignorait que sa fille portait des lentilles colorées, sans quoi elle les lui eut enlevées après sa mort de peur de semer un doute dans l'esprit de la police.

*

* *

Marie, ta coquetterie le fera tomber. J'y veillerai. Merci mon ange. Tu te souviens ? Un jour de ta fin d'adolescence, je t'ai dit qu'une femme devrait toujours être coquette, quelle que soit cette coquetterie. Pour elle, pour se plaire et se faire plaisir. Je t'ai raconté que Josefa, qui n'avait pas de moyens et si peu d'envies, couvrait ses lèvres d'un trait de rouge à lèvres rose foncé et passait une petite houppette de poudre translucide sur ses joues lorsqu'elle sortait, où qu'elle aille. Elle appelait ça « ses peintures de guerre ». Ce trait de rose la rendait plus forte, comme un guerrier indien.

*

* *

Léonora se servit un long verre de chablis et en dégusta la moitié avant de se décider à former le premier des numéros de téléphone que lui avait laissés Francis Casadei, celui de son bureau à la banque Freeman and Cope. Elle tomba, là encore, sur un répondeur. La voix posée, étonnement grave pour un blond, rauque juste ce qu'il fallait, l'encourageait à laisser ses coordonnées et son nom, l'assurant de son intérêt et d'un rappel rapide. Elle raccrocha et composa le second numéro, celui de son domicile, évitant jusqu'à la dernière possibilité le mobile. Inconvenant dans ce cas de tenter une conversation avec quelqu'un qui slalomait dans les rues de Paris, haletant ses réponses en marchant. Son interlocuteur décrocha à la deuxième sonnerie et demanda avant qu'elle n'ouvre la bouche :

— Léonora ?

— En effet...

— J'ai le service de présentation de numéro.

— Ah. Je me demandais si vous pourriez me consacrer un peu de votre temps. Promis, ce ne sera pas long. Je viens de prendre connaissance du rapport d'autopsie de Marie.

— Vous vous êtes portée partie civile ? Depuis quand ?

Sidérée qu'il fût si au fait de la procédure française, elle précisa :

— Le lendemain ou le surlendemain de notre rencontre. Le temps passe si étrangement que je ne me souviens plus bien de la date.

— Samedi dernier, au soir. Vous avez revu Raymond ? Il rouvre l'enquête ?

— Oui... aux deux.

— Sur quelle base ?

Elle modifia sciemment l'intitulé. Tant mieux si elle parvenait à l'acculer, les choses iraient plus vite, et après elles, le Déluge :

— Meurtre avec préméditation. J'avais pas mal d'éléments convaincants à lui fournir.

— Ah vraiment ?

Était-ce une illusion, un vœu ou la voix de l'homme devenait-elle cassante, perdant un peu de cette légère insolence affable qu'il savait doser à merveille ?

— Oui... retrouvés entre autres dans l'appartement de ma fille... Écoutez, monsieur Casadei, je n'ai pas trop envie de discuter de tout cela au téléphone.

— Je... Je comprends parfaitement.

— Nous pouvons nous rencontrer dans un café, pour peu qu'il soit assez facile à dénicher ou ici, ou... il me suffit de sauter dans un taxi.

— Euh... Chez moi ?

Elle n'hésita qu'une fraction de seconde. Quelle différence, au fond ?

— Pourquoi pas ? Vous habitez ?

— Quai des Grands-Augustins, ce n'est pas très loin du Quartier Latin.

— Je crois me souvenir. À quelle heure ?

Ce fut à lui de se donner le temps d'une fugitive réflexion :

— Écoutez, pourquoi ne pas dîner ensemble ? Je ne cuisine pas, mais il y a quelques excellents traiteurs pas loin. Je vous raccompagnerai ensuite en voiture.

— Un autre taxi fera très bien l'affaire, merci.

— Que préférez-vous ? Chinois, français, italien, grec, japonais ?

— Cela m'est indifférent. Choisissez.

Il rit :

— Je nous concocte donc un petit mélange très world cuisine.

— Parfait. À quelle heure ?

— On dîne tard à Paris, mais puisque nous sommes deux pauvres Américains exilés, donnons-nous le temps de boire un verre avant de passer à table. Dix-neuf heures ?

— C'est entendu, monsieur Casadei, à tout à l'heure.

Elle n'attendit pas sa réponse et raccrocha.

*

* *

La world cuisine, nouvelle lubie de Judith, avec la mode « ethnique » qui la faisait parfois arriver au restaurant en boubou, en kimono sanglé autour de sa taille maigre ou en franges de daim à l'indienne.

Stanley bougonnait chaque fois : « Sans méchanceté de ma part, faut des formes pour remplir ce genre de vêtements, pour que ça tombe bien, et des formes, elle n'en a pas beaucoup ! »

Elle regarda sa montre. Il lui restait assez de temps pour appeler l'amie, la tenir informée, bavarder pour alléger son inquiétude qui ne manquerait pas de virer à la mauvaise humeur si Léonora ne se manifestait pas assez souvent.

Lorsqu'elle raccrocha un peu plus tard, elle était détendue ou plutôt tendue à l'extrême mais d'une belle tension. Celle qui précède le combat. Une tension dangereuse mais si puissante. Faire le point au profit de Judith, échanger des arguments, débarrasser son cerveau de ses scories, la nettoyait de ses hésitations, de ses atermoiements en forme d'insolubles questions.

Une seule question persistait : qui a tué Marie comme on noie un rat pris dans une cage ?

Paris, France, quais de Seine, mercredi soir

Les choses se compliquaient. Le contraire l'eut étonné. Il en avait été certain dès que Léonora l'avait regardé, enveloppée dans ce peignoir trop petit pour elle, celui de sa fille. Ce pressentiment s'était précisé lorsqu'il avait reçu, ce matin même, la convocation de Raymond. Contrairement à ce qu'il venait de laisser entendre à Léonora, il était au courant de la réouverture de l'enquête.

À la vérité, les événements avaient échappé au contrôle de Francis Casadei dès que Marie avait flairé le coup journalistique dans la juxtaposition de deux ou trois fâcheuses coïncidences qui n'en portaient que le nom. Il l'avait alors pistée à la hâte. Trop intelligent pour espérer que la jeune femme abandonne son enquête, la séduction restait le seul moyen de Casadei afin de découvrir ses progrès et de tenter de les freiner... jusqu'au dérapage final, funeste, inacceptable et pourtant sans doute inévitable.

Francis Casadei reposa la convocation de l'inspecteur sur la table de la salle à manger, et se dirigea lentement vers la grande baie vitrée qui ouvrait sur la Seine. Il aimait bien ce fleuve paresseux, parce qu'il justifie à lui seul les plus beaux ponts du monde.

Casadei hésitait encore à choisir son préféré, oscillant au gré de son humeur entre la démesure baroque du pont Alexandre III et le charme solide et raisonnable du Pont-Marie.

Marie, Marie... Bordel, Marie, pourquoi a-t-il fallu que tu t'acharnes en dépit des mises en garde ? Que croyais-tu ? Que ta carte de journaliste, que ton obstination te protégeraient ? Il y a tant de fric en jeu, Marie... Tant de noms, tant de réputations, tant de spéculations.

Il enfila sa veste de lin noir et fonça chez le traiteur, le caviste et peut-être le fleuriste. Non, pas de fleurs. Léonora soupçonnerait l'arnaque dès qu'elle poserait le regard sur le vase.

Lorsqu'il remonta, trois quarts d'heure plus tard, il était en nage. Pas tant de ces quelques emplettes de proximité que des évocations successives de ce qui risquait de se passer dans... il jeta un œil à sa montre : dans une heure et demie, un peu moins.

Francis Casadei passa dans le salon, une vaste pièce lumineuse qu'il n'avait pas meublée, mais dont l'ultra modernisme lui allait bien. Au demeurant, il s'en foutait et se serait tout aussi bien acclimaté à un appartement bourgeois XIXe ou Arts and crafts. Arts and crafts... la maison de Léonora à Boston. À la connaissance de Casadei, elle avait conservé quelques-uns des meubles lorsqu'elle avait décidé d'emménager à Portland et d'y ouvrir ce restaurant avec Judith Arnold.

Il récupéra dans la bibliothèque de bois sombre, juste derrière une rangée de livres, le petit calibre qu'il y avait dissimulé, pour le fourrer sous un des coussins du canapé en buffle marron glacé. Tirerait-il ? Sans doute. Afin de bloquer le réveil du fauve tapi juste sous la peau pâle de la femme si belle. Il l'avait senti, le fauve. Ce sont des choses qui se flairent lorsqu'on en a l'habitude, et il en avait une longue pratique.

Léonora croyait-elle qu'il avait abattu Marie ? Certains indices, son calme manipulateur durant la soirée qu'ils avaient passée ensemble, sa stratégie qui consistait à pousser l'autre – l'ennemi – dans ses retranchements lors de ce récent appel, le lui laissaient supposer. Mais elle aurait besoin d'une certitude avant de lancer son attaque. Si elle l'obtenait, elle n'hésiterait pas, au risque de se faire descendre à son tour. Il faudrait alors la freiner, lui faire peur. Mais pouvait-on effrayer une femme qu'aucun marché, même de vie ou de mort, n'intéressait plus ?

Casadei en était convaincu, toute l'histoire de Léonora, qu'il connaissait par cœur pour l'avoir patiemment recomposée, le lui affirmait. Sans doute était-ce une des raisons pour lesquelles il l'aimait tant. Étrange la façon dont cet amour déraisonnable et insidieux s'était imposé.

Casadei se souvint du commentaire privé qui lui était venu à l'esprit lorsqu'il s'était rapproché, cinq ans plus tôt, du couple qu'elle formait avec Don, découvrant Léonora sur une série de photos : le genre qu'il sauterait volontiers si elle n'y voyait pas d'objection. Léonora devant rester son dernier moyen de pression sur Don, Casadei s'était toujours débrouillé pour éluder les rares invitations « sociales » de ce dernier, évitant ainsi une présentation à Léonora et à sa fille.

Il avala une gorgée du verre de whisky, qu'il s'était servi sans même s'en rendre compte.

Finalement, cet anonymat contraint, ce travail confidentiel lui avaient procuré une intense satisfaction. Apprendre peu à peu tout d'une femme qui avait pris tant de soin à recouvrir ses traces, la cerner bien mieux que son propre mari... Une sorte de pouvoir occulte, d'adultère virtuel et personnel qui avait d'abord distrait Casadei. Jusqu'au jour où les longues absences qu'il s'imposait pour convaincre Don de ses occupations annexes, de l'imprévisibilité de ses visites à Boston, avaient fini par lui peser, sauf lorsqu'il les consacrait à sa recherche des fragments du passé de Léonora. Cette archéologie d'abord amusée puis urgente et presque blessante, lorsqu'il avait déterré toute la vérité sur elle, était la seule chose qui l'avait retenu de modifier son plan initial, et de commettre une grave bourde... Car le jovial Don avait oublié d'être un abruti complaisant, et Casadei progressait sur un fil ténu.

Léonora, l'une de ses cibles, peu à peu son obsession. Le mariage de Francis Casadei avec Lisa avait dérapé à ce moment-là. Non, pas dérapé. Au contraire : leur union s'était calée dès le début sur des rails si stables. Lisa, une amie de collège, d'adolescence, une amie vraie qui le connaissait si bien, capable de détecter chez son mari la moindre fêlure, d'y remédier aussi. Lisa vers laquelle il était revenu, une bague de fiançailles dans la poche, soulagé, après avoir expérimenté la presque totalité de la gent féminine de leur coin, sous l'œil d'abord compréhensif puis réprobateur de son père qui attendait avec une impatience grandissante le mariage de son fils aîné suivi, dans cet ordre, par des bébés. Son père était un type bien, à la fois désinvolte et iconoclaste mais si rigide des principes de sa morale : un Italien du Sud. Quant à sa mère, Claudia l'Allemande, Francis ne faisait pas mentir ses gènes latins en adorant la petite femme courageuse et têtue. Claudia avait semé, toute leur enfance, les baisers désordonnés et les retentissantes paires de claques avec le même enthousiasme et le même amour inconditionnel pour ses quatre garçons. Son père et sa mère... un vrai mariage d'amour et d'immigrés fauchés dont la seule condition familiale, des deux côtés, avait été le catholicisme. Comment leur fils avait-il pu espérer se défaire de sa consanguinité passionnelle avec ses parents en épousant Lisa ? Car l'amour, il l'avait respiré partout chez eux, même lorsqu'il partageait une petite chambre avec les deux rejetons suivants. Même lorsque les dîners enchaînaient les menus de pâtes, puis encore de pâtes, puis toujours de pâtes, avec parfois quelques variantes de pommes de terre. Même lorsque sa mère additionnait les petits boulots d'intérim en déclarant : « Ça paye les courses ! » Du reste, « l'Amour » était la grande affaire de cette petite communauté d'origine massivement italienne du New Jersey. L'Amour, juste avant « la Réussite » qui leur permettrait à tous de se sortir de – et pourquoi pas, d'oublier – leur généalogie de pauvres et de migrants. On en parlait tant, de l'Amour. On l'anticipait, on l'attendait, on le regrettait, on en riait parce qu'on le craignait, on le décrivait avec un luxe de détails et parfois de fables à dormir débout. Évidemment, les garçons comme lui la jouaient dominatrice, mais finalement – le terrorisme du cul et de ses mystères en plus – ils plongeaient dans les évocations de l'Amour comme les filles. Peut-être même pire, bien qu'aucun d'eux ne l'eût admis devant les potes.

*

* *

Léonora monta dans la Mercedes blanche qui l'attendait en bas de l'immeuble. Le chauffeur, que la fatigue de la journée gagnait, se serait volontiers laissé aller à une petite conversation sur le stress de la conduite parisienne, la persistance de l'été indien, et les programmes télé. Il se désola d'être tombé sur une Américaine qui ne causait pas un mot de la langue lorsque Léonora lui répondit en anglais, ânonnant l'adresse où elle se rendait dans un français mâtiné d'un épouvantable accent. Il bougonna :

— Ça vient en France et ça peut pas causer trois mots... j'vous jure !

À quoi Léonora répondit par un sourire confus et un hochement de tête approbateur.

*

* *

Marie. Marie mon ange. Je crois que nous parvenons au bout, chérie. J'ai hâte de rentrer là-bas. J'ai hâte parce que cela signifiera que tout est terminé ici. Cependant, si je ne peux pas rentrer, ce n'est pas grave. J'ignore ce qui va se passer, mon ange. J'ai la sensation de suivre un courant qui m'emporte sans me noyer.

Tu sais, je m'interrogeais tout à l'heure sur cette idée de l'amour. « Vaste programme », m'aurais-tu répondu en te moquant de moi. Étrange comme l'amour ne peut se concevoir sans vie ou sans mort. Je me demandais ce qui était le plus ardu : vivre par amour ou en mourir. Le premier, j'en suis certaine. C'est si long, si douloureux, si tumultueux de vivre. Si magnifique aussi. Mais nous craignons tant la mort que nous l'oublions le plus souvent. Je n'ai pas peur, Marie. Je ne redoute pas cet instant qui ne sera suivi de rien. En revanche, la vie me pétrifie de trouille maintenant que tu n'es plus là pour l'éclairer. Je ne parvins même plus à me poser la question : « Que vais-je faire sans elle ? », tant je la redoute. La question a disparu. Je ne la retrouve nulle part. C'est qu'elle n'avait pas lieu d'être : je ne vais rien faire sans toi pour m'éclairer.

Je crois que je me suis toujours accrochée à l'idée que tu serais la plus belle extension, ma chérie. Allez, j'avoue, peut-être même un éblouissant remboursement. Même dans les pires moments, surtout dans les pires moments. Pas un prolongement, oh non. Il aurait fallu être une vraie gourde pour souhaiter prolonger cette vie ou moi, dont les seuls instants de lumière ont été toi. Vraiment une extension, une flèche de lumière qui part d'un point pour filer plus loin, si loin, si haut.

J'ai accouché de toi et dans la même seconde, tu accouchais de ma vie. C'est d'une simplicité si rassurante, mon ange.

*

* *

Francis Casadei se mordit les lèvres avant de se servir une nouvelle et généreuse rasade de l'alcool ambré. Il n'avait pas une passion pour le whisky. Heureusement, il avait acheté deux bonnes bouteilles de vin. Là encore, une affaire de légende familiale et européenne.

Son mariage avec Lisa, ce projet bâti avec habileté et sérieux, s'était soudain révélé insuffisant puis insupportable. Francis Casadei avait lutté, pied à pied, additionnant les avantages de leur union, revenant encore et toujours, dans un entourage gagné par les divorces, à leur salutaire stabilité, donc à son fils, Jacob. Il ne pouvait pas priver Jacob de ce dont il avait lui-même bénéficié auprès de ses parents. Oui, mais ce dont il avait profité, lui comme ses trois frères, c'était avant tout de l'amour qui avait toujours lié un homme et une femme. Après plus de quarante ans de mariage, il les surprenait encore échangeant une œillade appuyée après le dîner. Sa mère se levait, brusquement gênée, se demandant si elle avait été assez discrète, et fonçait vers la cuisine. Francis ou ses frères, mi-hilares, mi-attendris, trouvaient alors un légitime prétexte pour prendre congé.

C'était Lisa, avec sa bravoure habituelle, qui avait décidé de vider l'abcès. Sans doute avait-elle compris la profondeur des dégâts lorsqu'elle avait enfin été convaincue de l'impensable : non, il n'avait pas de maîtresse et s'il en avait eu durant les quelques années de leur mariage, il s'en souvenait à peine. Elle avait fondu en larmes, avec élégance, tête baissée vers ses mains, jouant sans s'en rendre compte avec son alliance.

Leur divorce avait été aussi sérieux, aussi raisonnable, que le reste. Il ne se reprochait qu'une épouvantable injustice : n'avoir jamais su à quel point Lisa l'aimait, vraiment. Avoir préféré croire qu'elle l'aimait beaucoup, comme lui, parce que cela lui rendait la vie plus facile et plus libre. Du reste, à l'exclusion des efforts qu'elle s'imposait pour la satisfaction et la tranquillité de leur fils, elle avait nettement expliqué à Francis qu'elle ne souhaitait aucun autre rapport avec lui : « Je n'ai pas envie de jouer les épouses bafouées, plantées, que l'espoir d'une partie de jambes en l'air occasionnelle avec leur ex précipite chez le coiffeur ou l'esthéticienne. » Quant à lui, son espoir était que Lisa referait sa vie très vite. Un piètre espoir, si « amical » qu'il ne lui en ferait jamais l'aveu. Son autre espoir était flou, et pourtant si violent, si permanent : un espoir de passion sans réserve, sans calcul, de sexe fou, sans trêve, sans économie, accroché à l'autre. D'amour interminable, déraisonnable aussi. Il pouffa :

— Mal barré, bonhomme ! Très mal barré. Si jamais elle découvre... Et elle finira par le déterrer.

S'agissait-il véritablement de Léonora ou avait-il soudain ressenti l'urgence d'aimer comme un dingue parce que la vie passe si vite qu'elle nous oublie volontiers ? Le genre de questions que l'on se pose depuis des dizaines de milliers d'années sans jamais trouver de réponse satisfaisante. La raison en tombe sous le sens : il n'en existe pas.

Il jugula de justesse le fou rire nerveux qu'il sentait monter. Bordel... Il fantasmait depuis des années sur une histoire d'amour univoque, pour une femme qui n'avait aucune idée de son existence, et encore moins de son identité. Une femme dont il devenait le suspect principal dans l'assassinat de sa fille. Une femme que sa férocité à peine civilisée pousserait à l'abattre si elle parvenait à la certitude qu'il était coupable de cette mort. Le plus insupportable étant que Francis Casadei était aussi amoureux de sa férocité.

Il vida son verre et conclut cette énumération d'un :

— Merde... Je ne peux pas le croire !

Était-elle capable d'aimer, à l'exclusion de Marie, de cette femme polonaise dont il avait découvert l'existence et l'agonie quelques mois plus tôt ? Avait-elle seulement envie d'être aimée ? Savait-elle encore ?

*
* *

Une seule formule, d'une affligeante banalité, lui vint lorsqu'il ouvrit la porte quelques instants après qu'elle se fut annoncée à l'interphone, juste avant son coup de sonnette : « À couper le souffle. » Pas seulement « belle à couper le souffle » ou « étonnante à couper le souffle ». Non, tout d'elle pour tout le souffle. Une réaction physiologique, une tempête de nerfs. Il dut reprendre sa respiration, avec une lenteur aussi discrète que possible, avant de l'accueillir d'un large sourire et d'un « Hey », sachant qu'il ne parviendrait pas au bout d'une phrase en français. Civile et posée, elle répondit :

— Bonsoir, monsieur Casadei. Merci de me recevoir si vite.

Il la précéda dans le salon :

— Un verre de vin ?

— Avec plaisir.

— Blanc ou rouge ?

— Peu importe.

— J'ai acheté un chablis. Il devrait être frais ce qu'il faut. Ça vous tente ?

— Parfait.

— Installez-vous, je reviens.

Léonora profita de ces quelques instants de solitude pour regarder autour d'elle. L'espace était beau, meublé de lignes ultra-modernes, au minimalisme sans sécheresse, masculines sans provocation, pourtant quelque chose ne convenait pas au Casadei qu'elle sentait. L'élégante confrontation des bibliothèques en bois noir et de la table basse roux pâle, les rares objets racés exposés dans la pièce, l'immense canapé de buffle, flanqué de fauteuils à assise profonde, tout trahissait le travail d'un décorateur. Une jolie adaptation d'intérieur new-yorkais pour quadra célibataire de sexe mâle, pécuniairement très à l'aise. Une déclinaison qui aurait satisfait une foule d'hommes. Curieux anonymat de bon goût de la part d'un Casadei.

— J'aime beaucoup la vue que l'on a sur la Seine, c'est pour cela que j'ai choisi cet appartement.

Elle le déchargea du verre de vin blanc qu'il lui tendait et hocha la tête en contemplant le liquide d'un beau jaune de paille.

— Mais asseyons-nous, Léono... Mrs Morrison. J'ai beaucoup de mal avec le formalisme des Français. Je préfère l'habitude américaine qui consiste à utiliser très vite les prénoms.

— Il ne s'agit pas de formalisme.

— Ah bon ? demanda-t-il, supputant qu'elle lui réservait une vacherie.

Même pas, juste une réponse efficace.

— Non, il s'agit davantage d'un code qui permet d'indiquer le degré de cordialité et d'intimité que l'on souhaite atteindre. On ne devient pas ami juste parce que l'on appelle les gens par leur prénom.

— Bien... c'est ce que je pensais.

S'il espérait qu'elle le pousserait à s'expliquer, il fut déçu. Au lieu de cela, Léonora entra dans le vif du sujet, la raison de son appel.

— Étant donné vos liens avec Marie, il m'a semblé... préférable de vous tenir informé. J'ai donc revu l'inspecteur divisionnaire Raymond pour lui confier certains éléments que j'ai retrouvés dans l'appartement de ma fille.

— Lesquels ?

Léonora lui parla de l'insigne, de la liste, du message tronqué par l'assassin pour faire croire à une lettre-testament, passant sous silence les lentilles et le paquet de photographies.

Casadei posa la question qui l'obsédait depuis un moment :

— Et vous avez découvert ces... indices après notre rencontre ?

— Non... la plupart étaient déjà en ma possession.

— Donc vous m'avez menti, ce soir-là.

— Absolument. Pourquoi pas ?

Il eut un petit rire acide et rétorqua :

— En effet... Si on pose le problème de cette façon... pourquoi pas ?

Il se leva plus brusquement qu'il ne l'aurait souhaité. Soudain, ce jeu du chat et de la souris qui l'aurait amusé avec une autre partenaire, opposante, lui devenait intolérable. Il proposa :

— Nous passons à table ?

Elle se leva à son tour, sans un mot, et se dirigea vers la chaise qu'il lui indiquait d'un geste de la main. Elle s'installa et expliqua d'une voix calme :

— Voyez-vous, monsieur Casadei, je n'ai jamais cru au suicide de ma fille... En fait, le cataclysme m'a assommée durant des jours, et je n'étais plus capable de mettre mes pensées en ordre. Le cataclysme s'est incrusté mais je me suis adaptée. Quelqu'un a tué Marie – je devrais dire massacré – et je sais qu'il s'agit d'un homme. Je cherche cet homme et je vais le trouver.

— Et s'il vous trouvait d'abord ?

— Mais... ce serait idéal, plus rapide. Au demeurant, je fais tout ce qui est en mon pouvoir pour être la plus visible possible.

Il hésita entre une fureur folle et une ironie mordante. Espérant que la seconde l'humilierait, il lâcha en riant :

— Ah... nous y voilà. Je fais partie de votre liste de suspects, d'où votre venue. Cela étant... cette stratégie n'est pas très futée.

Son ton sec, presque menaçant, fit se redresser Léonora sur sa chaise :

— Vraiment ?

— Certes. Si je suis le tueur, je pourrais en profiter pour me débarrasser de vous.

Elle pouffa derrière sa main et demanda :

— Ah oui... Et on la jouerait comment ?

Il lutta contre la colère qu'il sentait monter en lui. Pas vraiment le moment :

— À vrai dire, je ne sais pas trop. La mère désespérée, déboussolée qui vient se trancher les veines dans la baignoire de l'appartement de l'ex-amant de sa fille ou qui tombe malencontreusement par la baie vitrée de son appartement ? Avouez que ça fait désordre. Reprenons : Raymond est donc certain que Marie a été assassinée, selon un plan prémédité avec soin. Votre cadavre deviendrait la meilleure désignation du tueur. Vous vous êtes trop rapprochée de lui, il a pété un plomb et il vous descend... C'est bien cela ? Notre bon inspecteur ne pourrait pas rêver mieux... Vous non plus, avouez. Et je suis certain que vous me feriez l'amitié de ne pas vous défendre au-delà du raisonnable...

Une épouvantable tristesse s'abattit sur Casadei. Était-elle morte de l'intérieur, morte à toute autre possibilité, même lointaine ? Il insista dans un murmure :

— Vous iriez jusque-là, n'est-ce pas ?

Elle lui sourit, avec gentillesse :

— Sans l'ombre d'une hésitation. Servez-moi un autre verre de vin... Ça pouvait marcher.

— Si j'avais été le tueur. Et un tueur pas trop futé.

*

* *

Marie, Marie, arrivons-nous enfin ? Te souviens-tu ? Lorsque nous partions en voyage. Deux minutes après le départ, tu commençais à me harceler de la même question : maman, quand est-ce qu'on y est ? C'est encore loin ?

Quand arrivons-nous Marie, est-ce encore loin ?

*

* *

Elle le fixait, ailleurs. Un détail frappa Francis Casadei, qui changea brutalement de sujet parce que cette conversation lui devenait blessante :

— Je ne me souvenais pas que vous aviez les yeux si bleus et pourtant, Dieu qu'ils sont bleus.

— Je porte des lentilles, j'ai égaré mes lunettes.

— Les lentilles bleues de Marie ? Bleu sur bleu saphir ?

Après tout, les déductions qu'elle avait tirées des lentilles de sa fille n'étaient-elles pas extravagantes ? Le meurtrier n'y avait-il pas vu une feinte de plus, censée égarer la police ? La jeune femme saoule, désespérée, à laquelle il voulait faire croire, se serait-elle préoccupée d'un tel détail ? Auquel cas, Casadei et Balin se qualifiaient toujours. Non. Cette dernière hypothèse était inepte. Marie avait été vidée de son sang entre minuit et deux heures du matin. Elle était seule chez elle avant l'arrivée du meurtrier. Sans doute prête à se mettre au lit. Si elle n'avait attendu personne, elle aurait déjà enlevé ses lentilles. Peut-être même les avait-elle replacées avant d'ouvrir à son meurtrier. Auquel cas, celui-ci ignorait qu'elle en portait et la coquetterie de Marie l'avait emporté sur sa fatigue. Auquel cas... Marie ne se méfiait absolument pas de lui.

Léonora avala le contenu de son verre d'un trait, luttant contre sa subite envie de fuir cet appartement, cet homme, la honte qu'il avait fait monter chez elle. Elle ne voulait pas de cette honte, pas de cette honnêteté gratuite qui dit qu'on a blessé quelqu'un sans motif recevable et que c'est mal.

— Ça ne va pas ?

— Juste un accès de fatigue. Je... je crois que je vais devoir écourter notre dîner, monsieur Casadei. J'espère que vous voudrez bien me le pardonner. Je ne me sens pas très bien. La tête me tourne.

Elle déchiffra une véritable incompréhension, une sorte de crainte et d'incertitude sur le front de l'homme qui la regardait, dans son regard bleu gris.

Paris, France, jeudi

Elle hésita. Quoi ? Dissimuler une arme, un couteau de cuisine, une paire de ciseaux ? Non. Quel intérêt ? Quelle importance ?

*
* *

Mon ange, tout se termine, ma Marie. À moins que je ne me sois gravement trompée, les noms de ma liste sont biffés jusqu'au dernier. Quel soulagement, chérie. J'attends. Attends un peu avec moi, ma Marie. Après, il faudra que tu partes. Pas trop longtemps. Juste quelques instants. Je ne veux pas que tu voies ces quelques minutes, quelles qu'elles soient. Promets. En revanche, ensuite, il faudra que tu reviennes où que ce moment m'ait entraînée. Promets.

*
* *

Il avait fallu une petite nuit, une nuit de calme et tenace insomnie. C'est bien l'insomnie lorsqu'elle se tend d'une volonté. Rien à voir avec ces affreux moments de fuite du sommeil où s'entrecroisent et se ressassent d'ineptes questions, d'indestructibles et malveillants souvenirs.

Il avait fallu accepter de voir. Accepter d'atteindre cette fin qu'elle espérait tant tout en la redoutant. Peut-être s'était-elle terriblement menti, avec le brio qu'elle savait déployer pour la tromperie ? Toujours était-il qu'elle avait fini par se convaincre qu'elle œuvrait pour rejoindre la fin, l'issue. Mais c'était si inexact. La raison de cette dérobade inconsciente était d'une ahurissante simplicité : l'issue collait à Léonora une trouille bleue parce qu'elle percevait qu'il n'existerait plus rien derrière, plus de but, plus de tension, plus de rage. Peut-être même pas l'amer soulagement du néant, juste le vide de sa vie aspirée de tout par le départ de Marie.

Quelle idiote de s'être fait gober qu'elle pouvait rester indécise au milieu de la porte. La pénombre nocturne, le ronronnement régulier et anesthésiant de Monsieur Tom avaient contraint Léonora à rejeter sa cécité. Elle avait avancé d'un pas, franchisant le chambranle de son amnésie partielle et elle avait vu.

*

* *

Un petit jeune homme au bord des sanglots, se précipitant vers elle dans cette chapelle. Il lui avait tendu une carte de visite en bafouillant :

— ... j'hésitais parce que... euh... Marie ne vous ressemblait pas... je veux dire physiquement, enfin de loin. Il fallait que je m'approche pour retrouver quelque chose... cette façon de plisser le front, son...

Son regard. N'est-ce pas ?

Casadei et Balin, non qu'elle eût envisagé très longtemps la candidature meurtrière de ce dernier, savaient tous les deux que Marie dissimulait le joli noisette mordoré de ses yeux derrière des lentilles de contact.

Balin, un peu plus tard, se souvenant d'une aigreur attristée de Marie : « C'est monstrueux ce que l'on peut se planter sur le compte des gens... même lorsqu'on est plutôt du genre méfiant. » Le rédacteur en chef de *Urban-Classique* avait même précisé : « À la réflexion, je suis certain qu'il s'agissait de l'enquête que menait Marie, et de quelque chose de personnel. »

Léonora savait enfin : sa fille ne parlait pas de Casadei. Marie était trop rectiligne, trop pure encore, trop fragile aussi, pour tolérer la déception de l'amour. Si le beau Francis l'avait ulcérée de la sorte, elle l'aurait jeté dans l'heure, en dépit de la peine hérissée qu'elle se préparait.

Qu'avait-elle compris de « l'autre » ce jour-là ? De celui qui allait la tuer.

Pas assez, elle n'avait pas assez compris.

Elle n'avait pas assez relevé les oreilles, la queue et découvert les babines. Elle n'avait pas assez foncé en dissimulant sa peur.

Mais sa mère était là maintenant.

Il n'en demeurait qu'un sur la liste. Marc. Marc Lemoine, le gentil jeune homme en larmes.

Quels liens possédait-il avec l'enquête que poursuivait sa fille ? Avait-il agi seul ou commandité ? Si tel était le cas, qui étaient les commanditaires ? Avait-il été contacté par ces gens après avoir rencontré Marie ou piloté pour se rapprocher d'elle ? La panique le poussait-elle à pister les faits et gestes de la mère de Marie d'où sa proposition d'aide ?

La réponse à ces questions était-elle véritablement importante maintenant ? Non. Vraiment pas. Maintenant, il suffisait juste d'attendre encore un peu.

Car maintenant, elle était là.

*

* *

Léonora se servit un long verre de vin et s'affala sur le canapé. Étrange ce calme infini. Elle avait la sensation d'être sortie d'elle-même, de survoler l'enveloppe d'une femme qui était-elle mais qu'elle avait momentanément abandonnée.

Il était mignon comme tout le tueur de Marie, lorsqu'elle ouvrit la porte une demi-heure plus tard. Ses cheveux châtain clair étaient encore humides. De quoi ? D'une douche rapide prise juste avant de venir ou de trouille ?

Elle se vit lui tendre la main et lui sourire. Elle s'entendit proposer :

— Entrez, Marc, merci d'être venu.

Il sembla hésiter puis se rapprocha d'elle pour la serrer contre lui. Il était si tiède, si tendre le corps du petit jeune homme contre son ventre, ses seins.

Il murmura :

— Non... j'attendais ou plutôt, j'espérais votre appel. Je n'arrête pas de penser à Marie... je... c'est nul ce que je vais vous avouer mais... je me dis que... elle aurait vite fait le tour de ce mec, Casadei, qu'elle se serait rendu compte à quel point je tenais à elle... Que, peut-être, elle me serait revenue. C'est débile, n'est-ce pas ?

— Non.

Non, ce n'était pas débile. Sale, laid, maudit. Pas débile. Vite. En finir très vite maintenant. Ne pas lui permettre d'autres laideurs. Marie attendait, quelque part. Léonora ne voulait pas qu'elle soit témoin de cette hideur.

Il enchaîna :

— La police a donc rouvert le dossier ? Sur quelles bases ?

— Des éléments très convaincants que j'ai retrouvés dans l'appartement. Cachés.

— Cachés ?

— Oui, mais cachés comme Marie savait le faire. Comme je le lui ai appris. C'était donc facile pour moi, pas pour le meurtrier.

— Se sentait-elle menacée ? C'est cette enquête qu'elle avait entreprise, n'est-ce pas ? Bordel, j'ai tant insisté pour qu'elle lâche le morceau ! Je le sentais. Mais elle était si obstinée.

— Comme moi. Je suis très obstinée. J'y ai toujours vu une vertu. Non... elle ne se sentait pas particulièrement menacée. Pas assez.

Il se laissa aller sur le canapé de daim et se plia vers la table basse :

— Merde... quel épouvantable chagrin.

Il pleurait. Sur qui ? Sur lui, son acte, son futur ou sur Marie ? Quelle importance. Le passé ne se défait pas, au mieux il se supporte ou bien il vous détruit.

— Au-delà, Marc... c'est au-delà de l'épouvante. On pense à des choses étranges quand votre univers éclate de la sorte. Je me suis souvenue d'une phrase que vous m'avez dite, le jour de la crémation. Étrange, parce que je ne crois pas me souvenir de beaucoup d'autres choses.

— Vraiment ? J'étais tellement choqué. Affolé à l'idée que j'allais fondre en larmes devant vous.

— Je l'ai senti. Vous avez dit un truc comme : « Marie ne vous ressemblait pas physiquement... Il fallait que je m'approche... » Vous parliez de nos yeux, n'est-ce pas ?

Il parut surpris mais sourit en essuyant d'un geste machinal les larmes qui se formaient au bord de ses paupières :

— C'est vrai. Rien, ni la taille, ni la silhouette, ni surtout les cheveux. Mais les yeux. Vous avez les mêmes yeux. Des yeux de lac, on s'y noierait.

Léonora baissa la tête et exhala, bouche ouverte. Elle murmura enfin, d'une voix si douce :

— Marie portait des lentilles bleues. Elle avait les yeux noisette. Le meurtrier l'ignorait. Marie était si coquette, mais vous l'avez connue peu de temps... (Elle releva le front, le fixant, repêchant les mots si loin qu'ils lui parvenaient en pointillé :) Comment... comment fait-on pour... taillader les veines... d'une femme avec laquelle... on a partagé l'amour ? (Elle gloussa)... Car elle n'enlevait pas... ses lentilles dans ces... moments-là... j'en suis certaine. Elle voulait voir... l'autre corps... au travers de ses iris bleus. (Elle dut reprendre lentement sa respiration pour poursuivre.) Comment... parvient-on... à la droguer... à la saouler... à lui pousser... la tête sous l'eau... jusqu'à... ce qu'elle se vide... de son sang... ? Cette femme qu'on a embrassée... qu'on a pénétrée... qui s'est ouverte sans réticence ? Où... trouve-t-on ensuite l'énergie d'appliquer ses doigts... sur le manche d'un couteau... qu'on a dû d'abord nettoyer, de modifier son ordinateur... d'intervertir les photos, de vider les tiroirs de son bureau ? Jusqu'où parvient-on à tomber... pour trouver l'idée de semer des pilules de stupéfiants dont le but est de... l'incriminer ? Dites-moi... Marc ?

Un sanglot secoua Marc et sa tête bascula vers l'avant. Léonora crut l'entendre geindre, mais elle n'en était pas certaine. Elle était trop loin de son cerveau.

L'homme se crispa avant de se lever en titubant pour fouiller dans le sac à dos posé sur le canapé. Léonora songea : à la recherche de quoi ? Une arme ou un mouchoir. Rien à foutre. La fin était enfin là.

Il brandit un revolver d'une main si mal assurée qu'elle fit l'effort d'expliquer :

— Posez cette arme, Marc... C'est fini, pourtant, il n'est pas encore tout à fait trop tard pour vous. Ne gâchez pas cette faible issue de secours.

La main du jeune homme trembla et ses yeux se remplirent de larmes.

— Oh... Léonora ! Si vous saviez, si vous saviez ce calvaire. Je n'arrête pas de penser à elle. Je me suis laissé piéger dans ce truc... tant de fric à la clef, tant d'années de galère aussi. Je vous jure que je pensais qu'il s'agirait seulement de surveiller Marie, les progrès de son enquête. Enfin, merde, c'était pas grave, quand même ! Pas très élégant, mais pas grave. C'est eux qui m'ont forcé à cela. Je... je ne sais pas quoi faire... je me réveille la nuit et je pense à ses yeux, si bleus... À Marie... Elle a ouvert une dernière fois les yeux et...

La panique lui fit baisser les paupières et fonça de sueur la racine de ses cheveux. Il haleta :

— Et puis, quand je vous ai vue à la crémation, lorsque vous m'avez regardé sans me voir, c'était comme si les yeux de Marie étaient revenus... Je ne voulais pas, je vous jure que je ne voulais pas cela.

Elle était si obstinée. J'ai essayé de la décourager, de la dissuader de poursuivre, mais elle ne voulait rien entendre. Je ne pouvais plus m'en sortir... Les autres me poussaient... vous ne les connaissez pas, Léonora, ce sont des tueurs... Ils m'auraient buté sans la moindre hésitation... je ne suis qu'un pion interchangeable pour eux.

*

* *

Marie, va-t'en. Marie je vais mourir si tu restes, si tu deviens ce témoin-là. Marie, je le hais tant.

*

* *

Elle mentit sans même s'en rendre compte, tendre et triste :

— Je sais, Marc... Donnez-moi cette arme. Il faut arrêter les dégâts. Maintenant.

Il ne sembla pas l'entendre et poursuivit :

— J'ai tellement voulu persuader Marie qu'elle devait abandonner cette enquête. J'ai d'abord essayé de la convaincre qu'elle était partie sur une fausse piste, une voie de garage. Ils m'avaient payé pour cela. Ensuite, j'ai voulu lui faire peur, lui rentrer dans le crâne qu'elle s'attaquait à trop dangereux, qu'elle risquait de graves ennuis. Rien n'y a fait. Il fallait qu'elle poursuive ses investigations. Elle n'arrêtait pas de parler de ce foutu prix de journalistes, de votre fierté, de tout ce que cela représentait pour elle. Mais merde, pourquoi n'a-t-elle pas senti ? Il y a tant d'enjeux... Des intérêts que ni vous ni moi ne pouvons comprendre... Merde, pourquoi Marie s'est-elle acharnée ?

Léonora était encore trop distante de la scène dont elle était une des deux protagonistes pour formuler une quelconque question. Elle songea juste : « Quelle importance, Marc ? Ce ne sont pas "eux" qui ont tué son corps, le corps de ma fille. C'est toi. Contre de l'argent. De l'argent pour toi, pour le confort de TA vie. Et tu lui en veux. Tu lui en veux tant de tes remords. » Elle s'entendit répéter d'un ton toujours aussi doux :

— Je sais, Marc, je l'ai compris. Donnez-moi cette arme, elle ne sert qu'à tout aggraver. Vous pouvez encore... je ne sais pas... Mais je sens qu'il n'est pas tout à fait trop tard pour vous.

— Ah mon Dieu... Je vous en prie, dites-moi... Dites-moi que vous me haïssez mais que vous pourrez un jour me pardonner.

— Ne me demandez pas cela maintenant. Je fais un effort colossal pour oublier durant quelques secondes que Marie est morte. Je ne peux rien d'autre. Donnez-moi cette arme avant que Marie me revienne parce qu'alors, il sera vraiment trop tard.

Le jeune homme se plia sur lui-même, étouffant dans une quinte de sanglots. Il balbutia encore :

— Pardonnez-moi, Léonora, je vous en supplie.

Elle avança vers lui et le serra contre elle, dépliant sans hâte ses doigts crispés autour de la crosse. Elle le sentit se détendre, elle sentit sa peur s'apaiser, et plaqua de sa main libre la tête du jeune homme contre son épaule. Il se laissa aller dans un soupir haché.

*

* *

La baignoire...

Les mains de Marc enfonçant le corps mince de son bébé.

La baignoire alors que Marie n'était pas encore morte, alors qu'elle se vidait de son sang, assommée par la contention chimique qu'il l'avait contrainte d'avaler, saoule contre sa volonté, mais consciente jusqu'au bout, consciente qu'elle ne pouvait plus lutter.

Le sang lourd, rouge qui colorait progressivement l'eau.

Combien de temps ?

*

* *

Elle appuya sur la détente. La détonation fit sursauter le corps qu'elle maintenait contre elle. Il leva la tête et la fixa, incrédule. Elle murmura contre sa joue :

— Regarde mes yeux... Ce ne sont pas ceux de Marie. Ceux de Marie étaient doux, ils pouvaient encore croire. Pas les miens. Vois-tu. Les vois-tu ? Je ne peux plus te pardonner... Tu ne m'as rien laissé à donner.

Elle sentit la plaie de la poitrine de l'homme s'ouvrir contre elle, se déverser sur son pull, sur sa peau, mais le retint encore un peu avant de le laisser couler au sol. Il tenta de freiner sa chute en se raccrochant à ses jambes, elle s'écarta d'un pas, avant de se pencher vers le corps qui mourait.

Le sang de quelqu'un maculait ses seins et son ventre. Juste là où l'on avait déposé Marie à son premier cri, juste là où elle avait respiré seule pour la première fois.

Léonora s'agenouilla à côté du jeune homme dont la vie fuyait et souleva sa main pour en envelopper la crosse de l'arme. Elle l'avait lu un jour... la poudre sur les doigts. Normalement, elle ne devait pas mourir. Dans le cas contraire, quelle importance ? L'importance d'un instant, rien de plus.

*

* *

Dors Marie, dors un peu, mon bébé. Ne regarde pas. Ça ne me fera pas mal. Dors. N'aie pas peur, je n'ai plus peur.

*

* *

La seconde détonation la surprit presque. L'explosion des tissus, des muscles, des vaisseaux que le projectile tiré à bout touchant arrachait, la fit vaciller sur le corps de Marc. Un filet de salive lui trempa le menton. Léonora lutta contre l'évanouissement. Ne pas crier, ce n'était rien. Son bébé avait déjà enduré tout le mal, toute la souffrance. Ce n'était rien du tout... Ça allait passer ou demeurer, rien à foutre.

Elle se mordit les lèvres au sang pour ne pas basculer dans l'inconscience.

Quelqu'un venait de mourir, quelqu'un venait d'être contraint d'abandonner l'espace qu'il occupait entre elle et Marie, les empêchant de se rejoindre tout à fait.

La fin de l'enfer. Le début d'une immense douleur calme et permanente, qu'elle souhaitait depuis si longtemps. Une douleur peuplée de l'inconsolable manque de Marie. Des plus beaux moments de Marie. Une douleur... aimante.

La trace humide d'un baiser si ancien au creux de sa main. Un soupir, bouche ouverte.

Un truc très doux, très réconfortant sortit d'elle, paisiblement. Une humidité tiède et pourpre. Une pénombre soudaine. Elle s'écroula.

*

* *

Je viens peut-être, mon ange. Je veux venir. C'est si tranquille maintenant. Un long voyage si paisible.

Paris, France, lundi,
dix jours plus tard

Raymond reposa le dossier. L'affaire lui échappait, du reste, elle concernait surtout les Américains.

Il n'avait pas été long à comprendre la devinette posée par la liste que lui avait remise Mme Morrison-Louvier. Des numéros de compte, des dates d'ordre de virement, des sommes, assez faramineuses pour la plupart. Les IBAN[1] lui avaient permis de localiser sans peine la provenance de ces virements : les îles Caïmans, comme Raymond s'y attendait. Leurs véritables expéditeurs et les destinataires seraient beaucoup plus difficiles à identifier, pour ne pas dire impossibles. Une cascade de raisons sociales, de compagnies écran, de boîtes postales dont les détenteurs se perdaient dans la nébuleuse de la finance internationale, dans ses ramifications planétaires. À la moindre alerte, des sommes folles transiteraient, dans l'instant, d'un bout à l'autre de la Terre. Quelques touches de clavier d'ordinateur, rien d'autre. Les mémoires informatiques seraient ensuite effacées, le souvenir des transactions conservé sur des CD confidentiels. Imparable, comme à l'accoutumée.

1. International bank account numbers.

Raymond avait ensuite, ainsi que l'exigeait la procédure interne, alerté le procureur par procès-verbal de renseignements, ce dernier avait saisi le juge d'instruction chargé d'ouvrir une information pour blanchiment d'argent. La brigade financière du SRPJ était maintenant sur le coup, ainsi qu'Interpol chargé des démarches et des contacts, toujours délicats, avec les flics américains. Le FBI, surtout.

Pourtant, le soulagement le disputait à une vague inquiétude chez Raymond. Merde... Elle aurait pu claquer d'une hémorragie hépatique, elle était passée à un cheveu. Une semaine d'hôpital. Une minuscule semaine parce que le chirurgien n'avait pu la contraindre à demeurer davantage. Folle, il fallait être une vraie dingue pour se jeter sur l'arme brandie par un mec qui avait déjà tué. C'est le premier meurtre qui compte. Les autres suivent, pâles répétitions de la disparition d'un tabou ou d'une simple crainte de la punition.

Après l'ouverture d'une information, Léonora avait été mise en examen pour homicide avec légitime défense. L'instruction suivait son cours, rapide dans ce cas puisque nul ne doutait de la légitimité de cette défense, laquelle lui avait permis de sauver sa peau. Elle pourrait retourner aux États-Unis en attendant l'ultime convocation du juge d'instruction.

*
* *

Une étrange émotion, lointaine, presque oubliée, lui venait lorsqu'il pensait à elle. Une émotion dont il se défendait parce qu'elle l'affaiblissait, le rendant presque tendre. Il tenait à oublier cette tendresse :

l'éternelle fascination pour la mère, la femelle. Celle que ne parvient plus à faire réfléchir, à effrayer, d'une arme ou d'un peloton d'exécution, d'un tremblement de terre ou même de l'autorité des lois et des hommes. L'Histoire en est si peuplée qu'on a tendance à les généraliser. Elles sont belles, féroces et si vulnérables qu'on souhaite jusqu'à la déraison qu'elles existent dans votre propre vie. C'est magique, inadapté, ce terme de « femelle », si peu cohérent avec notre monde économe et pétochard, prudent et frileux, calculateur et respectueux du pouvoir des plus forts.

*

* *

Ah merde, presque huit heures. Un dîner familial l'attendait. Son père médecin spécialiste, sa mère architecte et grosse propriétaire terrienne picarde, son frère aîné, médecin spécialiste lui aussi, recevaient. Le glorieux trio familial puisqu'il en faisait à peine partie, sauf comme invité d'office... Lui le vilain canard, le petit flic besogneux. Curieux comme dès l'âge de trois ans, il avait compris qu'il n'était que cela, un vilain canard sans gros espoir de muter un jour en cygne majestueux, déjà un petit flic besogneux... ou petit juriste ou plombier ou banquier besogneux.

Qu'est-ce qui faisait que ces trois-là s'étaient senti de la même race ? Qu'est-ce qui faisait qu'ils l'avaient flairé, lui, comme extérieur ? Oh, ils avaient toujours été très sympas avec lui, faisant de gros efforts pour paraître intéressés par sa vie. Tous les trois.

Allez Raymond, lève-toi, on y va. Quoi ? Tu as ramené des bons points, tout le monde s'en cognait et à quarante ans tu découvres qu'on ne force pas l'amour, qu'il existe ou qu'il n'est pas, ce sera jamais ? Pauvre pomme, tu ne vas pas en chier une pendule, quand même ? Ça non plus, ça ne servirait à rien. D'accord... d'accord, cette femme éblouissante t'a filé un méga coup de blues parce que tu as senti en elle tout ce que tu avais espéré durant toute ton enfance, plus tard aussi, sans l'obtenir. La capacité à l'amour fou, féroce, sacrificiel que l'on accorde de façon générique aux mères – parce que la fable est si jolie et qu'elle nous rassure tous. Pourtant, relativement peu portent la femelle en elle, les femelles de notre espèce. Oui, mais celles-là vont jusqu'au bout. Alors, que dure la fable puisqu'elle nous aide à vivre et à supporter le reste.

Un sourire de minuscule triomphe lui vint comme il enfilait son imperméable : il était quand même parvenu à les emmerder, ce jour-là. Les trois de la race qui n'était pas la sienne. Surtout sa mère. Le jour où il avait décidé d'abandonner le « Loret » de son double nom sous prétexte de simplification. Agacée, sa mère avait commenté : « Enfin, Raymond-Loret, je ne vois pas où se trouve la difficulté ! Raymond tout seul, ça fait quand même... peuple, non ? », oubliant qu'il s'agissait du nom de son mari avant qu'elle y accole le sien.

Boutonnant son vêtement, il glousse. Pathétique vengeance, Raymond... Certes, mon gars, mais on a celles de ses moyens.

Paris, France, mardi

Tout était prêt. Demain, un taxi passerait la prendre à dix heures et elle décollerait pour rejoindre la côte est, en attendant la convocation du juge d'instruction. L'instruction à proprement parler était terminée, et on lui avait épargné un contrôle judiciaire. Le reste ne semblait plus qu'une dernière formalité.

Monsieur Tom tournait depuis un moment autour de la jolie cage-litière de voyage, vert lichen et rose fluo, qu'elle venait de lui offrir. Le vieux matou tentait d'y pénétrer pour pousser son inspection de cette chose nouvelle et étonnante. Certes, dès demain, lorsqu'elle voudrait l'y installer, il résisterait et se sauverait. Les chats ont un génie particulier pour la contradiction et la rébellion.

Sa blessure ne la faisait presque plus souffrir. La cicatrice était assez large, les chairs explosées et la peau dilacérée sous la violence de l'impact ayant nécessité l'ablation d'une conséquente bande de tissus cutanés et sous-cutanés. Léonora s'en voulait de la complaisance avec laquelle elle s'était remise.

*

* *

Francis Casadei avait téléphoné un peu plus tôt, la priant puis, devant son refus, exigeant de la revoir quelques minutes avant son départ. La conversation téléphonique avait été houleuse. Léonora lui en voulait. Tant et de tant de choses. D'avoir trompé Marie, de l'avoir abusée, elle.

Raymond avait levé le voile, juste après sa sortie de l'hôpital, sans même s'en rendre tout à fait compte :

— Madame Morrison, mon implication dans cette enquête s'arrêtait à la découverte de l'identité du tueur de votre fille. Vous l'avez trouvé avant nous... dommage pour lui, mais, pour être franc, je n'en ferai pas une maladie.

Léonora l'avait fixé, attentive, un peu attendrie aussi par le curieux mélange de gêne et de sympathie qu'elle avait perçu chez lui. Il avait été un outil, une menace aussi. Il redevenait un homme, mais il l'ignorait. Il avait poursuivi :

— Le reste concerne des sphères qui me dépassent très largement. Les brigades financières. Pour ne rien vous cacher, j'en suis assez soulagé. C'est d'une telle complexité ces circuits, un vrai casse-gueule. Marie avait levé une piste... un serpent de mer, mais vous savez tout cela depuis votre mise en examen. Au demeurant, il semble que cette affaire soit surtout du ressort des Américains. Casadei a déjà dû récupérer le dossier auprès d'Interpol.

Il avait fallu à Léonora quelques fractions de seconde pour que la dernière phrase de l'inspecteur divisionnaire prenne un sens :

— Francis Casadei ?

— Oui... Notre bon ami se révèle être un superagent du FBI... côté magouillages financiers d'envergure planétaire... doublé d'un redoutable comédien.

Fort heureusement, la surprise avait rendu Léonora muette, faisant avorter la bordée d'injures qui lui montait dans la gorge.

Raymond l'avait raccompagnée jusqu'à la sortie du commissariat après quelques commentaires acerbes sur la duplicité de Casadei.

Lorsqu'il lui avait serré la main, il avait pris une inspiration. Elle lui avait souri dans les yeux, sachant déjà qu'il ne dirait pas les mots, parce qu'il s'agissait de mots de cordialité, peut-être même d'amitié et qu'il s'y sentait étranger, faute d'habitude. La rencontre de leurs paumes s'était prolongée, juste un peu, et Léonora avait été certaine qu'il était satisfait, soulagé, de l'absence de poursuites vindicatives contre elle.

Francis Casadei sonna à l'interphone, à quatorze heures précises, comme prévu.

Il portait une chemise en épais coton bleu sur laquelle il avait jeté un sweat-shirt d'un bleu plus soutenu. Un jean et des baskets montantes complétaient ce tableau urbain mais décontracté.

Elle ne le salua pas, le devançant dans le salon sans un mot. Embarrassé, il jeta :

— Je suis passé voir Raymond ce matin... pour régler deux ou trois petites choses. Il m'a informé de... votre conversation.

— Ah bon, répondit-elle en évitant toute note interrogative.

— Je suis certain que vous comprenez ma nécessaire discrétion... (Il embraya, de plus en plus mal à l'aise :) Au fait, mon prénom est Jon. Francis est le prénom de mon père. C'est un type bien mon père, il était coiffeur. Ma mère est d'origine allemande, elle se prénomme Claudia. Une sacrée bonne femme ! Je lui ressemble, physiquement et... je dois être à peu près aussi obstiné qu'elle, ajouta-t-il dans un sourire incertain. J'ai trois frères... plus jeunes que moi... enfin, on se suit.

— Vous m'en voyez ravie... En bloc.

Il se mordit la lèvre inférieure, et Léonora se demanda si cette jolie grimace-là avait aussi été étudiée.

— Êtes-vous odieuse avec tout le monde ou est-ce mon privilège spécifique ?

Léonora se rapprocha de lui en le détaillant avant de lâcher d'une voix dont l'extrême placidité inquiéta l'homme :

— Et la fable de cette petite croix d'or que vous portez en souvenir de cette jeune sœur tant aimée... Morte d'une leucémie... Quel affreux chagrin, c'est bien cela ? Les larmes vous montent-elles toujours aux yeux lorsque vous vous souvenez de son enterrement ?

La voix de Léonora trembla sur les derniers mots. Il vit ses mâchoires se crisper, ses narines se dilater de rage. Une gifle, poing serré, une vraie gifle de pute, le déséquilibra. Elle hurla :

— Enfoiré... Triste ordure... Un autre mensonge pour séduire Marie. Le plan dégueulasse de l'émotion familiale. Le gentil frère protecteur, désespéré, sanglotant au-dessus du cercueil de sa pauvre frangine vaincue par une affreuse maladie. La ficelle imparable avec toutes les « meufs » de la création, c'est cela ? Vous me donnez envie de vomir, Casadei... et pourtant, il m'en faut !

Elle haletait, livide, meurtrière et il restait devant elle, tétanisé, paniqué à l'idée qu'elle le détestait vraiment, irréparablement.

Elle inspira bouche ouverte à plusieurs reprises et il se contint, contint l'envie qu'il avait de se précipiter vers elle, de la prendre contre lui à l'étouffer, de la faire taire. Il entendit à peine sa voix, redevenue calme et tranchante :

— Laissez tomber, Casadei, tout de suite. Je n'ai pas envie de vous parler ou de faire plus ample connaissance. Pour tout vous dire, vous me donnez envie de hurler. Vous étiez certain depuis le début que Marie ne s'était pas suicidée. Osez prétendre le contraire ! Vous et vos stratagèmes merdiques ! Vous et vos semblables, derrière vos mensonges, vos tromperies, êtes complices de la mort de Marie. Si vous étiez intervenu plus tôt...

Il perdait pied dans son affolement, il le savait. Il jeta un pathétique :

— Sur la base de quoi ? Il existe un truc qui s'appelle la loi. Je suis un représentant de la loi, Léonora.

Venimeuse, elle contre-attaqua :

— Je m'en fous. La loi n'a jamais rien fait pour moi. En d'autres termes, je ne dois rien à la loi et je m'en tape !

— Mais merde, essayez de comprendre... Si j'avais pu supposer un seul instant que Marie était menacée, je veux dire, vraiment... J'ai un fils de neuf ans... Jacob. Il vit avec sa mère. Vous croyez que ce que vous ressentez m'est étranger ? Quoi ? J'ai utilisé Marie ? C'est vrai, madame Louvier. Mais maintenant, un peu d'honnêteté. C'est très déplaisant et ça fait mal, je sais. Au début, Marie s'est jetée à mon cou parce qu'elle pensait, elle aussi, parvenir à m'utiliser. À ses yeux, j'étais conseiller d'une banque d'affaires dont elle soupçonnait les liens avec son enquête. Le problème, c'est qu'elle est tombée amoureuse très vite.

C'est cela que vous ne me pardonnez pas ? Que votre fille ait été assez amoureuse de moi pour me croire sur parole ?

Léonora le contempla, déclarant d'une voix de lassitude :

— Je n'ai pas envie de discuter avec vous. (D'un ton maintenant tout à fait courtois et détaché, elle précisa :) Je suis désolée, je vais vous demander de partir... je dois terminer mes bagages.

Il avança et elle recula d'autant. Il se lança parce qu'il ne lui restait plus rien d'autre à tenter pour la convaincre :

— Je sais tout... je crois. La rue de la Louvière, Josefa, son mari Serge, la naissance de Marie à Paris, le départ aux États-Unis, Monsieur Alfred de Manhattan, Boston, la Combat Zone, Judith, Don. Je sais comment vous avez procédé avec l'aide de votre bonne copine. Elle rabattait les mecs intéressants et vous ferriez derrière. Une collaboration classique mais efficace. Celle qui harponne le gros poisson friqué partage avec l'autre...

Elle précisa, sans même y prêter attention :

— Nous nous sommes débrouillées avec ce que l'on nous avait laissé. La faute à qui ? En l'occurrence, Don n'a jamais eu à le regretter. (Elle eut un petit rire triste et avoua :) Puisque vous êtes si bien informé... C'est l'avantage des professionnelles, elles s'acquittent de ce pour quoi elles sont payées. Il a obtenu sa charmante épouse, bourgeoise mais drôle, jolie et aimante. Sans oublier une adorable et tendre belle-fille.

Il l'agressa, le regrettant sans pourtant parvenir à retenir l'insulte :

— En échange de fric ?

Elle se contenta de lever les sourcils avant de répondre :

— On peut le voir comme cela, en effet. Disons plutôt : en échange de confort et de sérénité.

Il biaisa parce que toute sa maîtrise le lâchait :

— Il y aurait beaucoup à dire sur cette union, mais ce n'est pas le moment. Je n'ignore rien non plus d'Enrique. Peut-être serez-vous intéressée d'apprendre que votre faux hidalgo a mal fini. Sous le couteau d'un junkie en manque, le frère d'une des pouliches de trottoir du dit Enrique.

— Et alors ? Quelle importance ?

Quelle importance ? La question si simple le bouleversa. Elle ne savait rien de l'importance cruciale de ces quelques minutes. Lui si, parce que sa vie à lui en devenait l'enjeu. Mais elle n'en avait rien à foutre de sa vie. Trop tard. Trop tard pour les faux-semblants, les jeux de rôle. Trop tard pour l'éternelle connerie de « qui garde la main, qui se déballe et se couche ».

— L'importance ? L'importance, c'est que j'ai consacré plusieurs mois de ma vie au décryptage de votre... comment dire... profil psychologique.

Elle pouffa et jeta, mi-amusée, mi-méprisante :

— Ah... la fameuse formule à la mode ! Mais je vous repose ma question : et alors ?

— Et alors ? Eh bien, je ne me souviens pas de la dernière fois où j'ai fait quelque chose d'aussi gratuit, d'aussi désespéré en quelque sorte. Je crois que je vous connais mieux que tout le monde, sauf Marie. Je vous connais aussi bien que Marie, Léonora.

Soudain mauvaise, elle pointa du doigt sur lui et siffla :

— N'ajoutez pas le blasphème à la stupidité ! (Son humeur bascula aussitôt et elle asséna :) Ah, mais c'est pire que cela... Oh quelle bêtise de votre part ! Vous vous jouez l'éternel poncif masculin : la pute au grand cœur, c'est cela ? Ouh... c'est très daté, tout cela. Quoi, les années cinquante ? Irma la Douce ? Le bon gros mac portant gourmette en or qui sirote son pastis en contemplant le port et en tapant le carton ? Daté et si invraisemblable. Grâce à Dieu, j'ai été épargnée. Au bout de quelques jours passés à arpenter les trottoirs de la Combat Zone, à cirer vos ventres, même la plus gourde des filles abandonnait son « grand cœur » sans hésitation... À défaut de quoi, elle mourait. Très vite. Il existe tant de vilaines façons de mourir de ce côté-là du monde. Avez-vous déjà vu une fille qui venait de se faire défoncer par un souteneur mécontent des gains de la journée ? Moi oui, des dizaines et des dizaines. Le reste est de la littérature, monsieur Casadei. Ne tentez pas de m'avoir à l'émotion, vous allez vous planter comme avec le reste...

Il tenta de l'interrompre d'un geste, elle feula :

— Je n'ai pas terminé. Voyez-vous, pour en revenir à ce que je disais tout à l'heure, c'est cela la loi, pour moi. Ce sont des types en uniforme qui m'ont coincée des nuits entières en taule parce que vous, vous tous, ne m'aviez rien réservé d'autre que les trottoirs pour élever ma fille... La petite Marie, celle que j'ai eue d'un violeur de la variété la plus domestique, la plus banale, et qui a bien vécu toute sa vie... merci pour lui. (Elle inspira et ses lèvres se tendirent d'un sourire.) Il faudrait vraiment que vous partiez. J'ai pas mal de choses à régler et votre présence me retarde.

— Pardon. Je vous prie de me pardonner.

— Je me fous de vos prières, monsieur Casadei. Trouvez mieux.

— Un marché ? J'ai un excellent marché à vous proposer, Léonora... Je suis convaincu que vous avez descendu Lemoine de sang-froid. Enfin, ce serait la catégorie de police : homicide volontaire. Mais, vous ignorez totalement ce qu'est le sang-froid. Ce n'est pas physiologique chez vous. Raymond est trop « normal » pour le comprendre. Non, normal n'est pas le bon mot. Raymond se coltine la merde de l'âme humaine depuis trop longtemps, comme la plupart des flics. C'est devenu leur étalon, leur principal outil d'évaluation. Les héroïsmes maudits, les sacrifices sanglants et désespérés ne font presque plus partie de leur univers. À leur décharge, ils en rencontrent fort peu. Vous vous êtes tiré une balle en plein abdomen en appliquant le revolver dans la main de Lemoine pour qu'on décèle des traces de poudre sur son épiderme. Vous étiez prête à mourir, c'est cela ? Vous vous en foutiez si c'était mourir pour Marie, mais jamais pour Marc Lemoine. Du reste, la balle est passée à un centimètre du foie, d'une hémorragie hépatique terminale. Moi, je le sais. Je le sais parce que je vous porte dans ma tête depuis si longtemps.

— C'est un chantage ?

— Non... Oh non, vraiment pas. Au demeurant, il ne fonctionnerait pas avec vous. C'est exactement ce que j'ai annoncé : un marché. Permettez-moi de vous en exposer les prémices...

*

* *

Elle vit son visage se détendre d'un sourire qu'elle ne lui connaissait pas, un sourire de larmes. Il ferma les yeux et sa tête s'inclina sur le côté. Aveugle, il avança une main vers elle :

— Je t'aime... je t'aime tant. Je t'aime à un point que tu, que je n'imagine pas. J'ai la sensation d'avoir passé les cinq dernières années de ma vie dans une série de pointillés. D'une certaine façon, je crois que tu es responsable de mon divorce. Il n'y avait plus de place pour autre chose. Je veux dire... Je veux dire, tout est devenu clair, si irréparable d'un coup. Mon mariage... J'aime beaucoup ma femme, une copine de lycée, une fille géniale...

Léonora le fixait, abrutie jusqu'au mutisme. Il murmura un ordre :

— Parle-moi.

— Vous êtes fou, malade... Comment pouvez-vous, comment osez-vous... Vous avez sauté la fille et vous souhaitez tringler la mère. C'est cela ? (Elle répéta en hurlant, poings serrés :) C'est cela ?

Il songea vaguement qu'elle allait se ruer sur lui, le frapper, le défigurer. Peut-être même l'abattre, elle en était capable, elle avait déjà tué un homme, mais elle n'avait pas d'arme à portée de la main.

Il vit le grand corps mince, si désiré, tant fantasmé trembler comme sous l'effet d'une fièvre inattendue et violente, puis se plier et couler vers le tapis. Il vit son front rejoindre ses genoux. Il entendit la quinte de sanglots qui l'étouffait et un gémissement :

— Partez, Casadei.

— Non... je ne peux pas.

— Je vous en prie, partez.

— Non... vous ne savez pas.

Il aurait voulu s'échouer à ses côtés, lui murmurer plein de trucs idiots et inutiles, rentrer dans cette terrible peine. Mais il ne le fallait pas. Parce qu'alors, il serait contraint de partir et c'était un suicide qu'il n'était pas encore prêt à accepter.

Il se traîna jusqu'au canapé, s'y affala et attendit. Il avait tout son temps. En fait, il avait à disposition le reste de sa vie. Et puisque ce reste-là ne dépendait plus que d'elle, il pouvait attendre.

Elle sanglota durant une éternité lui sembla-t-il. Perdue dans quoi ? Dans sa vie, dans Marie ? Les deux puisqu'elles étaient indissociables. Enfin, elle se redressa. Casadei demanda :

— Tu veux un verre ? Il est un peu tôt, mais c'est le moment idéal.

— Un porto. Il en reste, je crois.

Elle avait répondu avec une lenteur polie, passant à nouveau de la douleur de mémoire, du chagrin de l'amour au combat. Mais après tout, n'était-ce pas justement ce qui le subjuguait tant ? Il les servit et s'avança vers elle. Elle recula, étendant le bras, prenant garde de ne pas le frôler en récupérant son verre. Il se retourna vers le canapé et expliqua après une longue gorgée :

— Tu sais, c'est le genre de plan débile, le genre cinématographique. On regarde ça au cinéma, on adore en ce disant que c'est du pipeau mais que c'est vraiment chouette. Un bon gros mélo, une histoire d'amour irrécupérable. Sauf que, bien sûr, nous, on est raisonnables, nous, on n'y croit pas, nous, on sait que c'est du cinoche, une sorte de baume sur les plaies de nos rêves. Et puis, ça te tombe dessus. Je crois que c'est plutôt une malédiction qu'une chance...

— Écoutez... puisque vous savez maintenant tant de choses sur mon compte... je viens d'un univers dans lequel il n'existe que deux priorités : l'argent et les moyens de le gagner, la mort et les moyens de l'éviter. Marie avait gommé ce monde-là, mais Marie est morte. Cette discussion n'a donc plus d'objet...

— C'est bien dommage mais je n'ai pas fini. Bordel, j'attends ce moment depuis si longtemps, Léonora, je ne le laisserai pas filer. Je crois... Je crois qu'on n'a pas de passé, donc pas de réalité, tant que quelqu'un autour de soi n'en témoigne pas. Je suis le dernier témoin, Léonora. À ce titre, j'ai la prétention de penser que tu ne peux pas te passer de moi. Je n'ai ni demande ni revendication. (Il pouffa, au bord des larmes et acheva :) Je n'en ai pas parce que je sais que dans le cas contraire, je me ferais jeter. Qu'en dis-tu ?

Il fallut à Léonora un effort considérable pour ne pas le gifler, sangloter encore, le foutre à la porte. Mais une fatigue extrême lui tomba dessus. Elle articula avec peine :

— Je dis : « Bien. » « Acrobatique mais intéressant. » Vous avez terminé ? Excusez-moi, mais il va falloir que je vous mette dehors... Je prends l'avion demain matin et j'ai pas mal de petites choses à préparer. (Elle se radoucit d'un coup :) Pardonnez-moi... c'est juste que tout ceci est si lointain... Vous n'existez pas, plus rien n'existe.

Il avala son verre d'un trait et la fixa, blême jusqu'aux lèvres.

— C'est définitif ?

Léonora répondit d'un ton calme, sans aucune intention de le blesser :

— Je ne vous comprends pas, monsieur Casadei. Je suis désolée... Les choses ont sans doute dérapé quelque part, mais vous me concéderez que je n'en suis pas responsable. Je... oui, c'est cela, je suis désolée, mais je n'y peux rien... Je dois me préparer. Je rentre aux États-Unis.

— Marie restera toujours entre nous, n'est-ce pas ? Quoi de plus imparable ?

Elle ne saisit pas ce qu'il voulait dire. Mâchoires crispées, il sembla hésiter et elle crut qu'il allait l'insulter. Enfin, il récupéra le sweat-shirt qu'il avait abandonné sur le canapé et se dirigea vers l'entrée, en murmurant pour lui-même :

— Pauvre type !

Il se figea pourtant sur le pas de la porte et lui balança :

— Je suis... navré de vous avoir importunée avec ces bêtises, madame Louvier. Je vous souhaite un excellent voyage de retour.

— Merci, monsieur Casadei. Jon Casadei. (Léonora ajouta d'un ton gentil :) Pour... le reste... Raymond, le juge, bref le reste... faites ce qui vous semble juste, dites ce que vous devez dire... Ça n'a vraiment aucune importance.

Portland, Maine, jeudi, une semaine plus tard

Elle était belle, Judith, rougissante, nerveuse et ravie. Elle bafouilla pour la deuxième fois :

— Tu es sûre que tu ne m'en veux pas ?

Léonora abandonna le rebord de l'évier contre lequel elle s'était appuyée et se précipita vers l'amie assise à la grande table de la cuisine, bras tendus. Judith posa sa tête sur son ventre et la serra contre elle.

— Que tu es nunuche, ma jolie ! Au contraire, je suis si contente.

Judith fondit en larmes et balbutia :

— Oui, mais ça veut dire que je vais te laisser un peu, parfois. Ah non, non... je ne peux pas... pas maintenant.

— Mais tu ne seras jamais très loin, ni trop longtemps... Tu sais, je suis une grande fille.

— Oui, mais je ne peux pas... pas après Marie.

Léonora soupira, berçant d'avant en arrière la grande femme qui avait plaqué son front sous ses seins :

— Tu sais... je crois que ce n'est pas un hasard si tu es retombée amoureuse juste après... Marie... Après tant d'années de vide. La vie vit, Judith, elle s'acharne à persister parce que c'est sa fonction primordiale. C'est bien. Et même si elle est courte et qu'elle se repaît de son injustice, peut-être vaut-elle le coup qu'on s'accroche. Pourtant, parfois, ce serait tellement plus simple, moins douloureux de se laisser glisser une bonne fois pour toutes. Mais nous ne sommes pas constitués pour cela...

Le gros chagrin désordonné de Judith sembla peu à peu se calmer et Léonora plaisanta :

— Suis ta dame productrice de concerts classiques. C'est un ordre. C'est où déjà ?

— À Vancouver. Mais tu sais, je ne l'accompagnerai pas sur chacun des concerts qu'elle monte... Et puis, c'est pour une petite semaine.

— Vas-y, je te dis. (À nouveau sérieuse, presque tendue, Léonora ajouta). Ne laisse pas passer cette occasion. Un peu de lumière... on la mérite. On a tant été environnées par la pénombre, ma jolie.

— Ça m'emmerde trop de te laisser toute seule.

— Mais je ne serai pas seule. Le téléphone existe. Et puis Stanley va veiller sur moi comme un fidèle rottweiler.

Faussement agressive, Judith lâcha :

— Oui, ben qu'il n'en profite pas pour te faire du rentre-dedans, celui-là.

— Il est un peu jeune et pas du tout à mon goût...

— Tu crois qu'un jour... enfin, je veux dire...

— Non, je ne le crois pas. Tu sais, lorsque Don est mort, j'ai eu du chagrin, beaucoup, mais un chagrin si bref. Je me retrouvais veuve à quarante et un ans, et très à l'aise financièrement. Finalement, c'était ce que nous avions toujours voulu, toutes les trois. La paix qui accompagne le confort matériel. Je crois que je n'ai jamais eu l'opportunité de me demander si je pouvais tomber amoureuse. Ça n'avait pas de sens avec ma vie d'alors, nos vies. On n'aime rien dans la Combat Zone, on survit et c'est déjà énorme. Je crois que j'ai reporté toutes mes possibilités d'amour sur Marie et sur toi. Avant vous, il y avait Josefa. Ça m'allait, c'était rassurant. Je savais qu'aucune de vous ne pouvait me faire mal, même involontairement.

Léonora s'interrompit, demandant :

— Et quand pars-tu déjà ?

— Demain, en début d'après-midi.

Léonora vit son visage émacié se crisper à nouveau et posa sa main à plat sur son front :

— Non, non... On est une grande fille avec une jolie colonne vertébrale qui tient debout ! On n'est pas triste... On profite à plein d'un joli moment de vie dont on espère qu'il durera longtemps.

— Oui madame, à vos ordres, madame.

Portland, Maine,
Nora's restaurant, samedi

Léonora s'était montrée forte et décidée à Judith mais l'absence de l'amie lui pesait déjà, alors qu'elle n'était partie que de la veille.

Il était presque quinze heures et de rares clients s'attardaient encore devant un dernier café. Elle avait rejoint son bureau pour mettre à profit ces quelques heures de tranquillité et avancer un peu dans la comptabilité du restaurant.

Stanley Crumley passa la tête par l'entrebâillement de la porte et lança :

— Euh... Léonora, il y a quelqu'un qui voudrait vous parler.

— Un problème ?

— Euh, non, je ne crois pas.

Elle lui emboîta le pas jusqu'à la salle et fut un peu surprise lorsqu'il lui désigna une des tables excentrées – privilégiée par les amoureux ou les clients à la recherche d'intimité – avant de tourner les talons pour repartir vers les cuisines.

*

* *

Elle avança d'un mètre en direction de l'homme assis de dos. Casadei.

Rebrousser chemin ou continuer sa progression ? La brusque panique qui la fit hésiter la sidéra. Quoi ? Elle reculerait devant ce type ?

Elle contourna la table. Il se leva et déclara :

— Bonjour, madame Louvier. Pardonnez cette quasi-intrusion, je viens d'arriver de Paris. J'aimerais avoir une petite discussion avec vous, au sujet des affaires de Don Morrison. Pouvez-vous me consacrer quelques minutes de votre temps ?

Elle s'installa en face de lui. Stanley réapparut aussitôt, s'informant d'une éventuelle commande. Casadei repoussa la suggestion d'un :

— J'ai déjeuné sur la route, merci. Mais je prendrais bien un grand capuccino.

Léonora proposa :

— Vous devriez goûter la soupe de fruits frais. Nous la parfumons d'un léger sirop de badiane. C'est agréable avec le café.

— Eh bien entendu, merci. (Il sourit, professionnel :) Comment allez-vous, madame Louvier ?

— Aussi bien que faire se peut. Merci.

— J'en suis ravi, commenta-t-il d'un ton plat, presque cassant. Pour en revenir à Don Morrison... ?

Pourquoi l'appelait-il « madame Louvier », pourquoi évoquait-il son mari en le nommant « Don Morrison » ?

— Ce que je savais de ses affaires pourrait tenir sur un timbre poste. Mon mari n'en parlait pas. Il justifiait son manque d'enthousiasme en expliquant que « le boulot, c'est le boulot, une fois qu'on a quitté son bureau, on passe à autre chose ». Les mécanismes boursiers ou bancaires ne me fascinant pas outre mesure, je n'ai jamais insisté.

Jon Casadei tira une photo de la poche intérieure de sa veste et la posa devant Léonora.

— Connaissez-vous cet homme ?

Léonora sortit ses lunettes de la poche de son pantalon et les chaussa :

— Il s'agit de celui que j'ai déjà vu sur un autre cliché. Un de ceux que j'ai retrouvés dans la penderie de Marie. Il était en compagnie de Don. (Elle précisa, un peu étonnée par sa question :) Normalement, on a dû vous la communiquer avec le dossier.

— En effet. Vous ne l'avez donc jamais rencontré en personne ?

— Non... Je vous l'ai dit, mon mari évitait de mêler son travail à notre vie commune.

— Et pour cause, lâcha Casadei, acerbe.

— Je vous demande pardon ?

Stanley posa leurs capuccinos devant eux ainsi que la coupelle de soupe de fruits accompagnée d'une petite assiette de mignardises. Contrairement à son habitude, qui parfois agaçait Léonora, il ne s'attarda pas. Elle insista :

— Vous avez eu l'air d'insinuer quelque chose, au sujet de mon mari...

— Non, je n'insinue rien, madame Louvier. Nous avons de bonnes raisons de penser que Don Morrison était un des maillons d'un montage assez astucieux dont le but était de blanchir des fonds.

Elle le fixa, bouche entrouverte, et murmura :

— Quoi ?

La morgue agressive dont il faisait preuve depuis son arrivée sembla l'abandonner, et il se concentra sur sa boisson, jouant avec la mousse fine du capuccino du bout de sa cuiller.

— J'en suis arrivé à la conclusion que Don Morrison transférait de grosses sommes d'argent – vraiment très importantes – par l'intermédiaire de diverses compagnies écran, jusqu'à ce que ces sommes atterrissent dans des pays qui pratiquent une réglementation bancaire pour le moins floue.

— C'est une plaisanterie ?

Il leva le regard sur elle et répartit d'une voix à nouveau cinglante :

— Elle serait de très mauvais goût. La liste que vous avez confiée à Raymond en est une preuve supplémentaire. Il s'agit de numéros de comptes, d'identification de banques et de montants. Sans doute vous l'a-t-il expliqué.

Il vit son regard devenir liquide. Elle détourna légèrement le visage et gémit :

— Marie a été tuée pour cela.

— Tout juste.

— Mais... comment est-elle arrivée sur cette affaire ?

— Selon moi, Marie était un peu moins naïve que vous sur la nature des « transactions » de son beau-père ou alors quelque chose de particulier, que nous ne connaîtrons jamais, lui aura mis la puce à l'oreille.

— Elle m'en aurait parlé, nous sommes... étions si proches... enfin...

— Non, je ne le pense vraiment pas. Marie vous aimait trop. Faire de la peine à sa Léo lui était inconcevable. Je suis, au contraire, certain qu'elle se serait débrouillée jusqu'au bout pour ne pas incriminer Don Morrison de façon explicite. Selon moi, c'était même le seul argument pour lui faire abandonner son enquête. Quoi qu'il en soit, peut-être tout a-t-il commencé lorsqu'elle a déniché cet insigne ? À votre avis, pourquoi l'avait-elle dissimulé sous la photo de son beau-père ? Pourquoi pas sous la vôtre ou sous celle de Judith Arnold ? Parce qu'il s'agissait de l'insigne de Don Morrison.

— Que représentait-il ?

— Un autre écran de fumée. Un hochet pour grands garçons attardés qui jouent à refaire le monde. Les mecs adorent les clubs, les « fraternités », les appartenances diverses et variées, depuis leur association sportive jusqu'à leur parti politique, en passant par l'amicale des anciens élèves de leur bahut. Une sensation de lignée, sans doute. Don, comme d'autres, a mordu à l'hameçon du réseau, à la promesse bidon qu'on lui faisait miroiter. Elle était si bateau et au ras des pâquerettes, qu'elle avait toutes les chances de fonctionner.

— Laquelle ?

— Évidente : cet argent allait servir à créer des entreprises, à conforter la santé de notre économie, éviter que nous ne soyons débordés par des puissances émergentes et, pour certaines, moins embarrassées de réglementation. Le blabla habituel qui titille la parano de ce genre d'individus, alors même que certains utilisent à la perfection les pivots de la mondialisation... mais on n'est pas à une incohérence près. La cible des bailleurs de fond était des banquiers ou hommes d'affaires, surtout. Les recrutements les plus intéressants. Derrière tout cela se cache, comme d'habitude, énormément d'argent. De l'argent sale. La came, la prostitution, les plus gros trafics, toute la panoplie classique... Marrant comme il existe toujours des gogos pour se laisser convaincre... Bien sûr, ils palpent aussi pas mal au passage, mais au fond ce qui les porte vraiment, c'est qu'ils finissent par se convaincre qu'ils se salissent les mains pour devenir les sauveteurs de notre civilisation. Ils renaissent au monde et à la foi en lui. Foutaise ! D'un autre côté, le cynisme – et la lucidité qui va de pair – sont des plaies majeures qui ne se cicatrisent jamais. Nous le savons vous et moi.

Stanley frôla leur table et elle leva les yeux vers lui, se demandant s'il avait besoin d'elle. Mais il alla vérifier la fermeture de la porte du restaurant pour repartir vers le petit bureau.

— La mafia ?

— La ? Parce que vous croyez vraiment qu'il n'en existe qu'une ? Non, ça, c'était bon il y a encore soixante ans. L'idée a fait son chemin : l'italienne, la russe, l'albanaise, la japonaise, la chinoise, la serbe, la colombienne, la pègre en col blanc... et les autres. Plus rien à voir avec la Cosa Nostra. Je vous parle de structures beaucoup plus restreintes, labiles, très mouvantes, très adaptables, parfois même d'électrons libres ou d'associations d'une dizaine de types. C'est la rançon du progrès. Une structure lourde, rigide, est nécessairement vulnérable. Ils l'ont compris encore plus vite que les autres. Ça glisse entre les mailles des filets, impalpable. Ce monde est devenu le gigantesque échiquier des mafias de tous poils, Léonora. Du moins lorsqu'il y a du fric à faire.

Elle déglutit avec peine :

— Vous voulez dire que ma maison, ce restaurant, bref mon confort, ont été financés par l'argent du trottoir et de la came ?

Jon Casadei s'absorba dans la contemplation de sa soupe de fruits, émiettant machinalement une petite madeleine. Léonora plaida presque :

— C'est grotesque, monsieur Casadei... Don avait une fortune personnelle, familiale. Enfin... cette banque, celle qu'il dirigeait, avait été fondée par son arrière-grand-père et la famille demeurait propriétaire de la majorité des parts... je connaissais sa mère, leur demeure de Boston sur Commonwealth Avenue. De surcroît, il avait l'habitude des judicieux placements... (Une idée lui traversa l'esprit et elle enchaîna :) Si vous l'accusiez de délits d'initiés, je parviendrais à le comprendre mais cela... C'est insensé.

— Il n'existe pas de limite à la cupidité, madame Louvier. Ce n'est pas parce que l'on possède beaucoup d'argent que l'on n'en veut pas davantage.

Cette évidence la décontenança, la forçant à la contre-attaque. Elle embraya d'un ton dont elle contenait mal l'agressivité :

— Je connaissais Don. Vous me concéderez que j'ai assez frayé avec la lie de l'humanité pour flairer ses spécimens de loin. Don n'en faisait pas partie... Il était même d'une déroutante candeur.

Il la fixa, son regard bleu gris devenant intimidant :

— Il existe pas mal de moyens de s'assurer la collaboration ou du moins la cécité rémunérée de gens comme Don Morrison, madame Louvier.

*

* *

Elle ne reconnaissait plus l'homme assis en face d'elle. Son calme efficace, péremptoire, son sourire sans chaleur, juste un étirement mécanique de lèvres. Elle lui en voulait d'avoir perdu la passion désordonnée, presque adolescente, irritante, du

Casadei de France, et se reprocha aussitôt cette incohérence.

Elle dégusta une gorgée du capuccino que Stan avait posé devant elle, le trouvant trop lourd, trop amer.

Casadei poursuivit :

— Tout ce qui requiert beaucoup de capitaux, très vite est une manne pour les blanchisseurs. L'argent sale part dans des paradis monétaires et fiscaux, des endroits où personne ne se préoccupe de réglementation bancaire. Une fois là-bas, les fonds transitent entre deux ou trois banques. C'est la valse des numéros de comptes, des bailleurs. Ça revient ensuite en Europe ou chez nous, légitimé en quelques semaines, au pire quelques mois. Très supérieur – et surtout beaucoup plus rapide – à ce qui se pratiquait avant : des prêts personnels à intérêt minime à des gens qui remboursaient sur plusieurs années – et dont il n'était jamais exclu qu'ils deviennent trop bavards – ou des investissements trop risqués dans des compagnies ou des entreprises plus ou moins précaires mais peu regardantes.

— Je vendrai le restaurant, la maison... je restituerai l'argent.

Il baissa la tête vers son assiette en étouffant un petit rire ironique :

— À qui ? Don Morrison était habile homme. Si nous avions pu débusquer la moindre irrégularité dans sa comptabilité personnelle, vous vous doutez bien que nous lui serions tombés dessus avec joie ! J'ai pas mal salivé sur son yacht, le *Bonnie Dancer*... Pas de facture. Sans doute un... généreux cadeau de l'un de ses « partenaires ». Malheureusement intraçable. Marie devait le soupçonner, d'où cette photo prise avec l'espadon qu'elle avait dissimulée avec les autres... Ne soyez pas ridicule, madame Louvier... À moins de vous transformer en petite sœur des pauvres de la Combat Zone, je ne vois pas très bien l'intérêt d'une telle décision, en dépit de sa générosité. (Il hésita puis ajouta d'un ton désagréable :) Son infantilisme m'étonne, venant de vous. Car voyez-vous, c'est toute la beauté de ces géométries financières : après deux ou trois tours de passe-passe, plus personne ne sait d'où vient le fric ni où il va. Ni les banquiers des banques « propres », ni les bailleurs ultimes – ceux qui prêtent ou investissent les capitaux – ni même les *business angels* qui servent d'intermédiaires et encore moins les créateurs d'entreprises et leurs actionnaires. Il n'y a que les maillons initiaux des trafics qui savent. À moins d'indications précises, il est presque impossible de remonter les filières. C'est là que Don devait intervenir, allait intervenir. (Il avala une cuiller de sa soupe, hésitant, puis reprenant, à contre cœur :) Don allait craquer... À cause de vous, de la trouille aussi.

— De la trouille ?

— C'est une traduction lénifiante. Courtoise également.

Léonora le considéra et insista d'un ton plat :

— Et en plus... concret et moins antalgique, ça donnerait quoi ?

Casadei martyrisa avec soin un minuscule financier entre ses doigts et expliqua avec le détachement d'un conférencier :

— Un truc m'a toujours sidéré... la propension ou l'aptitude de certains êtres, bien qu'intelligents, à cloisonner leurs aveuglements. Palper beaucoup de fric, inattendu, se douter que sa source n'est pas franchement bénigne, et pourtant ne jamais s'interroger sur ce qu'elle représente : l'esclavage d'une bonne frange de l'humanité et son meurtre organisé. La came, les armes, le travail plus ou moins clandestin de gosses de six ans qui claquent comme des mouches pour gagner juste de quoi bouffer, la prostitution tous azimuts, et j'en passe. Don faisait partie de ces individus...

Les mâchoires crispées, Casadei ajouta mauvais :

— Dans la joie, le luxe de sa belle maison bostonienne, et la bonne humeur familiale... auprès de sa très jolie femme et de son adorable belle-fille.

La main de Léonora s'abattit sur la table, le faisant sursauter. Elle murmura, menaçante :

— N'allez pas trop loin, monsieur Casadei... Ni Marie ni moi n'avions rien à voir dans ces magouilles, si tant est qu'elles aient existé ! Nous ne sommes coupables de rien en la matière, même pas d'aveuglement.

Il parut sortir d'une sorte de rêve conflictuel et tendit la main vers son visage. Elle recula, se redressant sur son siège. La main de l'homme se rétracta d'un geste brusque.

— Oh mais je le sais, madame Louvier. Si j'avais formé l'ombre d'un doute, je ne serais pas ici... Vous non plus, d'ailleurs.

*

* *

Léonora aperçut Stan traversant la salle en direction des toilettes, puis revenant presque aussitôt. Elle lui lança un regard interrogateur qu'il n'intercepta pas. Elle avala une autre gorgée de son café et posa la question qu'elle retenait, admettant en son for intérieur que les différentes réponses possibles lui faisaient peur :

— Et Marie... Quand a-t-elle levé ce lièvre... Quand a-t-elle découvert que Don...

— Je n'en ai pas la moindre idée. Nous avons commencé à avoir la sensation que quelqu'un d'autre tournait autour du même panier de crabes que nous il y a un peu moins d'un an. Ainsi que je vous l'ai dit, je pense qu'elle a procédé par recoupements (il ajouta vivement, comme s'il soupçonnait les rouages de l'intelligence de cette femme de malveillance envers lui :)... Et ni moi, ni le Bureau n'avons rien à voir là-dedans ! J'ignore comment elle a pris cette fameuse photo au téléobjectif ou si elle l'a juste dénichée... Don sur les marches saluant cet homme d'un certain âge... L'homme est un Ukrainien... apparu sur la scène criminelle assez récemment. Des liens de fric avec à peu près tout ce que vous pouvez imaginer. Marie l'a-t-elle reconnu sur d'autres photos de presse ? Quelque chose lui a-t-il mis la puce à l'oreille, c'est ce que je voulais découvrir. Je n'ai pas eu le temps.

Cette allusive mention au meurtre de Marie, à leur brève liaison, aux tromperies qui avaient permis à Casadei de séduire sa fille, fit monter les larmes aux yeux de Léonora. La main de l'homme se leva encore en direction de son visage, paume offerte, puis retomba sur son set de table.

— Vous ne me le pardonnerez jamais, n'est-ce pas ? Au juste, de quoi suis-je le plus coupable à vos yeux : d'avoir menti à Marie ou de ne pas avoir réussi à la protéger... Léonora, je vous en prie... je ne me doutais pas qu'ils étaient si près, si... inquiets de ses progrès.

Elle ne répondit rien et il se laissa aller contre le dossier de sa chaise dans un soupir, en jetant sa serviette en boule sur la table.

Quelque chose de si curieux se produisit à cet instant que Léonora demeura interdite. Stanley s'approcha d'eux. Elle crut qu'il allait s'adresser à elle. Au lieu de cela, il se pencha vers Casadei et murmura à son intention :

— Un problème, Jon ?

Casadei le rassura d'un bref hochement de tête et jeta un regard à Léonora, embarrassé.

Jon. Il l'avait appelé Jon, sa véritable identité. Et pourquoi Stan semblait-il inquiet pour lui, pourquoi, depuis un moment, le voyait-elle traverser la salle de restaurant, feignant si mal l'occupation qu'elle l'avait déjà interrogé du regard, sans réponse de sa part ? Répondant au froncement de ses sourcils, Casadei lâcha :

— Stanley Langella, alias Crumley. Du FBI.

— Euh... je suis désolé, Léonora, ajouta celui-ci avec une mimique contrite avant de tourner les talons.

Devant le mutisme de la femme, Casadei crut bon justifier :

— Il fallait que je m'assure de certaines choses, d'où la nécessité d'une taupe.

Glaciale, elle commença :

— Vous m'avez fait filer, fliquer comme une criminelle...

Parce qu'il perdait pied, parce que, finalement, il n'avait pas parcouru plusieurs milliers de kilomètres pour une discussion explicative, il balança d'un ton perfide :

— À votre place, j'éviterai ce genre de terme.

Elle ferma les yeux sous le camouflet et un petit rire amer lui échappa :

— Ouh là... C'est ce que j'appelle un coup bas ! Bas et inutile. Vous parliez de cécité volontaire, tout à l'heure... J'y suis réfractaire et je le déplore...

Une affabilité commerçante remplaça aussitôt l'émotion qu'elle contenait et elle poursuivit en se levant :

— Vous avez terminé ? La soupe de fruits était-elle à votre goût ?

Elle se pencha vers lui pour desservir l'assiette à laquelle il avait à peine touché. La main de Casadei enserra son poignet.

— Lâchez-moi, monsieur Casadei.

— Non. Rasseyez-vous, je n'ai pas terminé.

Léonora tenta de se dégager de sa poigne mais il serra les doigts :

— J'ai dit : asseyez-vous.

Elle obtempéra sans hâte, sans baisser son regard si bleu. Une bouffée de panique submergea Jon Casadei. Il la perdait tout à fait. Il était en train de briser le seul lien qu'il était parvenu à maintenir entre eux, celui de l'intelligence. Restaurer ce lien, le protéger coûte que coûte, quitte à mentir ou la blesser encore. Par respect pour elle, pour lui aussi, il choisit la seconde possibilité :

— Je vous ai déjà dit que je n'avais aucun doute sur votre virginité dans cette affaire... Merde, je m'enfonce, là. Le terme est épouvantablement mal venu.

Coupante, elle rétorqua :

— Non. Je m'en tape ! Poursuivez.

— Vous vous en tapez parce qu'il vient de moi ?

Excédée, elle lâcha :

— Pour ne rien vous cacher, je n'ai ni le temps, ni surtout de goût pour ce genre de petites joutes verbales, monsieur Casadei. Venons-en au fait, poursuivez.

— Tout dans la dentelle, c'est cela, Léonora ? Bien, allons-y... Au contraire, nous avons toujours conçu pas mal de doutes sur l'origine accidentelle du décès de M. Morrison. Une perte de contrôle au volant qui tombait à pic pour ses « partenaires », surtout si on la rapproche du fait qu'il ne roulait pas très vite, sur route sèche au moment où la voiture a fait une embardée. Ajoutez à cela les remords pétochards et tardifs qui commençaient à empêcher Don de dormir. J'insiste : il s'agit de doutes, pas de certitudes, mais des doutes légitimes, logiques... D'où ma volonté de parachuter Stanley. Pas comme espion mais comme vigilant chien de garde... Je suis désolé... Tout comme je suis désolé de passer mon temps à vous assurer de combien je suis désolé.

Elle demeura quelques instants silencieuse, le regard toujours collé au sien. Pour la première fois depuis qu'il était arrivé exténué, depuis le premier mot de cette visite si cruciale qui tournait au cauchemar, il ne s'agissait pas d'un silence hostile. Il se laissa aller dans le calme de cette femme qui glissait si vite hors de sa vie. Merde, qu'allait-il faire pour la retenir ? Comment convainc-t-on la femme dont on est fou que le passé peut vraiment mourir une fois que l'on a eu le courage d'attester de son existence ? Comment explique-t-on à une Léonora Louvier que l'avenir persiste et qu'il reste à créer ? Comment, puisque lui-même n'en était certain que depuis elle ? Comment la rassurer sur son effrayant amour pour elle alors que lui-même avait la trouille ? Comment persuader Léonora qu'elle le voulait, qu'elle avait besoin de lui, Jon, alors qu'elle n'avait admis jusque-là que sa dépendance de Marie ?

*
* *

La voix étrangement paisible de Léonora le tira de la panique dans laquelle il s'enfonçait :

— Désolé ? Pourquoi ? Non, c'est moi qui tiens à vous présenter mes excuses, monsieur Casadei. Je crois qu'au fond, il était tellement plus facile de vous considérer comme l'ennemi. Ne serait-ce que parce que vous êtes en vie et... identifiable. « Cernable », si vous me permettez ce terme...

Elle eut un petit geste de la main sans agressivité pour empêcher les mots qu'il allait prononcer et conclut :

— Quant à l'accident de Don... il n'est sans doute pas ahurissant d'adhérer à votre hypothèse étant donné les circonstances.

— Elle vous blesse ?

Elle se leva, haussa les épaules et déclara :

— Pas vraiment. Il est mort, de toute façon, et depuis si longtemps dans mon esprit que... Ça ne fait pas une grande différence. De plus... Si le contenu de notre conversation s'avère exact – et vous m'avez presque convaincue –, Don est le maillon initial qui a conduit au meurtre de Marie.

Elle tendit la main vers lui et acheva :

— Je vous remercie de votre déplacement. Je vous remercie également de m'avoir affrontée. Et je réitère mes plates excuses en vous priant de les accepter. Je vous raccompagne jusqu'à votre voiture.

Un congé. Si cordial mais qui pourtant le saisit comme un raz-de-marée. Il se leva à son tour, assommé, ne songeant même pas à serrer la main qu'elle lui tendait. Il hésita, s'affolant de son incapacité à aligner deux idées suivies, et parvint juste à demander :

— Avez-vous reçu la convocation du juge d'instruction ?

— Oui, hier. La juge m'avait accordé le droit de rentrer aux États-Unis en l'attendant, à la condition que je revienne me présenter à sa demande. Suis-je bête... Vous êtes au courant, bien sûr.

— En effet... Quand rentrez-vous en France ?

— Je ne « rentre » pas en France. On « rentre » chez soi, et chez moi, c'est ici. J'y retourne pour quelques jours, le temps de cette nouvelle présentation.

— Qu'elle vous ait autorisée à quitter le territoire français prouve qu'elle est certaine de votre innocence, enfin, je veux dire... qu'elle croit à la légitime défense.

— C'est ce que m'a expliqué l'avocat. Et vous, repartez-vous pour la France ?

Était-elle seulement intéressée ? Casadei n'en était pas certain. Bordel... son métier consistait précisément à percer les secrets de la tête des autres, à les contourner, les biaiser, mais l'esprit de cette femme restait un mystère, le seul qu'il eut encore envie de comprendre. Adoptant le même débit civil qu'elle, il précisa :

— Mon travail là-bas est terminé. Tout va se rejouer ici. En réalité, c'est Marie qui a exporté cette affaire en France en enquêtant depuis Paris. Avant cela, elle était circonscrite à la côte est. Pour l'instant, je crois que je vais prendre quelques jours de vacances chez mes parents, dans le New Jersey... besoin de réfléchir ou de me vider la tête... de me faire dorloter et surnourrir par ma mère, aussi.

Elle s'arrêta à hauteur de la Ford de location qu'il lui désignait d'un geste et sourit :

— Ah... mais c'est le délice des mères de garçons, cela !

— Pas des mères de filles ? plaisanta-t-il sans la moindre trace d'amusement.

— Non... elles, elles préfèrent discuter régime entre elles. C'est un inépuisable sujet.

Il ouvrit la portière, retardant il ne savait quoi, se fustigeant pour son espoir. L'espoir crétin qu'elle parle, qu'elle dise. Non, l'espoir crétin qu'elle avoue, reconnaisse que peut-être, tout ne se terminait pas là et maintenant. L'espoir vola en morceaux mais il ne s'attendait pas vraiment à ce qu'il en fut autrement. Au demeurant, c'est le sort de la plupart des espoirs. C'est également la raison pour laquelle il convient de s'en méfier.

— Eh bien, au revoir, madame Louvier. Bonne chance en France. Je le souhaite vraiment.

— Merci. Adieu, monsieur Casadei. Bonne route.

Il la suivit du regard par l'intermédiaire du rétroviseur, jusqu'au moment où elle poussa la porte du restaurant pour s'y engouffrer. Elle ne s'était pas retournée une seule fois, son pas n'avait pas hésité.

Son poing partit, s'abattant sur le tableau de bord. Il grimaça sous le choc qui électrisait les jointures de ses phalanges.

Merde... putain de merde ! Il avait oublié quand il s'était senti aussi proche des larmes dans le passé. Peut-être jamais depuis l'enfance et ces chagrins si crispants, si dévastateurs qu'on les croit éternels.

Partir. Partir avant de commettre une dernière et si inepte connerie, comme de foncer derrière elle, lui faire entendre de force ce qu'il avait à lui dire, le lui asséner même si elle ne voulait pas l'écouter.

Il tourna la clef de contact et démarra.

Paris, France, mardi

L'entrevue dans le bureau de la juge Noëlle Dautremont n'avait pas duré plus d'une demi-heure. En dépit de sa totale méconnaissance du droit français, les explications de Me Delavoix-Régnard qui l'accompagnait avaient un peu éclairé Léonora. Il n'y aurait pas de procès, pas de jurés dans un box, pas d'envolées de manche. La juge venait de prendre une ordonnance de non-lieu.

La femme d'une cinquantaine d'années les avait ensuite raccompagnés jusqu'à la porte de son petit bureau si encombré qu'il en devenait étouffant. Elle avait rigidement serré la main de Léonora en assurant :

— Eh bien, bonne chance, madame Morrison. (Hésitante, elle avait tenu à préciser :) Vous savez, je n'ai pris de telles ordonnances qu'à deux reprises dans ma longue carrière. Nous sommes vigilants et plutôt soupçonneux, a priori, au chapitre des légitimes défenses. À juste titre. Je veux dire, les flics, les gendarmes, et les juges. Notamment lorsqu'une mère ou un père abat le meurtrier de son enfant... Mais dans ce cas, elle ne fait aucun doute. Les rapports de balistique, celui de l'inspecteur Raymond et votre blessure en attestent.

Léonora but ensuite un verre avec son avocat à la terrasse presque déserte d'un café, balayée par un petit vent frisquet chargé d'humidité. Elle se méprit d'abord sur son inhabituelle jovialité qu'elle avait mise au compte du généreux chèque d'honoraires qu'elle lui avait tendu plus tôt et de la délectation de la victoire, une des rares dont on ne se lasse jamais, aussi volatile et minuscule soit-elle. En réalité, elle se rendit compte, assez vite, qu'il était ravi d'avoir pu contribuer à établir son innocence, parce qu'il n'en avait jamais douté.

L'hiver s'infiltrait peu à peu. Il adoptait une sorte de sournoise réserve, se camouflant encore sous le masque timide de ceux que l'on n'attend pas. Elle le reconnaissait pourtant dans ce vent cinglant qui l'avait mordue lorsqu'elle arpentait les rues de Paris à la recherche d'un boulot, n'importe lequel. Elle déchiffrait la progression de la nouvelle saison dans ces dos de passants qui se courbaient pour avancer, dans la hâte de leurs démarches, dans la buée fragile de leurs haleines qui enveloppait leurs mots. D'ici peu, l'hiver s'installerait. La saison de Marie serait morte, elle aussi.

*

* *

Marie, Marie, tu détestais le froid. Enfant, tu disais qu'il rendait tout rabougri, tout riquiqui. Plus tard, tu l'as accusé de perfidie mauvaise, de s'acharner sur les pauvres comme nous pour les achever davantage. Je ne suis pas loin de le penser à mon tour, après lui avoir concédé une rigueur souveraine, une sorte de beauté égoïste. Mais ce nouvel hiver me rend déjà si faible. J'ai l'impression de devenir vieille, fragile. Cassable.

Le Havre, France, mercredi

La nuit tombait déjà lorsqu'elle traversa le pont de Tancarville pour pénétrer dans cette ville du Havre dont elle s'était pourtant promis ne plus jamais prononcer le nom. Une fatigue pathologique lui faisait piquer du nez vers le volant, la fatigue de la déroute. Non ! Non, elle ne se rendrait pas, elle ne capitulerait pas après tout ce chemin, toutes ces années.

Elle trouva une chambre pour la nuit dans le premier hôtel devant lequel elle passa, un établissement familial, au centre ville. Un hôtel de l'Ouest, un autre. Le maître des lieux, un petit homme chauve courtois, la précéda dans un couloir aveugle, seulement éclairé par le chiche alignement de quelques plafonniers qui diffusaient une lueur jaunâtre. Il était gris, le petit homme, gris du désenchantement d'une vie qui l'avait laissé derrière elle. Il lui tendit sa clef après avoir entrouvert la porte, en précisant d'un ton de confidence :

— Il y a deux verrous. C'est utile pour tranquilliser les dames. Remarquez, c'est très calme, chez nous. Des gentilles familles et des représentants de commerce. Enfin... on ne sait jamais... un extérieur, la nuit. Car je monte me coucher à dix heures.

Léonora n'osa pas tempérer son évident plaisir à la rassurer en lui expliquant que l'agresseur imaginaire aurait besoin de toute sa force. Elle s'était déjà sortie de pires situations opposée à des carnassiers que le petit homme n'imaginait même pas. Au lieu de cela, elle lui adressa son plus joli sourire de « dame ».

Elle se retrouva plantée au milieu de cette chambre de petite taille dont la seule fenêtre donnait sur un immeuble en béton triste qu'elle aurait presque pu toucher en étendant le bras. Elle passa dans la minuscule salle d'eau, seulement aérée d'une sorte de gros ventilateur et chercha du regard un distributeur de mouchoirs en papier, les petits flacons de gel douche et de démaquillant. Seule une lame de savon trônait sur la tablette scellée sous un miroir. Le papier peint bleu bébé semblait neuf mais cloquait déjà par endroits. Elle se lava les mains afin d'enlever ses lentilles, les lentilles de Marie. Leur inhabituel contact durant ces heures de route avait irrité ses cornées. Elle trébucha contre la cuvette des toilettes à broyeur, presque collée au pied du lavabo. De pénibles remugles s'en échappaient lorsqu'un occupant des étages supérieurs tirait la chasse d'eau. Elle se protégea les doigts de papier hygiénique et revint dans la chambre pour tirer le dessus de lit orangé entre son pouce et son index bandés d'une poupée de cellulose rose. Une grosse tache jaunâtre s'élargissait au centre de la lirette fanée mais les draps sentaient le propre. Elle suspendit sa chemise de rechange – une seule, son délai, celui qu'elle s'était concédé – dans une de ces petites armoires en contreplaqué – de celles que l'on trouvait dans les *bed and breakfast* anglais minables il y a vingt ans – rabougrie d'économie et de modestie imposée. Curieusement, une main honteuse de la laideur du petit meuble l'avait décoré d'une frise en laiton doré représentant une sorte de grand oiseau élégant. Un héron, peut-être.

*

*   *

Le premier hôtel dans lequel elles avaient débarqué à Boston s'appelait le Paramount Hotel. Marie possédait cette sagesse des enfants qui ont appris trop vite que la vie blesse par paresse, par habitude aussi. Pas Léonora, pas encore tout à fait. Elle avait fondu en larmes lorsqu'elle avait pénétré dans la salle de bains pour se rafraîchir. Elle n'avait pas osé décoller les bras du corps en se lavant, tant elle craignait de frôler les murs carrelés, collant de gras, de suie de tabac, d'odeurs de rance et d'humidité, de crasse, d'elle ne savait trop quoi. De l'abandon progressif d'eux-mêmes de ceux qui passaient en ces lieux.

Marie l'avait consolée : « Chut, maman, chut, c'est pas grave. Du moment qu'on est toutes les deux. »

*

*   *

Léonora ravala les larmes qui menaçaient au bord de ses paupières.

Merde... elle avait si vite oublié. Ou plutôt, elle s'était si vite déshabituée de sa mémoire. Elle s'était installée dans le luxe dont Don savait entourer sa femme et sa belle-fille avec tant d'aisance. Quoi, avait-elle vraiment cru parvenir à se convaincre un jour qu'elle n'était pas d'ici, de cette pauvreté, de cette mesquinerie de la vie qui se venge de ceux qui ne peuvent plus se défendre ? Avait-elle véritablement cru qu'elle ne reconnaîtrait jamais plus cette odeur incrustée partout ? Une odeur de soupe aux poireaux et de désinfectant ? L'odeur des hôtels modestes ou minables et des petites vies basculantes qu'ils hébergent. Le Raggazzina Hotel. Le dernier sanctuaire de la Marche.

Quelle affligeante stupidité, pire, quelle lamentable lâcheté que la sienne.

Léonora se coucha, tardant à glisser dans un sommeil troué par le cri des mouettes qui caquetaient ou geignaient en point d'interrogation. Elle avait oublié que les mouettes ne se taisent jamais.

Plus loin dans la nuit, une femme toussa à côté, petite toux sèche que l'on étouffe d'une main plaquée, par crainte de gêner le voisin, de s'attirer ses remontrances ou ses insultes au travers de la cloison de carton plâtré. Encore un peu plus tard, elle l'entendit vomir dans la salle d'eau mitoyenne de la sienne, puis se gargariser et se moucher.

Le miaulement hargneux d'une mouette la réveilla en sursaut au matin. Elle se doucha rapidement en pénétrant de biais dans la minuscule cabine de douche, évitant de s'appuyer contre les parois en aluminium déformable. Un petit quart d'heure lui fut encore nécessaire pour replacer ses lentilles, un record. Puis elle se dirigea vers la longue et sombre salle à manger qui ouvrait sans vestibule sur la rue.

Le café était bon et Léonora huma avec plaisir l'odeur puissante. Le patron déposa devant elle une petite corbeille remplie de tronçons de baguette et une soucoupe dans laquelle mollissaient de minces tranches de beurre. Pas de viennoiseries, elle n'en attendait pas. Il la salua avec gentillesse avant de s'en retourner vers une porte qui semblait donner sur ses appartements. Elle l'entendit gronder pour la forme un petit garçon qui pleurnichait sans conviction, mais avec persévérance. Les pleurnicheries d'un enfant unique sûr de son fait, de sa très prochaine victoire sur ce monde adulte et parental qui ne rêve au fond que d'une chose : céder à ses caprices. Marie n'avait jamais pleurniché. Avec toute sa sagacité, toute son élégance de petite fille, elle avait compris très vite qu'il s'agissait d'un luxe hors d'atteinte.

Une femme morose faisait de courtes apparitions dans la salle à manger, y cherchant du regard quelque chose, escortant chacune de ses retraites vers la cuisine d'un sourire mécanique sans être désagréable. Elle semblait beaucoup plus jeune que son mari, l'homme chauve et gris. Elle ne se détendit qu'à l'arrivée de la femme de chambre. Son petit masque froissé se dérida et elle sourit. Sans plus s'occuper de la présence de Léonora, seule attablée à cette heure, elle se lança, au profit de la femme boulotte qui passait une blouse de nylon bleu marine, dans la narration d'une histoire de slip de bain tout neuf que le petit garçon avait perdu la veille. « Mais comment peut-on perdre un slip de bain, Sylvie, enfin, je vous le demande ? Il n'est quand même pas sorti de l'eau cul nu ! Oh, il me rendra chèvre ce garnement avec ses inventions ! » pesta-t-elle, ravie au fond. Et Léonora comprit qu'elle n'attendait que cette autre femme pour parler, prononcer des mots, raconter de mignonnes petites anecdotes, sa vie. Léonora sentit son apaisement progresser au fur et à mesure des minutes de parole, alors même qu'elle prenait garde de contenir sa familiarité : après tout, Sylvie était une employée et elle la patronne.

Une soudaine et impérieuse envie de fuir secoua Léonora. Mais elle ne savait plus dans quelle direction. Ou plutôt, il lui en restait une seule. Finalement, la douleur ne l'incommodait plus, seulement, parfois, ses éclats. En finir. En finir de ce bout de mémoire une bonne fois pour toutes. Mais pourquoi en finir ? Parce que. C'est tout.

Elle se leva et fonça dans sa chambre. Elle fourra ses affaires dans son petit sac de voyage et attrapa son sac au vol. Partir, partir sur-le-champ. Vite. La chambre était payable d'avance. Il ne lui restait plus à régler que son petit déjeuner. Payer, mais vite.

Fuir cette pénurie, son habitude qui revient comme une interminable maladie qui aurait conservé la nostalgie de ses cicatrices.

Fuir le souvenir de son ancienne pauvreté qui prenait des accents de mise en garde prémonitoire.

Elle s'accrocha à la poignée de la porte qui semblait aller vers l'appartement des patrons et frappa, crispée de panique. Bordel, la note, vite !

Elle se propulsa au dehors, manquant s'affaler sur un petit terrier écossais qui se ruait vers une mouette vindicative et téméraire. Aboiements mêlés du chien et de l'oiseau, en un combat de sons fratricides.

Il était encore tôt, trop tôt. Léonora décida de se promener un peu dans cette ville qu'elle avait exclue de sa mémoire avec le reste. Elle se rapprocha du bord de mer, puis obliqua à nouveau vers des pâtés d'immeubles gris, rectangulaires, compacts comme des reproches justifiés. Pauvre ville malmenée par l'Histoire et les changements. Éventrée, pulvérisée, rasée par un bombardement anglais, allié, qui poursuivait de ses charges destructrices une poignée de soldats allemands. Douze, prétendait-on.

*
* *

Lorsqu'elle était petite, elle accompagnait souvent Josefa lors de ses courses en ville. Une délectable expédition pour Léonora, puisqu'il leur fallait grimper dans un car. À chaque fois, une sorte d'appréhension admirative prenait la petite fille : c'était si grand, si peuplé. Une vraie ville avec des artères, des magasins, des feux rouges, tout plein de voitures. Dans son esprit, Paris-capitale ne pouvait guère être plus grande. Finalement, elle avait bien aimé les gens d'ici, leur réserve placide et sans animosité, leur calme sans paresse. Presque une ville du Nord, mais elle ne le savait pas à l'époque.

*
* *

Une bruine d'océan tombait depuis quelques minutes. Elle se décida à rejoindre sa grosse voiture prétentieuse de location garée non loin de l'hôtel.

Environs du Havre, France, jeudi

La maisonnette n'avait pas changé ou si peu... plus délabrée depuis que Josefa et elle ne s'y activaient plus du matin au soir, un peu plus pauvre encore, beaucoup plus crasseuse surtout. Au demeurant, « maisonnette » a un petit côté charmant... Le mot évoque aussitôt deux bambins rieurs, se précipitant à l'intérieur pour y goûter de tartines dégoulinantes de confitures maison et d'un bol de chocolat chaud. Une *Mélodie du bonheur*, version normande.

« Bicoque » convenait bien mieux.

Léonora gara sa lourde voiture de location devant le portail gangrené de rouille. Sans doute n'avait-il pas été repeint depuis son départ... plus d'esclave sous la main. Il était entrouvert et elle le poussa.

Quatre poules affairées à picorer elle ne savait trop quoi dans le sol sec de négligence redressèrent le col, fixant l'intruse de leurs yeux ronds avant de s'égailler dans la cour. L'une d'elles se jucha sur le rebord d'une brouette faite de planches, dont la couleur initiale avait fané sous les intempéries et l'accumulation des fientes de volatiles, caquetant dans sa direction avec une réserve méfiante. Une autre disparut dans la maison en vociférant comme si elle la poursuivait de mauvaises intentions culinaires, faisant voler sous son passage les longues bandes minces de plastique bigarré qui formaient un rideau de porte.

Léonora s'immobilisa au milieu de la grande cour, prise d'un fol espoir. Peut-être était-il mort depuis ? Peut-être le porc avait-il fini par crever ? Peut-être s'imposait-elle cet intolérable pèlerinage, ce stupide flash-back inutilement ? Un incohérent soulagement la poussa en avant. D'autres gens occupaient maintenant cette baraque. Elle leur présenterait ses excuses pour cette visite inattendue et repartirait bien vite pour Paris, puis pour Portland. Alors, elle en aurait enfin terminé avec la Porte à Mémoire, avec l'anarchie blessante de ses souvenirs que Marie n'était plus là pour contenir, pour repousser.

Un fût malodorant et moussu de moisissures s'adossait à la porte de la cuisine, sans doute pour retenir les eaux dégueulant de la gouttière lors des grosses pluies. Elle plongea le regard au fond, reculant de dégoût lorsqu'elle découvrit l'eau croupie, rosâtre et polluée de duvet : l'égorgeoir à poulets.

Soudain, un petit vacarme, la voix vulgaire d'une femme qui s'époumonait à l'intérieur :

— Barre-toi de là, j'te dis... Et chie pas partout... Allez, du balai !

La poule ressortit comme une flèche, percutant les mollets de Léonora, sautant de trouille comme dans un dessin animé, pour repartir en battant les ailes d'effroi et en patinant sur le sol poussiéreux de terre sèche.

Plantée juste derrière le rideau en bandes de plastique, la femme demanda en détaillant cette si jolie arrivante, si bien habillée, jusqu'à son sac à main beige, assorti à ses escarpins :

— C'est quoi ?

Trop tard. Trop tard pour reculer avec la lâche illusion qu'il était mort, qu'elle n'avait jamais rien eu à faire, refaire ou défaire ici.

— Bonjour, madame... excusez-moi de vous déranger. Je...

La femme écarta les lames colorées d'un revers de main et lâcha :

— Léonora. Léonora Louvier.

Elle soupira longuement et poursuivit d'une voix soudain éteinte de fatigue :

— Ben... entrez, puisque vous êtes là.

Machinalement, Léonora la suivit sur un remerciement. Elle avait toujours pensé que le retour de ces odeurs qu'elle avait si bien connues, de ces lieux, la hérisserait, la rendrait violente. Il n'en était rien. Il l'assommait.

— Poussez le barda et asseyez- vous.

Léonora fit tomber au sol une pile de vieux magazines, de prospectus montés en équilibre précaire sur une des chaises en bois peint, et s'installa aux côtés de la femme.

Elle devait avoir une mince cinquantaine d'années mais en paraissait quinze de plus. Il lui manquait une des incisives supérieures et le petit gouffre accidentel aspirait sa lèvre vers l'intérieur lorsqu'elle parlait. La mauvaise teinture blonde, qu'elle devait s'appliquer elle-même, datait, laissant apparaître deux bons centimètres de racines poivre et sel. Elle déclara comme si cette information était fondamentale :

— Je m'appelle Maggie... Enfin, c'est pour Marguerite, quoi. J'vous ai tout de suite reconnue, rapport à la boîte à photos. Y'en a deux ou trois de vous.

Léonora hocha la tête, incapable de lui répondre. Maggie poursuivit :

— Vous voulez un café ? J'en faisais justement. C'est du réchauffé de ce matin, mais il est bon quand on l'aime fort.

— Volontiers, merci.

La femme se leva et se traîna jusqu'à la cuisinière sur ses tongs en plastique rose, décorées d'une grosse fleur centrale. Elle portait une robe pas mal fatiguée, à petites fleurs blanches sur fond rose layette. Trop grande pour elle. Mais c'est lorsqu'elle se réinstalla en poussant devant son invitée une tasse de café fumant et noir d'amertume qu'un effroyable chagrin tomba sur Léonora. Ses mains. Elle avait les mêmes mains que Josefa. Des mains déformées par le travail, par l'absence de soins et de fric. Léonora se força à avaler quelques gorgées de l'écœurant café trop fort pour maîtriser ses larmes.

— Vous êtes installée dans la région ?

— Non... je suis de passage. Je vis aux États-Unis, depuis pas mal de temps.

— Ah... bien... Ça doit être chouette l'Amérique. Enfin, je veux dire, ce qu'on en voit à la télé, ça a l'air bien. Bien sûr, faut pas gober tout ce qu'ils racontent à la téloche, mais...

— Oui, en effet. (Léonora hésita et lâcha enfin :) Il est là ?

— Il ne bouge plus trop de l'étage, maintenant. Remarquez, c'est pas plus mal.

— Je peux monter le voir ?

— Ouais, si vous y tenez... En fait, il a cru des années que vous reviendriez. Que vous vous excuseriez, trop contente de retrouver un toit.

Léonora la contempla avant de répondre en se levant de la chaise :

— Ça ne m'étonne pas vraiment venant de lui. Ne vous inquiétez pas, je connais le chemin.

— Je préfère vous accompagner. Je... enfin, je sais pour... il m'a raconté un soir qu'il était bourré. C'est fréquent. Bien sûr, il s'est donné le beau rôle, plein d'excuses, mais je le connais. Il... Il peut plus parler. Il marmonne maintenant. Une attaque. Il bouge plus beaucoup non plus.

Elle l'aurait reconnu les yeux fermés. Elle l'aurait débusqué à son odeur, une odeur de tabac brun et de vieille vinasse qui lui sortait par les pores. Elle s'aggravait aujourd'hui d'un relent ammoniaqué de pisse et de vieille sueur.

Il fixait la femme magnifique qui se tenait debout devant lui, un demi-sourire de convoitise aux lèvres, tirée vers la commissure droite, celle qui avait été épargnée par l'attaque, puis le sourire mourut lorsqu'il la reconnut. D'une voix lourde de la salive qu'il ne parvenait à déglutir que difficilement, il grommela :

— Léo... Léora...

— Oui, Léonora.

Elle lut dans le regard de l'homme si haï une véritable terreur lorsqu'il tenta de se redresser sur son fauteuil comme pour parer à une agression. Il tendit une main en griffe vers Maggie en éructant. Des sons incompréhensibles, inarticulés mais autoritaires, menaçants. La femme répondit d'un :

— Oh ta gueule, Serge... lâche-moi !

Et la phrase que Léonora avait tant préparée, qu'elle avait répétée durant tout son voyage en voiture, la hurlant parfois en cramponnant le volant, la gémissant à d'autres moments, s'évanouit, comme si elle n'avait jamais vraiment rien signifié :

« Je me rappelle que tu voulais des enfants. Tu as martyrisé Josefa parce qu'elle ne pouvait pas en avoir après sa fausse couche. Tu sais, celle qui l'avait clouée parce que tu lui avais fait débiter du bois dehors, il gelait à pierre fendre. Eh bien, tu as eu une fille. Mais peut-être que tu l'aurais tringlée, elle aussi, dès ses quatorze ans ? Elle est morte par ta faute. Ils sont tous morts par ta faute ».

Au lieu de ce nouveau constat de guerre et finalement de défaite, elle se tourna vers la femme et déclara :

— Il est temps que je reprenne la route.

Maggie la raccompagna jusqu'au portail. Léonora tendit la main vers elle en murmurant :

— Il faut que vous partiez, Maggie. Croyez-moi, il n'y aura jamais rien pour vous ici.

— Je sais, Léonora, je sais... Mais pour aller où, vers quoi ?

Léonora parvint à retrouver la direction de Pont-Audemer au travers de ses larmes. Quelques centaines de mètres avant la ville, elle se gara sur l'esplanade qui menait à un « Camping des amis » et fondit en sanglots.

*
* *

Je t'ai tant détesté, tant voulu mort. Pourtant, je te dois l'être que j'ai le plus aimé. Marie. Celle qui m'a forcée à vivre. Tu l'as plantée en moi alors même que tu n'avais rien à foutre de me détruire. Un autre homme est mort à ta place. Je le connaissais à peine.

Celui-là m'avait repris Marie, sans avoir rien à foutre de me détruire, de nous détruire. Il y est parvenu.

La boucle est bouclée. Le hideux serpent de ce vain combat s'est mordu la queue, Serge. Tu vois, c'est la première fois que je prononce ton prénom depuis vingt-cinq ans, un quart de siècle. La dernière aussi.

*

* *

Il n'y avait plus de haine pour la porter. Marie avait tout emporté avec elle, lui offrant, dans son éblouissante générosité, une ardoise toute neuve, toute belle. Une ardoise dont Léonora ne savait trop quoi faire puisqu'il n'y avait plus non plus d'amour pour la faire vivre. Car Marie avait aussi emporté l'amour. Mais le petit ange ne devait pas l'apprendre, elle en serait si désolée.

Léonora allait rentrer chez elle. Elle n'avait plus rien à faire ici. La Porte à Mémoire venait de se refermer sur un gouffre. Les souvenirs les pires s'étaient rué à l'assaut de ce coffre-fort à souvenirs, les uns derrière les autres, pressés d'en découdre, ulcérés d'avoir été si longtemps contenus. De hargneux fantômes traversant Léonora de part en part pour la meurtrir. Mais, au bout du compte, ils venaient de se disloquer, sous les effets puissants de l'antidote que sécrétait toujours Marie. Josefa et puis Monsieur Alfred aussi.

La haine venait de se dilacérer sous les forces conjuguées de leurs lumières. Plus rien à faire ici.

*

* *

Elle allait mettre en vente l'appartement parisien de Marie, certaine que sa fille n'y passerait plus jamais. Trop de mort, de sang, de peur, de calculs. L'inverse de Marie.

Rosa et Stéphanie se chargeraient de lui trouver quelqu'un pour vider et donner tout ce qu'il contenait, à l'exception du grand bureau retour d'Égypte qu'elle ferait revenir à Portland pour l'installer dans la chambre de Marie. Ainsi, son bébé retrouverait plus facilement ses repères. Car elle avait aimé ce bureau, Léonora en était certaine.

Portland, Maine, veille de l'hiver
Premier jour de l'hiver

La nuit avait été épouvantable. Un grain à rajouter au chapelet de celles qui l'avaient précédée, de celles qui la suivraient.

Judith lui avait téléphoné hier soir de Seattle. Inquiète, sottement coupable de cet amour qui s'installait dans sa vie et que Léonora lui souhaitait depuis si longtemps.

— Merde, je m'en veux d'être si loin, chérie.

— Tu as tort... Judith, ma belle, tu ne vas pas passer ta vie à border et à bercer la vieille Léo.

— Je t'interdis de t'appeler « vieille » (elle pouffa avant de poursuivre :) d'autant que j'ai trois ans de plus que toi.

La promenade matinale que Léonora s'imposait dans le jardin ne la calma pas. Mais elle ne l'espérait pas.

Une épaisse couche de neige était tombée depuis quelques jours, une de ces neiges sèches, compactes, qui opposent une résistance revêche et pourtant minime aux pas du promeneur. Elle l'écouta durant quelques secondes, ce bruit réprobateur de tissu qui se déchire sous la pression d'une chaussure. Curieux... Enfant, elle avait adoré la neige vierge. Y imprimer l'empreinte de ses semelles était un jeu dont elle ne se lassait pas. La règle consistait à ne pas fouler le pas des autres, à tracer un jeu de piste en relief qui n'appartienne qu'à elle. Elle se retournait souvent, ravie de la persistance des petits gouffres en forme de semelle qu'elle avait abandonnés, fière de ce ruban de pas qui n'était que d'elle et qu'elle avait imposé à la neige. Le vrai triomphe se manifestait lorsqu'elle parvenait à le retrouver le lendemain. Une permanence qui affirmait qu'elle avait été là et que la terre se souvenait d'elle.

Mais elle n'aimait plus la neige et encore moins le froid pinçant qui l'accompagne. À quand remontait cette aversion ? L'avait-elle déjà subie l'hiver précédent ? Léonora ne s'en souvenait pas. Qui eut cru qu'un jour cette belle sécheresse glaciale collerait sa peau aux méplats de ses pommettes, accentuerait les ridules de ses lèvres jusqu'à les gercer. Les premières étapes d'un masque mortuaire, de cet épiderme qui semble rétrécir pour épouser l'irréversible fonte des chairs.

*

*   *

Un bruit, léger, lui fit tourner la tête. Une petite onde sous les framboisiers dénudés qui élevaient leurs branches raides et maigres comme une protestation, harcelées de lierre. Excédée par cette distraction de la migraine et de la vilaine humeur qui l'occupaient tout entière, Léonora s'approcha. Un oiseau, de la taille d'une petite grive. Terne, tassé, il leva le col de biais pour la fixer de deux yeux ronds, noirs. L'étourneau résident de ces lieux. L'étourneau saccageur qu'elle avait maudit depuis deux ans pour les ravages qu'il opérait sans honte dans les fraisiers, le cerisier. Attaquant une cerise pour passer à une autre jusqu'à les pourrir toutes. N'abandonnant sur l'arbre que des queues ornées d'un noyau auquel noircissait un lambeau de pulpe délaissée. L'étourneau qui la narguait du haut de la cheminée de la maison lorsqu'elle le pourchassait en tapant dans les mains. Des trilles en vrilles. Des notes si puissantes, si belliqueuses, si insolentes aussi. Léonora avait juré que si un jour l'animal lui tombait sous la main... Certes, on ne peut pas faire un pâté avec un seul petit oiseau, mais elle lui réservait un sort encore moins enviable. La mort suivie de la benne à ordures.

La bête sautilla, abandonnant sur la neige de petites fourches nerveuses, tentant de se faufiler sous les racines en artères du lierre. C'est à ce moment qu'elle remarqua l'aile pendante. Elle s'agenouilla, approchant doucement ses mains en nasse. La capture fut aisée. L'animal était à bout, épuisé de froid, sans doute affamé, clopinant depuis combien de temps en se terrant pour échapper aux virées sanglantes des chats du voisinage et à celles de Monsieur Tom qui revendiquait son territoire comme s'il en avait toujours été propriétaire.

Il la fixait de la cage de ses paumes, commentant sur trois notes, sans même plus protester, et elle découvrit l'élégante perfection de sa robe d'un marron de tourbe, rehaussée d'inclusions ovales roux sombre. Le long bec robuste mais fin qui avait ravagé ses fraisiers deux étés de suite s'entrouvrait par à-coups. Avant, elle aurait tordu le cou à ce vandale, quitte à s'en vouloir ensuite. Non, mieux, elle aurait placé un gros tampon d'éther dans un sac plastique, attendu quelques secondes que l'atmosphère mortelle se forme et euthanasié l'étourneau comme elle devait parfois le pratiquer pour les mulots et les musaraignes que les chats déposaient agonisants sur les appuis de ses fenêtres. Mais c'était une éternité plus tôt. Il y avait une éternité de cela, l'idée que Marie devait pouvoir se poser où bon lui semblait, surtout si c'était tout à côté de sa mère, ne l'aurait pas effleurée. Il y avait une éternité de cela, la vie de Marie était si suffisante que les menues existences alentour formaient une sorte de tout indiscernable, l'une pouvant s'éteindre sans changer grand-chose. Il y avait si longtemps. Aujourd'hui cette petite vie-là devenait unique et si précieuse, comme si elle hébergeait un bout du souvenir de Marie.

Léonora caressa de l'index la tête un peu aplatie de l'oiseau, avant de soulever l'aile en prenant garde de ne pas le laisser échapper. La plaie datait de plusieurs jours et le sang avait séché tout autour. Oui, un chat sans doute.

Elle revint vers la maison, installa l'étourneau sous un saladier renversé, le temps de préparer un carton tapissé au fond de papier essuie-tout. Elle remplit deux petits ramequins, l'un d'eau, l'autre de graines. L'oiseau attendait immobile et sage sous sa cloche de verre. Elle vaporisa sous son aile blessée un reste d'antiseptique en spray et déposa le petit animal insolent dans le carton qu'elle ferma. Puis, une idée. Elle ouvrit la porte du gros réfrigérateur et récupéra la barquette de fraises californiennes qu'elle avait achetée pour la délaisser. Il s'en gava aussitôt, tournant parfois la tête pour surveiller le regard de cette femme collé à l'une des ouvertures d'aération pratiquées dans le carton.

Le lendemain, elle le retrouva mort. Une longue paupière opaque et fine couvrait le regard buté et conquérant. Une peine comme une vague, effroyable, coupa le souffle de Léonora et elle se laissa tomber sur la chaise de la cuisine en sanglotant, se demandant si le spray avait été adapté, si elle ne lui avait pas donné trop de nourriture, si la captivité qu'elle lui avait imposé ne l'avait pas achevé, si, et si... Combien de temps resta-t-elle là, vautrée sur la table, fixant le minuscule cadavre allongé sous ses yeux, les serres fines recourbées de rigidité, le long bec entrouvert laissant deviner une langue mince comme un lacet ?

Quelques heures plus tard, tuméfiée de larmes, respirant bouche ouverte, inconsciente du mucus qui lui bouchait le nez et dévalait jusqu'à ses lèvres, elle creusa une minuscule tombe à l'aide d'une cuiller à soupe, dans la terre raidie de froid et de gel, juste sous les framboisiers. Elle y coucha le petit corps rigide, prenant garde à bien allonger ses ailes pour ne pas les froisser sous lui.

Disparaissait sous la terre retournée un des infimes hôtels de Marie, un endroit de moins où elle pourrait se poser pour se reposer. Léonora tomba à genoux pour une incohérente prière à l'oiseau.

*

*   *

Oh mon bébé, je me déteste. Tout est si blessant, si invivable depuis ton départ. Même cet oiseau est mort. Marie, ça sert à quoi que je reste ici, parmi eux ? Je n'arrête pas d'y penser, de revenir sans cesse sur cette idée et pourtant un truc assez vague m'empêche de sauter le pas, et tu sais comme moi que ce n'est pas la peur.

Finalement, je viens de comprendre que je n'avais jamais été longtemps seule. Il y a eu Josefa, quelques pointillés et puis toi, mon tant amour. Judith aussi. C'est une solitude sans fin que je découvre. Sans appel non plus. Je ne suis plus peuplée de rien, si vide, si abandonnée. Ça me fait si mal. J'erre dans moi à la recherche d'un indice qui prouve que j'existe.

J'ai tellement mal à toi, mon ange. Je survis avec, je respire dedans, je dors au milieu d'un océan de douleur, de surprise : qu'est-ce que je fous encore là ? Ce serait tellement plus simple ma Marie de passer de l'autre côté, de te rejoindre... j'en suis sûre parce qu'il le faut, à moins d'accepter de devenir complètement dingue. Mais je ne parviens pas à basculer tout à fait... je ne parviens pas à me l'accorder enfin. Pire, j'ai l'impression que tu me retiens, que tu le refuses. Pourquoi, Marie ? Pourquoi cette imbécile obstination à demeurer ici ? Ce serait tellement plus simple, mon bébé, plus rapide, plus confortable aussi.

*

* *

Elle tomba assise dans la neige et demeura là, inconsciente des frissons, du froid vif et inamical qui lui faisait claquer les dents par intermittences, suivant du regard le vol lourd de gel des tourterelles de Turquie apparues depuis peu.

*

* *

La barbarie de ces mois, la barbarie de cette saison. La mienne aussi. Tout devient si barbare sans toi, ma Marie. Tout ce que je suis parvenue à conserver de pur me vient de toi et de Josefa. Vous me l'avez riveté au corps et dans la tête.

Faut-il vraiment que ma vie se poursuive encore, mon ange ?

Il sait presque tout. Comme toi. Vous partagez également le même manque de souvenir. La vraie fin d'agonie de Josefa : moi.

Il sait presque tout. De moi, de nous. Pourtant, il n'a pas peur.

Est-ce cela que tu veux me faire comprendre, mon ange ? Je ne parviens plus à raisonner, tout s'effiloche dans ma tête.

Cet homme me fait peur, Marie. Je sais. Je sais que cela n'a rien à voir avec toi, moi, nous. Déroutant, n'est-ce pas ? Si peu d'hommes, de choses, peuvent me foutre la trouille. Ils sont, pour la plupart, si contournables, si manipulables dès qu'on a décidé qu'on ne les aimerait pas, qu'on ne les respecterait pas.

Je n'existe pas, Marie. Ça ne me peine pas. Je n'ai existé qu'à cause, que grâce à toi, à Josefa. Je ne possède aucune réelle substance sans vous. Je n'existe que dans l'autre, l'aimé. Ça ne m'angoisse pas du tout, mon joli amour. Je n'y vois aucune inaptitude, incompétence ou carence particulière. « Moi » se dilue dans l'absence de « Vous ». « Moi » ne retrouve plus ses limites, son contenant, pire, sa raison. « Je » est l'artefact de l'amour que j'éprouve pour « Vous ». J'ignore si c'est une belle chose ou une calamité et, pour dire vrai, je m'en fous. C'est. C'est tout. Non, la vraie catastrophe, vois-tu mon amour, c'est que je suis si peu capable d'aimer. D'un autre côté, c'est peut-être plus raisonnable, « sain » en quelque sorte. J'aime trop fort, trop jusqu'au bout. Il n'y avait que « Vous » pour le supporter, l'attendre et l'espérer. Il faut tant d'âme pour cela, tant d'énergie, de résistance aussi.

Peut-être lui, aussi. L'idée m'est venue, progressivement, mais qu'en sais-je ?

On pourrait, certains pourraient, rétorquer que l'amour est un pari. Foutaise : je n'ai jamais fait de pari sur « Vous ». Je savais, je sentais, j'étais certaine.

Middletown, New Jersey,
avant-veille de Noël

Jon Casadei consulta pour la vingtième fois la liste des courses rédigée par sa mère. Le genre de liste à entrées multiples qui le plongeait dans une perplexité angoissée. Poulet fermier OU T-bone d'élevage certifié OU veau élevé sous la mère. Mais s'ils avaient les trois, que devait-il choisir ? Comme cette interminable histoire d'œufs qui couvrait un tiers de la note. Claudia avait écrit de sa petite écriture fine et appliquée : « Chéri, ne prends que des certifiés ou organiques. S'ils n'en ont pas, achète une pâte à pizza. Pas une pâte brisée, je la ferai moi-même. La BONNE pâte à pizza est au rayon boulangerie. » C'était quoi, la différence ? Et en cas de choix pléthorique, là encore que devait-il décider ? Et quel était le rapport entre les œufs et la pâte à pizza qui n'en renfermait pas ? Il songea un moment à appeler à son secours le mobile de sa mère puis se l'interdit. Elle profitait de l'occasion pour s'offrir un « coiffeur-soin du visage-manucure » dont il n'aurait voulu la priver pour rien au monde. Bon, avec pas mal d'efforts et beaucoup de persévérance, il devait pouvoir y arriver comme un grand !

Il avait voulu aider la petite femme débordée et aimée, la décharger d'une de ses innombrables occupations mais se mordait les doigts de s'être fait refiler la pire corvée, selon lui. Il aurait pu scier du bois, tailler les haies de thuyas qui entouraient le grand jardin, vérifier l'état de la Ford parentale ou même ranger le garage, bref des trucs pour lesquels il n'avait besoin de personne. C'était décidé, il se défilerait avec couardise mais génie pour les véritables et apocalyptiques courses de Noël puisque toute la famille se rejoindrait ce jour-là, une smala remuante et vorace. Il refilerait la patate bouillante à son père ou à l'un de ses frères, ces dames s'affolant autour des préparatifs, de la décoration de la table, des fleurs, des innombrables paquets cadeau, jusqu'à d'invraisemblables polémiques autour des diffuseurs de parfum qui devaient impérativement embaumer cette soirée-là. Il sourit, songeant que les cinq mâles adultes de la famille adopteraient, à l'énoncé de ces délicats problèmes, une mine grave et attentive de crainte de se faire salement engueuler et rembarrer d'un « Non, parce qu'un résultat de base-ball, une action yo-yo ou la dernière bagnole, c'est vachement plus intelligent et préoccupant, sans doute ? » Le tout débité poing sur la hanche, la mèche agressive et la prunelle revancharde.

Ces dames... Enfin leurs dames... « Ta gueule Casadei. Passe à autre chose. » « Je ne peux pas. » « Si, tu peux ! »

Jon Casadei se secoua et progressa entre les rayons de victuailles, encore plus remplis qu'à l'accoutumée, en cette période de fêtes. Il remâchait, à son habitude en pareilles circonstances, une sorte de rancœur diffuse : ce qui se célébrait ici, dans nos pays riches, dans une débauche de fric et de surenchère joyeuse, ne représentait qu'un jour de galère supplémentaire ailleurs, pour la majorité de la planète qui crevait de faim, d'oubli et de négligence. D'un autre côté, son père avait raison : il ne changerait pas le monde en pleurant sur son état et ce n'était pas parce qu'il se priverait d'un petit bonheur annuel que les autres en seraient mieux lotis.

Un couple d'âge intermédiaire le dépassa, enlacé, poussant à quatre mains leur chariot débordant. Il entendit la femme rire :

— Mais tu n'y connais rien, chéri... Les chapons sont de jeunes coqs châtrés, ça n'a rien à voir avec la dinde !

Il dut faire un effort pour ne pas leur en vouloir de ces mains qui s'entrelaçaient sur la barre du chariot, du petit baiser que déposait l'homme au creux de la nuque de sa femme, de son pouffement ravi à elle.

Il bifurqua dans l'allée des vins, champagnes et liqueurs, décorée de guirlandes rouges et vertes.

— Vous n'êtes pas trop paranoïaque, pour un super-agent du FBI...

La carafe de Paul Masson sur laquelle il hésitait depuis quelques secondes, consultant sa liste comme si une révélation devait en surgir afin de l'éblouir de sa clarté, lui échappa des mains. La bouteille en forme de carafon percuta le sol, explosant sous l'impact, le vin se répandant sur les larges dalles beiges, éclaboussant ses chaussures et le bas de son jean.

La voix poursuivit, presque essoufflée, et il ne se retourna toujours pas, terrorisé à l'idée que les mots prennent peur et se taisent :

— Je vous suis depuis que vous avez quitté la maison de vos parents. Ou alors... c'est que je possède des dons cachés en matière de filature. J'ai harcelé Stanley au téléphone. Il m'a confirmé que, comme vous me l'aviez dit, vous passiez quelques jours dans votre famille entre Noël et le Jour de l'An... et m'a donné leur adresse... Il ne faut pas lui en vouloir, il a beaucoup tergiversé, mais il me résiste mal... Et puis, il se sent coupable de sa supercherie passée, c'est un avantage de taille en ma faveur.

Il ferma les yeux et se tourna vers elle, aveugle.

Un corps qui le frôlait, qu'il avait tant espéré, voulu, jusqu'à l'imaginer offert, repentant de ses refus passés. Un corps qui hésitait encore un peu avant de s'appuyer contre le sien, qui se laissait enfin aller. Presque. Pour rien au monde il n'aurait levé les paupières. Il la serra contre lui, si fort qu'il redouta un gémissement, posant ses lèvres sur son front, juste à la racine de ses cheveux.

Elle ne se rétracta pas. Pourtant, elle devait sentir à la tension des muscles de son dos, de ses épaules, qu'il était au bout de sa violence, qu'il aurait pu l'allonger au beau milieu de l'allée pour s'écraser sur elle, attraper ses cheveux à pleine poignée, hurler, peut-être même l'insulter pour toutes ces semaines, ces mois de panique et d'incertitude... Merde, il avait alterné d'une attente ahurie à des échafaudages de plans tous aussi ridicules les uns que les autres. Il avait pris mille fois le téléphone en main, pour le reposer aussitôt. Il en avait rêvé, endormi ou non. Des rêves bruissants de sueur, de salive, de peaux qui se froissent, qui se collent l'une à l'autre jusqu'à s'irriter mutuellement d'une brûlure de fièvre. Des rêves de possession, de domination et d'abandon réciproques dont il ressortait encore plus épuisé.

Elle ne se rétracta pas. Alors seulement osa-t-il ouvrir les yeux. Ses cheveux sous ses lèvres comme une déclaration, une attente.

— Tu sais... il ne me reste plus de lien de sang... Je n'avais que Marie. Tous les autres, tous ceux que j'ai tant aimés ou un peu ou même juste beaucoup n'avaient aucun gène commun avec moi... C'est bête de réfléchir comme cela... Qu'est-ce qu'on en a à foutre, n'est-ce pas ? J'ai tant besoin de la toucher, de l'embrasser, de l'écouter. Mais je ne peux plus. Elle occupe ma tête, chaque seconde, mais je ne peux plus la toucher. Je suis... je suis si effroyablement seule. Je me sens comme en instance de départ, mais je ne parviens pas à partir. Elle est morte. Et, tu sais, je sens qu'elle ne veut pas de moi là-bas, où que ce soit. Pas encore.

Il murmura contre son front pâle, contre cette sueur de panique qu'il se retenait de lécher :

— Elle t'aime trop pour tolérer que tu la rejoignes. Tu aurais fait comme elle. Tu ne dois pas y aller, je t'en prie.

— Même l'oiseau est mort. L'étourneau du jardin. Il ne me reste plus qu'une amie qui a tant mérité de vivre vraiment et un matou vieillissant. Ah, merde... Je perds les pédales, je me perds.

— Non, je comprends... Léonora, on trouve ses racines là où on est aimé, là où on peut aimer. Ça n'enlève rien aux autres vraies amours de nos vies. On les conserve toujours dans nos cellules, aussi vibrantes qu'au premier jour. Bordel... je t'aime tant. Je n'ai jamais aimé que toi, je crois.

— Je ne...

L'ordre claqua, impérieux :

— Chut ! Dis que tu restes, dis que tu ne partiras jamais.

— Je reste. Je ne partirai jamais.

Dans la même collection

Claude Amoz	Le caveau	5741
	Dans la tourbe	5854
Russell Andrews	L'affaire Gideon	7408
Brigitte Aubert	Rapports brefs et étranges avec l'ombre d'un ange	6842
Matthieu Baumier	Les apôtres du néant	6733
William Bayer	Mort d'un magicien	6088
	Pièges de lumière	6492
Stéphanie Benson	Le diable en vert	6952
	La mort en rouge	7776
Laurent Botti	Pleine brume	5579
Nicolas Bouchard	La ville noire	6575
Philippe Bouin	Les croix de paille	6177
	La peste blonde	6360
Serge Brussolo	Le livre du grand secret	5704
Philippe Carrese	Graine de courge	5494
Thomas H. Cook	Les instruments de la nuit	5553
Philippe Cousin	Le pape est dans une pièce noire, et il hurle	5764
Pierre Conesa	Dommages collatéraux	7609
William Diehl	Eurêka	7787
Stephen Dobyns	Persécution	5940
	Sépulture	6359
Thea Dorn	La reine des cerveaux	6705
Stella Duffy	Les effeuilleuses	5797
	Beneath the Blonde	5766
James Elliott	Une femme en danger	4904
	Adieu Eddie !	6682
Linda Fairstein	L'épreuve finale	5785
	Un cas désespéré	6013
	La noyée de l'Hudson	6377
Giorgio Faletti	Je tue	7828
Robert Ferrigno	Frères de sang	7497
Christopher Fowler	Psychoville	5902
Nicci French	Jeux de dupes	5578
	Mémoire piégée	5833
Lisa Gardner	Jusqu'à ce que la mort nous sépare	5742
	La fille cachée	6238
	Tu ne m'échapperas pas	7811
Kathleen George	Voleurs d'enfants	6912

Caroline Graham	Ange de la mort	6511
	Un corbeau au presbytère	7536
Robert Harnum	La dernière sentinelle	6087
	Une ballade américaine	6857
Andrea H. Japp	La voyageuse	5705
	Petits meurtres entre femmes	5986
	Le ventre des lucioles	6361
	Le denier de chair	7406
Iris Johansen	Course à mort	7411
	Dernière cible	7642
Brigitte Kernel	Un animal à vif	6608
	Autobiographie d'une tueuse	6871
Yasmina Khadra	Le dingue au bistouri	5985
Andrew Klavan	À la trace	6116
Guillaume Lebeau	L'agonie des sphères	5957
Éric Legastelois	Putain de cargo!	5675
Philip Le Roy	Pour adultes seulement	5771
	Couverture dangereuse	6175
David L. Lindsey	Mercy	3123
Robert Littell	L'amateur	7770
Philippe Lobjois	Putsch rebel club	5998
Colette Lovinger-Richard	Crimes et faux-semblants	6261
	Crimes de sang à Marat-sur-Oise	6510
	Crimes dans la cité impériale	6993
John Lutz	JF partagerait appartement	3335
Bonnie MacDougal	Moralité douteuse	7349
Michael Marshall	Les Hommes de Paille	7407
	Les morts solitaires	7799
Anne Matalon	Petit abécédaire des entreprises malheureuses	6660
Jean-Pierre Maurel	Malaver s'en mêle	5875
Nigel McCrery	L'oiseau de nuit	5914
	Effets secondaires	6012
	La toile d'araignée	6333
Val McDermid	Le tueur des ombres	6778
	Au lieu d'exécution	6779
Denise Mina	Garnethill	6574
	Exil	6176
	Résolution	7405
Estelle Monbrun	Meurtre chez tante Léonie	5484
	Meurtre à Petite Plaisance	5812
(avec Anaïs Coste)	Meurtre chez Colette	6978
Françoise Monfort	La baie des innocents	6602
Viviane Moore	Tokyo des ténèbres	6437
Béatrice Nicodème	La mort au doux visage	7314
Gemma O'Connor	Adieu à la chair	7777
Robert B. Parker	La femme perdue	7653

T. Jefferson Parker	Pacific Tempo	3261
	L'été de la peur	3712
Michael Prescott	L'arracheur de visages	6237
	Le tueur des bois	6661
Douglas Preston, Lincoln Child	La chambre des curiosités	7619
Danuta Reah	Toujours la nuit	6442
	L'assassin du parc	6609
	Le col du Serpent	6826
Robert Richardson	Victimes	6248
Philip Rosenberg	La lutte des seigneurs	7608
Greg Rucka	Protection rapprochée	7315
	La pire des trahisons	7537
Jacques Sadoul	Carré de dames	5925
Walter Satterthwait	Miss Lizzie	6115
John Saul	La présence	5961
Laurent Scalese	L'ombre de Janus	6295
Lisa Scottoline	La minute de vérité	6953
Boris Starling	Vendredi saint	6722
	Vipère noire	7652
Whitley Strieber	Billy	3820
Dominique Sylvain	Travestis	5692
	Techno bobo	6114
	Sœurs de sang	6573
	Vox	6755
Maud Tabachnik	Un été pourri	5483
	La mort quelque part	5691
	L'étoile du Temple	5874
	Le festin de l'araignée	5997
	Gémeaux	6148
	La vie à fleur de terre	6440
	La honte leur appartient	6913
Boston Teran	Méfiez-vous des morts	7410
Carlene Thompson	Tu es si jolie ce soir	5552
	Noir comme le souvenir	3404
	Rhapsodie en noir	5853
	Six de cœur	6732
Charles Todd	Héritage mortel	7340
Fred Vargas	Debout les morts	5482
	Un peu plus loin sur la droite	5690
	Ceux qui vont mourir te saluent	5811
	Sans feu ni lieu	5996
	L'homme à l'envers	6277
	L'homme aux cercles bleus	6201
	Coule la Seine	6994
	Pars vite et reviens tard	7461

7800

Composition Nord Compo
Achevé d'imprimer en France (La Flèche)
par Brodard et Taupin
le 9 septembre 2005. 31062
Dépôt légal septembre 2005. ISBN 2-290-34253-X

Éditions J'ai lu
87, quai Panhard-et-Levassor, 75013 Paris
Diffusion France et étranger : Flammarion